海外小説 永遠の本棚

ゴーレム

グスタフ・マイリンク

今村孝＝訳

白水 u ブックス

DER GOLEM

by

Gustav Meyrink

1915

ゴーレム＊目次

DER
GOLEM
MEINER FRAU GEWIDMET

挿絵　フーゴー・シュタイナー＝プラーク

眠り

月の光がベッドの裾をこうこうと照らし、まるでそこに大きな、澄んだ、平らな石があるかのように見えている。

人が老年を迎えると、まず頬にしわが現われ、やがて顔全体が衰えていくように、満月がその姿に張りを失い、右側から欠けはじめると、——そんな夜ふけには、いつも、ぼくはよどんだ重苦しい不安にとらえられてしまう。

ぼくは眠っても醒めてもいない。そしてなかば夢見ごこちのぼくの心のなかを、いつか直接に体験したり読んだり聞いたりしたものが、そのさまざまな色彩や明度のいくつもの流れが、ひとつに混じりあって流れていく。

ベッドに入るまで、ぼくはブッダ・ゴータマの伝記を読んでいた。その文章がさまざまに調子を変えながら、くりかえし最初のところからぼくの感覚を通り過ぎていく。

「一羽の烏《からす》が、一片の脂肪に見えている石のところに飛んでいった。そして、ひょっとするとこれは御馳走かもしれない、と考えた。だがそれが御馳走でないのを知ると、烏は飛び去った。石に近づいたこの鳥のように、ぼくらは——ぼくら試しみる者は——苦行者ゴータマのもとを、かれに興味を失うと立ち去っていく」

一片の脂肪に見えていた石のイメージが、ぼくの脳裏で巨大なものに広がる。

ぼくは涸《か》れた河床を歩いている。そしてなめらかないくつかの小石を拾いあげる。

きらきら輝く粉末の混じった灰青色の小石たち。ぼくはそれらにいくどもいくども思いをめぐらすのだが、それらをどうしたものか、かいもく見当がつかない。——そして子供のつくった不恰好なまだらのイモリがそのまま石化したかのような、硫黄色の斑《ふ》の入った黒い小石たち。

ぼくはそれらを遠くに投げようとする。しかし、そのたびごとに小石はぼくの手からこぼれ落ちて、ぼくはそれらを視野のそとに追いやることができない。

これまでのぼくの生活のなかでなんらかの役割りをもったすべての石が、ぼくのまわりに浮かびあがろうとしている。

なかには、砂のなかから明るみに這い出ようと鈍重にあがいているものもある、——まるで潮が戻りはじめたときの大きなスレート色のイチョウガニのように。——それらはぼくになにか途方もなく大切なことを言わなければならないので、ぼくの視線を必死に引き寄せようとしているかのようだ。

そのほかの石は——疲れきって——ふたたび自分の穴に悄然とずり落ち、もの言うことをあきらめる。

ときどきぼくは、このなかば夢見ごこちの薄暗がりから浮上して、ほんのしばらくのあいだ、ふくらんだ毛布の裾をこうこうと照らし、まるでそこに大きな、澄んだ、平らな石があるかのように見えている月光を眺める。そして消えていこうとするぼくの意識の背後をあらためてまさぐり、ぼくの心を苦しめているあの石を不安な気持ちでさぐりつづける、——記憶の瓦礫《がれき》のどこかにひそんで一片の脂肪に見えているあの石を。

いつのことだったか、その石のそばに樋があって地面に雨水を吐き出していた、とぼくは心のなかに思い描く、——鈍角にまがった、ふちの腐食した樋。——ぼくはそんなイメージを無理に心のなかにつくりだして、追いたてられたぼくの想念をだまし、眠らせようとする。

しかしそれはうまくいかない。

くりかえしくりかえし、ぼくの内部の強情な声が——まるで窓の鎧戸《よろいど》が、風に吹かれ、規則正しいあいまをおいて飽かず壁を叩いているかのように、ばかげた執念をもって言いたてるのだ。それはぜんぜんちがいます、脂肪のように見えているのはその石ではありません。

ぼくはその声からのがれることができない。

そんなことはまったくどうでもいいことなのだと、ぼくは何回となく言い返すのだが、しかしその声はほんのしばらく黙りこむだけで、いつのまにかまた目を醒まし、頑固に言いつづける。なるほど、なるほど、そうでしょうとも、しかし一片の脂肪に見えているのはその石ではありません。——

ぼくは耐えがたい絶望感に徐々にとらえられはじめる。

どうしてだかぼくにはわからない。ぼくのほうから抵抗をすっかりあきらめてしまったのか、それともぼくの想念がぼくを圧倒し、ぼくの手出しを封じてしまったのだろうか。

ぼくにわかっていることは、ぼくのからだがベッドに横になって眠っているということ、そしてぼくの感覚が分離し、もはやからだには結びついていないということだけだ。——だれがいま「ぼく」なのか、とぼくはふいにたずねようとして、もはやたずねるための器官をもっていないことに気づく。ぼくは、あの愚かな声がふたたび目を醒まし、あの石と脂肪とについて果てしない訊問をくりかえしはじめるのを怖れる。——そして寝返りをうつ。

昼間

そのとき、突然ぼくは薄暗い中庭に立っている。そして赤みを帯びたアーチ型の入口をとおして――狭くてきたない通りの向こうに――古道具屋を営むひとりのユダヤ人が、穴蔵のような店先にもたれているのを眺めている。店の入口の壁には、古びた金物が、壊れた道具が、錆びついた鐙《あぶみ》やスケート靴が、そのほかありとあらゆる廃物がぶらさげられている。

その光景は、毎日まるで御用聞きのようにいくどとなくぼくの識閾《しきいき》を越えて現われるあの見慣れた表象のすべてにそなわる重苦しい倦怠感にひたされていて、ぼくは好奇心も驚きも呼び起こされない。ずっと昔からここに住んでいる、という感じなのだ。

そしてこの感じも、ついさっきまでぼくが知覚していたものに矛盾するにもかかわらず、そしてそこからどうしてここにやってきたのかわからないにもかかわらず、これという印象を残さない。――

――

ぼくは、ぼくの部屋に通ずる階段をのぼっていく。そしてぼくの入口の脂《あぶら》じみた敷居石をふと思い浮かべる。すると突然、きっと以前に、ぼくは石と一片の脂肪とを対比した風変わりな話を聞くか読むかしたにちがいない、という思いが心に迫ってくる。

そのとき頭上の階段をだれかが走りおりてくる足音が聞こえる。のぼりつづけていくと、古道具屋アーロン・ヴァッサートゥルムのところの十四歳になる赤毛のロジーナだった。

窮屈にすれちがわなければならなかった。ロジーナは背中を手すりに押しつけ、みだらにからだをそらせた。

彼女はよごれた両手を鉄の手すりに置いて、からだを支えていた。むき出しの肘から下が、よどんだ薄暗がりのなかに蒼白く浮き出ていた。

ぼくは彼女の視線を避けた。

彼女のしつこい薄笑いと蠟《ろう》色の木馬づらとが吐気をもよおさせるのだ。

彼女は白いぶよぶよのからだをしてるにちがいない、さっき小鳥屋でサンショウウオの檻のなかに見たアホロートルのように、とぼくは思う。

それにまた、赤毛の女のまつげというものが、ぼくにはまるで家兎《うさぎ》のまつげのように不快なのだ。

ぼくはドアをあけ、すばやくうしろ手に締めた。——

窓から、古道具屋のアーロン・ヴァッサートゥルムが穴蔵のような店先に立っているのが見える。

アーチ型の暗い入口にもたれて、爪切りで爪を切っている。

赤毛のロジーナはかれの娘か姪なのだろうか？　ロジーナはかれにぜんぜん似ていないのだが。

毎日、この裏町、ハーンパス通りで見かけるユダヤ人たちの顔に、ぼくは、はっきりと異なるふた

つの種族を区別することができる。そしてこのふたつの種族の相異は、水と油とがいつまでも混じりあわないように、血のつながりの濃い人々のあいだでもけっして拭い去られることがない。だから、あそこにいるのはたしかに兄弟だとか、たしかに親子だとか、そんなことはけっして言えない。顔だちから言えることは、ただ、それぞれがどちらの種族に属しているかということだけだ。だから、ロジーナがヴァッサートゥルムに似ていたところで、それはなんの証拠にもならない！

このふたつの種族はたがいにひそかな吐気と嫌悪とをいだきあい、濃い血縁の垣根さえ、この嫌悪に突き破られている。──しかしかれらは危険な秘密を見張るように、この嫌悪を外の世界に洩らさぬすべを心得ている。

だれひとりとしてこの嫌悪の情を見すかされるものはなく、かれらはこの合意において、濡れてよごれた一本のロープにしがみつきながらたがいに憎みあっている盲人たちに似ている。あるものは両のこぶしで、またあるものはいやいやただ指先一本でつかまっているのだが、しかし、この共通の支えから手を離し、仲間をはずれると、たちまち破滅してしまうにちがいないという、理由のない恐怖にとり憑かれていないものはないのだ。

ロジーナの属する種族の赤毛のタイプは、もう一方の種族の赤毛のタイプよりも、はるかにいやな感じが強い。この種族の赤毛の男たちは、狭い胸をして、喉ぼとけのとび出た、鶏のように長い首をしている。

かれらの皮膚はどこもかしこもそばかすだらけのようだ。かれら、つまりその男たちは、死ぬまで情欲の責苦にさいなまれ、――いとわしい健康の不安にたえまなく締めつけられながら、息つくひまもなく、ひそかにおのれの肉欲と勝目のない戦いをたたかっている。

ぼくがロジーナをなぜヴァッサートゥルムの血縁だと考えるのか、自分でもよくわからない。ロジーナがヴァッサートゥルムのそばにいるのを見かけたこともないし、どちらかがどちらかを呼んでいるのを聞いたこともない。

実際ロジーナは、ほとんどいつもぼくたちの中庭か、ぼくたちの建物の暗い片隅か廊下に身をひそめている。

ぼくたちの建物に住むすべての人々が、彼女をヴァッサートゥルムの濃い血縁のものだと、少なくともかれが彼女の保護者なのだと考えているのはたしかだが、しかしだれひとりとしてその推測の根拠をあげることができないことも、ぼくはよく知っている。

ロジーナのことを想念から追い払おうとして、ぼくはあいている窓からハーンパス通りを見おろす。ぼくの視線を感じたかのように、アーロン・ヴァッサートゥルムがふいにぼくを見あげる。

ぞっとするような無表情な顔、さかなの目のようにまるい目、裂け開いている兎唇《みつくち》のうわくちびる。

人間の姿をした蜘蛛だ、どんなに無関心を装っていても、その網に触れるどんなにかすかな感触をも感知している蜘蛛だ、とぼくは思う。

かれはなにで暮らしを立てているのだろう。なにを考え、なにをもくろんでいるのだろうか。

ぼくにはわからない。

入口の壁には、くる日もくる日も、いや、くる年もくる年も、一文の値打ちもないおなじ廃物がいかわらずぶらさがっている。

目をつむっていても、それらを思い描くことができる。ここに音栓のとれた、ひんまがったブリキのトランペット。とても風変わりに配列された兵隊たちを描いた、褪色した紙の絵。それから、黴《かび》のはえた革紐と錆びた拍車の花綵《はなづな》（祭に用いる花で編んだ綱、ここでは皮肉な比喩）。そのほか、なかば黴びて腐ったさまざまのがらくた。

入口の土間には、積み重ねられたまるい鉄のかまど板の列が、だれも店のなかに入れないほどびっしりと並べられている。——

これらすべてのものがその数をふやしも減らしもしないのだ。そしてときどき通りすがりの人が立ち止まって、二、三の品物の値段をたずねることがあると、ヴァッサートゥルムはひどく激昂してしまう。

かれが激昂して、兎唇のうわくちびるを吊りあげ、喉を鳴らすような低音《バス》でなにかわけのわからぬことをどもりわめくのを見ていると、背筋が寒くなる。買手はたずねつづける気持ちをなくし、怖れをなしてまた歩きはじめる。

アーロン・ヴァッサートゥルムの視線が、稲妻のようにぼくの目から滑り去り、興味をみなぎらせて、隣の建物からぼくの窓につづくなにもないはずの壁に静止する。

なにが見えるのだろう?

その建物はハーンパス通りに背を向け、窓は中庭に向けて開いているのだ! 通りに面しては、窓はたったひとつあるだけなのだ。

偶然その瞬間に、隣の建物の、ぼくの住居とおなじ階に——かどのアトリエにつづく部屋だと思うが——人の入ってきた気配がする。壁越しにふいに男と女の話し声が聞こえた。

だが、ヴァッサートゥルムが下からこの気配を嗅ぎつけたとは考えられない!——

ぼくの戸口のまえにだれかがいる。あいかわらずロジーナだろう、とぼくは思う。彼女は廊下の暗闇に立って、ひょっとしたら呼び入れてもらえるかもしれないという期待に身をこがしているのだ。

そして階段の半階下のあたりには、あばたづらの、おとなになりかけのロイザが、ぼくがドアをあけるかどうか、息をひそめてうかがっている。その憎悪の気配と嫉妬の泡立ちとが、ここまではっきりと伝わってくる。

かれは、いまはロジーナに見つかるのを怖れて、それ以上近づいてこない。そして飢えた狼が番人の言いなりになるように、彼女の思いのままなのを自分でも知っている。だが、できることなら彼女に跳びかかって、思いきり憤怒を爆発させたいのだ!——————

ぼくは仕事机に向かい、ピンセットと彫刻刀とを選んで手にとる。

しかしなにもできない。精巧な日本の彫刻を修理するには、手がもっと落ち着きをとり戻さなければならない。

この建物にまつわるよどんだ陰鬱な人生が、ぼくの気持ちから平静さを奪い、古い昔のさまざまな情景がしきりに心に浮かんでくる。

ロイザとその双生児《ふたご》の兄弟ヤロミールとは、きっとロジーナよりひとつと年上ではなかったはずだ。

ホスチア（聖餐式のパン）焼きだったかれらの父親のことはもうほとんど思い出せないけれども、いまかれらの面倒をみているのは、ある老婆なのだとぼくは思っている。

だが、ヒキガエルが隠れ家にひそんでいるように、用がなければ家のなかに隠れ住むたくさんの老婆のなかの、どの老婆がその人なのか、ぼくは知らない。

彼女がふたりの少年の面倒をみているといっても、かれらに雨露をしのがせてやっているだけのことで、しかもかれらはそのお返しに、盗んだり乞食をして得たものを彼女に手渡さなければならないのだ。——

それとも彼女は食事の世話もしてやっているのだろうか。彼女は晩おそくにならないと帰ってこないのだから、そうは思えない。

彼女は死体洗いをしているという噂だ。

ロイザとヤロミールとロジーナとが、かれらがまだ子供だったころ、三人で無邪気に中庭で遊んでいるのをよく見かけたものだ。

だが、それももう遠い昔のことだ。

いまではロイザは、一日中赤毛のロジーナの尻を追いまわしている。ときどき、いくら探してもロジーナが見つからないことがある。彼女がどこにもいないとなると、ロイザは忍び足でぼくの戸口のあたりにやってきて、彼女がこっそりとそこにやってくるのを、しかめっつらをして待っている。

そしてぼくは、かれが廊下の片隅に坐って、やせた首をまえに折りまげ、聴き耳をたてているのを、仕事をしながら心のなかに見ている。

そんなとき、狂暴な喧噪がふいに静寂を突き破ることがある。聾唖《ろうあ》のヤロミールだ。ロジーナへの狂おしい情欲でたえず頭がいっぱいのヤロミールがやってきて、建物のなかを野獣のようにうろつきはじめたのだ。嫉妬と猜疑のためになかば正気を失って発する、音節の切れ目のない、動物が吼えたてるようなその声を聞くと、ぞっとして、血管の血が凍りついてしまう。

かれは、ロジーナとロイザとがいつも一緒に——この裏町のきたない無数の隠れ家のどこかに——ひそんでいるのだと考えて、めくらめっぽうふたりを探しまわっているのだ。ロジーナの身に起こることはなにもかも知っていなければならない、そのためにはロイザのあとをつけていなければならない、という想念にたえず鞭打たれながら。

そしてまさにこの不具の少年のたえまない懊悩が、ロジーナがロイザに一種の色情をもちつづける刺激になっていることに、ぼくはうすうす気づいている。

だから、ロジーナのその色情が、その積極性が弱まると、ロイザはいつも、彼女の情欲をあらたに搔きたてるために、ヤロミールにたいするとくに残忍な仕打ちを提案する。

かれらは、ふたりでいるところをヤロミールに見つけられると、あるいはわざと見つけさせて、逆上したヤロミールに狡猾にあとをつけさせ、どこかの暗い廊下に誘いこむ。そこに、踏むと撥ねあがる錆びた桶のたがと尖端を上にした鉄の熊手とで悪辣なわながしかけられていて、ヤロミールはそれにひっかかり、ぶっ倒れて血を流す。

ときにはロジーナが、虐待をただ極度なものに高めるために、彼女ひとりで地獄のような責苦を考え出すこともある。

彼女は急にヤロミールにたいする態度を変え、突然かれを好きになった、というそぶりを見せる。永遠の薄笑いを浮かべたあの顔つきで、彼女は不具の少年にせわしくなにごとかを伝え、それがかれを狂わんばかりの昂奮におとしいれるのだ。彼女がそのためにつくりだした、半分しか通じない怪しげな手話が、聾啞のヤロミールを生半可と灼けつく期待とのもつれあう網のなかに、救いようもなくからめとってしまう。──

いつだったか、ふたりが中庭で向かいあい、彼女がひじょうにはやい唇の動きと手まねとでかれに話しかけているのを見かけたことがある。いまにもかれは昂奮の極に達し、その場にぶっ倒れてしまうだろう、と思いながらぼくは見ていた。

わざと不明瞭ではやい手話の意味を理解しようとする、その超人的な緊張のために、かれの顔を汗

がしたたっていた。

その翌日、かれは期待の熱に浮かされながら、狭くてきたないハーンパス通りの先の、ある半壊の建物の暗い階段に腰をおろして――街角で数クロイツァを物乞いしなければならない時間を無為にやり過ごしながら、朝から晩まで彼女を待ち伏せしていた。

晩おそく、かれが空腹と昂奮のために半分死んだようになって帰ってきて、家に入ろうとすると、老婆はとうの昔に錠をおろしてかれを締め出していた。――――――――


楽しそうな女の笑い声が、隣のアトリエから壁越しに聞こえてくる。

笑い声？――この裏町に楽しそうな笑い声？　このゲットーのどこにも、楽しそうに笑える人は住んでいないはずなのに。

そのとき、ぼくは数日まえに人形遣いのツヴァック爺さんがそっと教えてくれたことを思い出した。かれは上品な青年紳士にアトリエを高い家賃でまた貸しし――もちろんその紳士はそこを恋人との逢引きに使うつもりなのだと。

その後毎日、その建物のだれにも気づかれないように、夜になると、あたらしい間借人の高価な家具が、ひとつずつこっそり運びこまれているのだそうだ。

気のいいツヴァック爺さんは、このことを語ったとき、満足げに両手をこすり合わせていた。そしておなじ建物に住んでる人々も、このロマンティックなふたりのことにはぜんぜん気がつくまいと言って、ことをうまく運んだのを喜んでいた。

そして三軒の建物から、人目につかずにアトリエに行くことができ、――それに揚げ板からだって出入りできるとも言っていた！

それどころか、物置きの鉄のドアをあけると――向こう側からはかんたんにあくのだそうだが――ぼくの部屋のまえを通り抜けて、ぼくたちの建物の階段に出られ、それを出口として使うこともできるのだそうだ。――

ふたたび楽しそうな笑い声が響いてきて、ぼくは、高価な骨董のちょっとした修理に何度も出かけたことのある、貴族の家庭のぜいたくな住居をぼんやりと思い浮かべる。――

突然、隣からかんだかい叫び声が聞こえ、ぼくは驚いて耳を澄ます。

物置きの鉄扉が激しく音をたてたかと思うと、つぎの瞬間、ひとりの貴婦人がぼくの部屋にとびこんできた。

髪を乱し、漆喰《しっくい》のように蒼白な顔をして、あらわな両肩に金襴のショールをまとっている。

「ペルナートさま、お助けくださいまし――後生ですから！――なにも言わないで隠れさせてくださいまし！」

ぼくが答えるよりはやく、入口のドアがふたたびさっとあき、すぐにまた閉じられた。――

一瞬、醜悪な仮面のような古道具屋アーロン・ヴァッサートゥルムの顔がにやりと覗きこんでいた。――

まるみを帯びた一片の輝きがぼくのまえに浮かびあがり、ぼくはまたもや、それがベッドの裾の月光の輝きであるのを知る。

眠りがまだぼくのうえに、重い、毛の深いオーバーのようにのしかかっている。そしてペルナートという名前の金文字がぼくの記憶によみがえる。

ぼくはこの名前をどこで読んだのだろう？——アタナージウス・ペルナート？——

遠い遠い昔にどこかで帽子をまちがえられたことがあった。ぼくの頭はとても独特なかたちをしているのに、とりかえられた帽子がぼくにぴったりと合ったことを、そのとき不思議に思ったものだ。

そのとき帽子のなかを覗き——そして——　——そうだ、そうだ、そこに、その白い裏地に

アタナージウス・ペルナート

と金文字で書かれていたのだ。

ぼくはその帽子を怖れ遠ざけたものだ。なぜだかいまだにわからないが。

そのとき突然、忘れていたあの声が、脂肪に見えているのはどの石なのかとぼくにしつこくたずねかけていたあの声が、矢のようにぼくをめがけて飛んでくる。

ぼくはすばやく、赤毛のロジーナの甘い薄笑いを浮かべた強烈な横顔を思い描く。それはうまくい

き、声はぼくに身をかわされて、たちまち暗闇のなかに消えていく。

ロジーナの顔！　それは、その声の、鈍いお喋りよりもはるかに強烈なのだ。ぼくはすぐにまたハーンパス通りのぼくの部屋に庇護され、不安をのがれることができるだろう。

「J」

だれかがぼくを訪ねるつもりで、少し距離をおいたまま、ぼくのうしろから階段をのぼってきていた、という感じにあやまりがなければ、その人はいま最後の踊り場あたりに達したところにちがいない。

いま、ユダヤ人街の市役所の文書係をしているシェマーヤー・ヒレルの住居のかどをまがり、そしてすりへった石の階段から、赤煉瓦を敷きつめた廊下にさしかかる。

そしていま、手探りしながら壁ぞいにやってくる。いま、ちょうどいま、暗闇のなかで表札のぼくの名前をかろうじて一字一字拾い読みしているにちがいない。

ぼくは部屋のまんなかに立って、入口を見ていた。

ドアがあいて、ひとりの男が入ってきた。

男はぼくのそばまで数歩あゆみ寄っただけで、帽子もとらず、ひとことの挨拶もしなかった。

この男は家にいるときもこうなのだ、とぼくは感じていて、この男がこのようにふるまい、これ以外の態度ではないことを、まったくあたりまえのことに思っている。

HUGO STEINER-PRAG

かれは鞄に手を入れ、一冊の本をとり出した。

そして長いあいだ頁をくっていた。

その本の表紙は金属製で、薔薇模様と印章との彫りが、色彩と小さな石とで埋められていた。

かれはようやく探していた頁を見つけ、指さした。

『イップール』すなわち『霊魂の受胎』という章の表題が読みとれた。

金色と赤の大きな頭文字「J」が、読むともなく走り読みしたその頁全体の半分ちかくを占め、そしてその頭文字のへりが損傷しているのだった。

それを補修してほしいというのだろう。

その頭文字は、これまでに古書で見かけたものとはちがって、羊皮紙に貼りつけられているのではなく、二枚の金の薄い板が、中心部を鑞《ろう》づけされ、両端で羊皮紙のふちをはさんでいるように思われた。

とすると、この文字のところは羊皮紙に穴があけられたことになるが？

そうだとすれば、つぎの頁にさかさまの「J」があるにちがいないが？

頁をめくると、思ったとおりだった。

読むともなくその頁にも目を走らせ、隣の頁も読みおえた。

そしてそのあとを読みつづけた。

その本は夢のようにぼくに語りかけてきた。ただ夢よりも鮮明で、はるかに判然としていた。それはなにかを問いかけるようにぼくの心に迫ってきた。

言葉が目に見えぬ口から流れ出、生きもののようにぼくをめがけて奔騰《ほんとう》してきた。それは多彩な衣裳をつけた女奴隷たちとなって、ひとりずつぼくのまえで旋回し反転し、そしてあるものは地面のなかに、あるものは玉虫色に輝く靄《もや》となって空中に消え、つぎのものに席をゆずった。どの女もそのしばらくのあいだ、ぼくに選びとられようと、ぼくがあとの女たちを見るのを打ち切るようにと切望しているのだった。

仄《ほの》かに輝く衣裳をつけた女たちが、孔雀のようにきらびやかにやってきた。その足どりは、ゆるやかで威厳があった。

女王のような女たちがやってきた。だが年老いてやつれはて、まぶたに朱をさした女王たち、――口もとは娼婦のようにだらしなく、しわは醜い脂粉に塗りこめられていた。

ぼくはその女たちには視線をすどおりさせて、やってくる途上のものたちに目をやり、その灰色の人影の長い行列に視線を滑らせた。しかし記憶にとどめようもない平凡な無表情な顔ばかりだった。

そのとき青銅の巨像《コロス》のように大きな、一糸まとわぬ女が引きずられるようにしてやってきた。

その女は一瞬ぼくのまえに立ち止まり、ぼくのほうに身をかがめた。

彼女のまつげは途方もなく長く、ぼくの背丈ほどもあった。彼女は黙って左手の脈搏を指さした。

それは地震のように搏《う》っていた。彼女のなかに全世界の生命が宿っている、とぼくは思った。

遠くに狂乱の列が現われた。

その列のなかに、からみあっている一組の男女がいた。ぼくは、もう遠くからそのふたりを眺めていた。列は唸りをあげながら近づいてきた。

そしていまぼくのすぐ目のまえで、歓喜した人々の群れが高らかに歌声を響かせている。ぼくの目は、もつれあったあのふたりを探した。

だがふたりは大きなひとつの人体に変容していた。半陰陽が――ヘルマフロディート（半陰陽。ヘルメスとアフロディーテの息子と称され、のちにニンフと合体して男女両性を具有。ギリシア神話）が――螺鈿《らでん》の王座に坐っているのだった。

そのヘルマフロディートの王冠の先は、虫に秘密のルーン文字を穿《うが》たれた、一片の赤い木盤でできていた。

砂塵を巻きあげながら、うしろから盲目の小羊の群れが小股の急ぎ足でやってきた。この両性具有の巨人が、狂乱の一隊を養うために従えている食糧なのだ。
目に見えぬ口から流れ出てくるこれらの人々のなかに、ときどき墓穴からやってきた――顔に布をたらしたものたちも混じっていた。

かれらはぼくのまえに立ち止まると、ふいに布を落とし、猛獣のような目でひもじそうにぼくの心臓を見つめた。ぼくの脳髄に氷のような戦慄が走り、そして血がせきとめられ逆流した、――あたかも河床のまんなかに突然天からいくつもの岩塊が降ってきて、流れをせきとめられた川のように。
――

ひとりの女がぼくのまえを漂うように通り過ぎていった。顔は見えなかった。彼女は顔をそむけていたが、流れ落ちる涙のオーバーをまとっていた。仮装行列が踊りながら通過していった。——笑いさざめいていて、ぼくのことなど気にとめてはいなかった。

ただひとり、ピエロがものおもわしげに振り返り、あと戻りしてきた。そしてぼくのまえに立ち止まると、鏡でも見るようにぼくの顔を覗きこんだ。

とても奇妙なしかめつらをして両腕をあげ、そしてあるいはためらうかのように、あるいは稲妻のように敏速に、その両腕を振り動かすのだった。ぼくは幽霊じみた衝動にとらえられ、かれをまねた。かれとおなじようにまばたきし、肩をすくめ、口をゆがめた。

そのとき、あとから押し寄せてきたものたちが、だれもかれもぼくの視線のまえに出ようとして、せっかちにかれを突きとばした。

だが、けっきょく消え去っていかないものはなかった。

かれら、目に見えぬ口から流れ出てくるものたちは、ひとすじの絹糸につながれて滑っていく真珠の玉、ただひとすじの旋律の、そのひとふしひとふしの音色だった。

ぼくに話しかけてくるのはもはや本ではなく、ひとつの声だった。その声は、いくらあくせくしてもぼくにはわからないなにかを、ぼくから聞き出そうとし、わけのわからぬ、しかし切迫した問いかけでぼくを苦しめた。

目に見える言葉を語りかけていたその声が、なんの残響も残さずにふいにとだえた。

ぼくらの世界に響く音は、どんな事物も大きなひとつの影と小さな無数の影とをもっているように、どんな音でも多くのこだまをもっている。しかしこの声にはこだまがなかった。――それとも、とうの昔にとだえ、こだまもすでに響きやんでいたのだろうか。――――

ぼくはその本を読みおえたまま、まだそれを両手にもっているのだった。そしていままでなにかを探しながら、本の頁ではなく、ぼくの脳裏の頁をめくっていたような気がしていた。――――その声がぼくに語ったすべてのことを、ぼくは生まれてこのかたずっとぼくの内部にもっていた。それがなにかに蔽《おお》われてしまって、そのために忘れられていたにすぎない、そのためにそれはきょうまでぼくの想念から姿を隠していたにすぎないのだ、とぼくは思った。――

ぼくは目をあげた。

この本をもってきた男はどこに行ったのか？

もう帰ったのだろうか？

修理できたらとりにくるのだろうか？

それともぼくがもっていくのか？

だが、かれが住所を言っていた記憶はなかった。

ぼくはかれの姿を記憶に呼び戻そうとした。しかしそれができないのだった。

どんな服装だったか？　年寄りだったか、若かったか？――そして髪の毛やひげは何色だったか？

なにひとつ、まったくなにひとつ思い浮かべられなかった。——心のなかに、かれのそうしたもののイメージを思い描こうとしても、かたはしから溶け失せ、とてもそれらを組み合わせてかれの全体像をつくることなどできない。

ぼくは目を閉じてまぶたを手で押さえ、かれのイメージのどんなわずかなものをものがすまいとした。

だが、なんの役にも立たなかった。

そこで、さっきかれがやってきたときとおなじように——そのときぼくがしたとおりに部屋のまんなかに立って入口を眺め、そして心のなかに思い描いてみた。かれはいまかどをまがり、いま煉瓦を敷きつめた廊下にさしかかる。そしていま戸口のそとで「アタナージウス・ペルナート」というぼくの表札を読んでいる。そしていま入ってくる。

だめだった。

かれがどんな恰好をしていたか、その記憶のかすかな痕跡すらよみがえってこなかった。

ぼくは机のうえの本を眺め、それを鞄からとり出してぼくにさし出した手を思い出そうとした。

しかし、その手が手袋をはめていたか素手だったか、若かったかしわだらけだったか、指輪をしていたかどうか、ということさえも思い出せなかった。

そのときおもしろいことを思いついた。

それは、従わずにはおれない天啓のような思いつきだった。

ぼくはオーバーを着、帽子をかぶって廊下に出、そして階段をおりた。それからゆっくりとぼくの部屋に戻ってきた。

かれがやってきたとおりに、ゆっくりと、きわめてゆっくりと戻ってきた。ドアをあけると、部屋に夕闇がたちこめていた。ついいま部屋を出たとき、まだ白昼ではなかったか？

いや、きっととても長いあいだ考えにふけっていて、夕暮れに気づかなかったのだろう！

ぼくは未知の訪問客の歩きかたと顔つきとをまねようとした。しかしそれらを思い出すことはできなかった。——

かれがどんな恰好をしていたのかぜんぜんわからないのに、かれのまねができるはずがない、とぼくは思った。

しかしそうではなかった。予想にまったく反することが起こった。

ぼくの皮膚が、筋肉が、からだが、突然思い出し、それを思い出したことをぼくの脳髄に伝えることもなく、ぼくの意志ではない動作を、ぼくの意図しない動きを、かってに動きはじめたのだ。

まるでぼくの手足ではないみたいだ！

部屋のなかを数歩あるくと、ぼくの歩きかたが、突然よろよろとした、おぼえのない足どりになっていた。

いまにもつんのめりそうな歩きかただ、とぼくはつぶやいた。

そうだ、そうだ、これはかれの歩きかただ！

ぼくは、これがかれの歩きかたであることをはっきりと知っていた。ぼくは見知らぬ訪問客の、ひげのない、頬骨の高い顔をし、吊りあがった目で見ているのだった。そう感じるだけで、そんなぼくの恰好を目に浮かべることはやはりできなかった。これはぼくの顔じゃない、とぼくは驚いて叫ぼうとし、顔にさわろうとした。だがぼくの手は、ぼくの意志に従わずに鞄のなかにおりていき、本をとり出した。

まったく、さっきかれがしたとおりだ。——

そのとき突然、ぼくは、ふたたび帽子もかぶらずオーバーも着ずに、机に向かって坐っていた。ふたたびぼくになっていた。ぼくに、ぼくに。

アタナージウス・ペルナートに。

恐怖と驚愕とにぼくはおののき、心臓が張り裂けんばかりに搏っていた。ぼくは、いままでぼくの脳髄を触れまわっていた幽霊の指先が、たったいまぼくから離れていったのを感じていた。

後頭部に、まだその感触のひんやりとしたなごりが感じられた。——

いまぼくは見知らぬ訪問客がどんな恰好をしていたか知っていた。それを感じようと思いさえすれば——いつなんどきでも——ぼくのからだで感ずることができただろう。しかしかれの恰好を思い描くこと、つまりぼくの目のまえに面と向かってそれを見ること——それはあいかわらずできなかった。それはいつまでたってもできないだろう。

かれはいわば陰画として、目に見えぬ凹版としてあるのだった。その輪郭をぼくはつかむことができないし――その恰好や表情を心のなかに描こうとすると、ぼく自身がその凹版の内側に滑りこんでしまうのだ。――

ぼくの机の引き出しのなかに鉄製の宝石箱があり、ぼくはそのなかに本をしまおうと思った。壊れた頭文字「J」の修理は、こんな心の変調がすっかりなおってからにしようと思ったのだ。

ぼくは机から本をとりあげた。

だが、それをいま手にしているという感じがまったくなかった。宝石箱に手を触れた。おなじだった。その感覚がぼくの意識にとどくまでに、深い暗闇に閉ざされた長い長い道のりを走り抜けてこなければならないかのような感じだった。その本や宝石箱が、何十年という時間の層に隔てられているかのような、それらが、遠い昔にぼくを通り過ぎていったある過去に、ぼくが手にしたものであるかのような感じなのだ！

脂肪に見えている石のことでぼくを苦しめるために、暗闇のなかをぼくを探しまわっているあの声が、ぼくのそばを通り過ぎる。しかしぼくには気づかない。ぼくは、その声が眠りの領域のものであるのを知っている。ぼくがいま体験しているのは現実の人生だ、――だからその声はぼくを見つけることができないのだし、いくら探しても無駄なのをぼくは知っている。

プラハ

ぼくの隣に、大学生のカルーゼクが、すり切れた薄地のオーバーを立て襟して立っている。寒さのために歯をかちかち鳴らしているのが聞こえる。

こんな吹きさらしの、底冷えのするアーチの下にいつまでも立っていたらかれは死んでしまうかもしれない、とぼくは思い、一緒に向こうのぼくの住居に来ないかと誘った。

しかしかれは断わった。

「ありがとうございます、ペルナートさん」かれは震えながらつぶやくように言った、「残念ながらそんなひまはないのです、——急いで街に行かなきゃならないので。——それにいま通りに出たらずぶ濡れになりますよ、——二、三歩行っただけで！——　——それにしてもこの俄《にわ》か雨、いっこうに弱まりそうにもないですね」

どの建物の屋根にも雨水が洗うように流れ、建物の顔面を涙の洪水のように流れ落ちていた。

頭を少し突き出すと、少し離れた向こうに五階のぼくの窓が見えた。雨にすっかり濡れて、ガラスがふやけてしまったかのように——まるでチョウザメの浮き袋のように不透明にでこぼこに見えていた。

通りを黄色い泥水の小川が流れてきた。アーチの下は、俄か雨がこやみになるのを待つ通りすがりの人々でいっぱいになっていた。

「花嫁の花束が流れてくる」突然カルーゼクが言って、泥水の小川を流れてくる萎《しお》れたミルテの花束を指さした。

うしろでだれかが大声で笑った。

振り返ると、はれぼったい、ヒキガエルのような顔をした、白髪のしゃれた身なりの老人だった。カルーゼクも一瞬うしろを振り返り、そしてなにごとかひとりでつぶやいていた。

老人が不愉快そうに気色ばんでいるのが感じられた。——ぼくは関心を転じて、目のまえの色あせた家並みを眺めた。どの建物も不機嫌な、年老いた動物のように雨のなかにうずくまっていた。なんて不気味な、うらぶれた恰好をしてるのだろう！

家並みは、地面から押し出てくる雑草のように、無計画に立ち並んでいた。どの建物も、かつて長く延びていたある建物の、ただそれだけが崩れ残った低い黄色い石壁を利用して、もうかれこれ二、三百年にもなるのだろうが、他の建物のことなどいっさいおかまいなしに建てられていた。ここに前面のひっこんだ、かども直角をしていない中途半端な建物があるかと思うと——その隣に犬歯のように突き出た建物がある、というように。

暗くよどんだ空の下で、いまそれらの建物は眠っているかのようだった。陰険な、敵意にみちた生

活は、その片鱗さえもうかがえない。それは、秋の夕暮れにこの裏町が霧に閉ざされ、この裏町のただでさえかすかな、ほとんどそれとわからぬほどの表情がすっぽりと包み隠されてしまうとき、ときおりこれらの家並みから放射してくることがあるのだが。

ぼくぐらいの年齢になると、夜中から早暁にかけての数刻がこれらの建物の時間であって、その時刻にはこれらの建物が緊張し、なにごとか声をたてずに秘密の相談をしあっているのだ、という印象がどっしりと心のなかに腰をおろし、その考えからのがれられなくなっている。そしてときどきそんな時刻に、説明のつかない、かすかな振動が家並みの壁を伝わり、そして物音が屋根のうえを走り、雨樋を伝っておりていくことがあるのだが——ぼくらはその振動や物音を鈍い感覚で知覚するばかりで、とくに注意することもなく、もちろん原因を究明しようとも思わない。

ぼくはよく夢のなかで、これらの建物の幽霊じみた営みをそっとうかがっている。そしてこれらの建物がこの裏町の、隠れたほんとの主人であり、その生命と感情とを人間に貸しては回収しているのを——この裏町に住む人々に一日中貸しておいて、夜になると高利とともに回収するのを知って、恐怖と驚愕をおぼえるのだ。

ぼくは、この家並みに影法師のように住む不思議な人々を心のなかに思い描いた。——母親から生まれたのではなく——その考えることやすることを見ていると、なにか木切れか土くれからでたらめにつくられたかのように思われるその不思議な生きものたちがぼくのまえを通り過ぎていく。——すると、あのよく見る夢のなかには仄暗い真実がひめられているのだという思いが、これまで以上に強く確信されてくるのだった。その真実は、ぼくが目醒めているときには、多彩な童話の余韻とおなじように、ただ心のなかに仄かに輝いているだけのものだとしても。

そのときぼくの心のなかでゴーレムの幽霊伝説が、あの人造人間の伝説がそっと目を醒ました。かつてこのゲットーで、カバラ（ユダヤ教の神秘主義の一種）に精通したラビ（ユダヤの律法学者・牧師にたいする尊称）が、土くれで人間をかたどり、歯の裏に魔法の数にかかわる言葉を押しこむことによって、痴呆の自動人形をこしらえたのだ。

ここに住むすべての人間も、ちょうどゴーレムが生命の秘密の言葉を口から奪い去られた瞬間に土《つち》塊《くれ》にかえったように、かれらの脳裏で、なにかある些細な考えやどうでもいい意図が――ひょっとしたらなんの目的もないたんなる習慣だとか、まったく不確実でとりとめもないものへの漠然とした期待だとかにすぎないようなものが、ふと消え去ると、その瞬間に突然魂を失ってくずおれてしまうのではないかと、ぼくにはそんなふうに思える。

それにしてもこの生きものたちは、なんとたえまなく、しかもなんと臆病に、ただうかがい待つことしか知らないのだろう！

ぼくは、かれらが、この人間たちが働いているのを一度も見かけたことがない。とはいえかれらは夜がしらむとともに目醒め、そして息をひそめて待っているのだ、――けっしてやってくることのない生贄《いけにえ》を待つかのように。

実際、無防備な人間がかれらの領分に入りこみ、いまにもかれらの餌食になるかと思われることがある。ところがかれらは突如不安に襲われ、萎《な》えしぼんでしまう。そして片隅にひっこんで、すべての意図を放棄して震えているのだ。

だれひとりとして、獲物を捕獲するだけの勇気もないほど弱虫には見えないのだが。

「老衰した、歯のすっかり抜けた猛獣なんですよ、体力も武器もすっかりなくした」とカルーゼクがためらいながら言って、ぼくを見た。――

ぼくの考えてることが、どうしてわかるのだろう？――

強烈に煽《あお》りたてられた想念は、飛び散る火花のように、そばに立っている人の脳裏に跳び移ることがあるのだ、とぼくは思った。

「――――いったいなにで暮らしを立てているのだろうね？」しばらくしてぼくはたずねた。

「暮らしを？　なにで、ですって？　かれらのなかには百万長者だってざらにいるんですよ！」

ぼくはカルーゼクの顔を見た。かれの言葉はどういう意味なのか！

だが、かれは黙って雲を見あげていた。

一瞬、アーチの下の話し声がとだえ、降りしきる雨の音だけが聞こえていた。

いったいかれは、「かれらのなかには百万長者だってざらにいるんですよ！」という言葉でなにを言おうとしているのか？

ふたたび、カルーゼクにぼくの考えが伝わったようだった。

かれは、いまぼくらの並びにある古道具屋を指さした。雨水が、金物の錆を洗い落として赤褐色の水溜りをつくりながら、店先を流れていた。

「アーロン・ヴァッサートゥルム！　たとえばかれがそうなんです。――ユダヤ人街のほとんど三分の一がかれのものなんです。ご存知なかったんですか、ペルナートさん⁉」

ぼくは喉に息がつまるのをはっきりと感じた、「アーロン・ヴァッサートゥルムが百万長者だって⁉」

「そうですとも、ぼくはかれをよく知ってます」カルーゼクは無愛想に言った。そしてぼくがまだなにかをたずねるのを待っているかのように、しばらく黙っていたあとで言った、「かれの息子のドクター・ヴァッソリのこともよく知っていました。かれのことも聞かれたことがないのですか？　あの有名な――目医者の――ドクター・ヴァッソリのことも？――まだあれから一年にしかなりませんけど、ユダヤ人街全体がかれの噂でもちきりだったんです、――あの大――　――先生の噂で。そのときはまだだれも、かれが改姓していて、まえにはヴァッサートゥルムという名前だったことを知らなかったんです。――かれは世間のことには目もくれないような学者ぶるのが好きでしたが、話が生い立ちのことになると、控え目に、そして感慨ぶかげに、おやじさんの代まではゲットーに住んでいて、――その最低の出発点から陽のあたる場所まで身を起こすには、あらゆる種類の心労と口では言えない配慮のもとで勉強してこなければならなかったと、言葉少なに語ったものです。

　そうなんです！　心労と配慮のもとで！

だけど、だれが心労し、口では言えない配慮をしたのか、そしてそれが具体的にはどんなことだったのかは語らなかったんです！」

しかしぼくは、ゲットーにはどんな事情があるかということを、よく知ってます！」カルーゼクはぼくの腕をつかみ、激しくゆすぶった。

「ペルナートさん、ぼくはとっても貧乏です。自分でももうわけがわからないほど貧乏です。ぼくは浮浪者のように半分裸で歩きまわってます。ごらんなさい。でもぼくは医科の大学生です、——ぼくには学があります！」

かれはオーバーをぱっと開いてみせた。驚いたことに下着も服も着ずに、素肌にオーバーをまとっているのだった。

「ぼくは、この人非人《ひとでなし》を、この全能ぶって勢望をきわめたドクター・ヴァッソリを失墜させたとき、ずっと昔からのことですが、とても貧乏でした。——それでいまでも、ぼくが、ぼくがそのほんとの張本人だったとは、だれも気づいていないのです。

この街の人はみんな、サヴィオリというドクターがかれの悪事をあばいて、かれを自殺に追いやったんだと、そう思ってます。——言っておきますけど、ドクター・サヴィオリはぼくの道具以外のなにものでもなかったんです！　ぼくひとりで計画を立て、資料を集め、そして証拠をさし出したんです。そっと、だれにも気づかれないように、ドクター・ヴァッソリの建物の石材をひとつずつゆるめていって、あとはもうそっとひと突きしただけで、この世のどれだけの財力をもってしても、ゲットーのどんな奸知をもってしても、倒壊をまぬがれないというところまでもっていったんです。

おわかりでしょうか、チェスを――チェスをさすようにです。まさにチェスをさすようになんです。

そしてだれもぼくだとは知らないんです！

古道具屋のアーロン・ヴァッサートゥルムは、かれにはわからないだれかが、いつも身辺にいるのに正体をつかめないだれかが、――つまりドクター・サヴィオリ以外のだれかが――手を貸していたにちがいないという気配を感じていて、きっと怖ろしくて眠れないこともあるはずです。ヴァッサートゥルムがいくら壁を透視できる目をもった人間でも、どうすれば長い、目に見えない、毒を塗った針を壁に突きとおし、切り石にも金にも宝石にも目をくれず、深く隠れた生命の血管にその針を突き立てることができるかっていう、その方法をちゃんと計算できる頭をもった人間がいるってことは知らんのです」

カルーゼクは額を叩いて、狂暴な笑い声をたてた。

「でもまもなく知るんです、かれがドクター・サヴィオリの首を絞めようとするその日に！　まさにそのおなじ日に！

こんどのチェスも最後の一手まで計算してあるんです。――こんどはケーニクスロイファー・ガムビット（ギャンビット。序盤戦の定跡のひとつ。王様側の僧正を進める手）でいくんです。仮借ない最後に追いこむまで、かれの打つ一手一手に致命的な手を打ち返していく計算ができてるんです。

この手におちいったが最後、かれはもう精妙な糸の先につながれた――ぼくの操る糸の先につながれた――自分ではどうにも動けない操り人形同然で、宙に浮いてしまうんです。――いいですか、ぼく、がその糸を操るのであって、かれの自由意志なんか無効なんです」

カルーゼクは熱に浮かされているように喋った。ぼくは驚いてかれの顔を見た。

「ヴァッサートゥルムとその息子とは、きみがそんなに憎むような、いったいなにをきみにしたのかね？」

カルーゼクはぼくの問いをはねつけた。

「それはおいといて――むしろこうたずねていただきたいもんですね。どんなふうにしてドクター・ヴァッソリが破滅したのかって！――それともその話はまたこんどにしましょうか？――雨もこやみになったことですし。家にお帰りになるのでしょう？」

かれはふいにまったく冷静さをとり戻したように静かな声でたずねた。ぼくはかぶりを振った。

「緑内障の現在の治療方法をいつか聞かれたことはありませんか？――そうですか――それじゃペルナートさん、一部始終を正確にわかっていただくためには、このことからはっきりさせておかなきゃなりません！

まあ聞いてください。『緑内障』というのは、しまいには失明してしまう、目の内部のたちの悪い病気なんです。その病気の進行をとめる方法はひとつしかなくって、それがいわゆる虹彩切除術で、虹彩の一部をくさび型に切除するんです。

その結果、一生なおらない、いまわしいまぶしさが避けられないのですけど、失明の進行だけはほとんどの場合くいとめることができます。

ところで、緑内障の診断には特殊な事情があるんです。

つまり、とくに初期にそうなんですが、とてもはっきりしていた症状がまったく消え去ったように見える時期があって、だから医者は患者に緑内障の徴候が見いだせないからといって、その徴候を認めた、まえの医者の見立てを誤診だと断定するわけにはいかないのです。

それにいま言った虹彩切除術は、もちろん健康な目にも病気の目にもまったく同様に行なえるもので、いったん手術が行なわれてしまうと、手術まえにほんとに緑内障にかかっていたのかどうか証明できなくなるんです。こんな事情や、そのほかのいろんな事情を利用して、ドクター・ヴァッソリは残忍な計画を立てたんです。

つまり数えきれないほど何度も——ことに女性の患者になんですが——なんでもない視力の変調に緑内障という診断をくだして手術をし、労せずして大金を手に入れたんです。

ということは、まったく防備のない人々をついに掌中に収めたわけで、もはや掠奪するのに勇気のかけらもいらなかったんです！

いいですか、ペルナートさん、老衰した猛獣が、武器も体力もなしに獲物を引き裂くことのできる条件に身をおいたわけです。

もう、なにを賭ける必要もなかったのです！——おわかりですか⁉　ほんのわずかな勇気も、もう必要なかったのです！

かれは、その筋の雑誌に嘘八百の論文を大量に発表して、まんまと、ドクター・ヴァッソリはずば抜けた専門医だという一般の評判をえておいたんです。それに、論文を大量に発表することは、かれの正体を見抜くにはあまりにも無邪気でお上品な同業者の目に、目潰《つぶ》しの砂をまいておくことになるのもちゃんと計算してあったんです。

かれの治療を求めて、洪水のように患者たちが殺到したのは、当然のことだったんです。で、なんでもない視力障害の患者がやってきて診察を求めると、ドクター・ヴァッソリはただちに陰険な計画どおりに仕事にかかるのです。

まずふつうに問診をするのですが、だけどあとでどんなことがあってもばれないように、いつも緑内障を推測させるような返事だけを巧みに書きとめるのです。

そして、ここに来るまえにすでにどこかで診断を受けたかどうか、慎重にさぐりだしておきます。そのかんに雑談めかして、重要な医学上の処置を講ずるために外国から緊急の招きを受けていて、あしたどうしても出発しなければならないという話を、さりげなくさしはさんでおくのです。——そこでこんどは電気の光線をあてて眼底検査をするわけですが、そのさい患者にできるだけ強い痛みをあたえておくのです。

計画的なんです！　なにもかも計画的なんです！

診察がおわると患者はきまって、なにかたちの悪い病気でしょうかと、不安におびえてたずねます。そこでヴァッソリは最初の駒を進めるのです。

かれは患者のまえの椅子に坐り、およそ一分間ほど沈黙しておいて、悠然と大きな声でこう言うんです。

『ごく近い将来に、両眼の失明が避けられないでしょう！』

当然、そこで驚愕動転の場面となるわけで、卒倒してしまう人もよくありましたし、泣きわめき、絶望のあまり半狂乱になって床《ゆか》に身を投げ出す人もありました。

視力を失うことはすべてを失うことですから。

そのあとで、あわれな生贄となった患者が、ドクター・ヴァッソリの膝にとりすがって懇願するのもいつもおきまりのことです、神のみそなわすこの地上にまだなんとか救われる道が残されていないものでしょうか、と言って。そのときを待って、この人非人《ひとでなし》は第二の手を打つんです。つまり自分がその救いの——神に早変わりするのです！

世のなかのすべては、すべてはチェスのようなもんです、ペルナートさん！——

ドクター・ヴァッソリはそこで深く考えこんだようすで、すぐに手術することが、ひょっとしたらなおせるかもしれない唯一の手段です、と言ったもんです。そして突然手におえない執拗なうぬぼれのとりこになって、とうとうとまくしたてるんです。あの人もこの人もみんなその患者と酷似した症例だった——どんなに無数の患者がひとえにかれの手術のおかげで失明せずにすんだか、というようなことを長々と話して聞かせるんです。

かれは、人に、人の幸福も不幸もその手に握っている一段高い人間だと思われる優越感を存分に楽しんでいたにちがいありません。

生贄にされた患者は、途方にくれ、いまにも切り出したい問いで胸をいっぱいにしながら、額に不安の汗をにじませて、かれのまえにがっくりとして坐っているのです。ドクター・ヴァッソリを――まだ救ってくれることができるかもしれない唯一の人を――怒らす怖れから、かれの言葉をようさえぎらないのです。

そして、残念ながら外国から帰ってくる数カ月先にならないと手術をしてあげるわけにはいかない、と言ってドクター・ヴァッソリはかれの長広舌を結ぶのです。

そしてかれは、こんなばあいにはいつだって、くよくよせずに、もっともいいほうに考えることが肝心なんで――わたしも手遅れにならないように祈ってます、と言ったもんです。

もちろん患者は驚いて跳びあがり、どんなことがあっても一日も待てません、ときっぱりと言って、プラハのほかの目医者ならだれに手術してもらえばいいか教えてほしいと懇願します。

ドクター・ヴァッソリが決定的な駒をおく瞬間がきたのです。

かれは苦慮するように、額にしわを寄せながら診察室を行ったり来たりしておいて、そしてついに悲痛なおももちでささやくように言うんです。ほかの医者に手術してもらうとなるともう一度電気検眼鏡で眼底検査を受けなきゃならんし、――その痛さはさきほどご存知のとおりだが――その強い光線が最悪の事態の原因になることはまずまちがいない。

だからほかの医者にしたって、このさい多くの眼科医が虹彩切除術に必要な熟練を欠いていることはぜんぜん言わんことにしても、やはり視神経が回復するかなりの期間をおいてからでないと手術できない、——つまり手術するにはもう一度はじめから検査しなきゃならんのだから、とそう言うんです」

カルーゼクは両の手をこぶしに握りしめていた。

「ペルナートさん、こういうのをチェスでは『ツークツヴァング』（駒の進め方に選択の余地のないこと）というんです！——そのあとはツークツヴァングの連続です。——追われるままに駒を進めるよりないのです。

絶望のあまり半狂乱になって、患者はドクター・ヴァッソリに懇願します。お慈悲ですから、出発を一日延ばしていただいて、先生に手術していただくわけにはいかないでしょうか、——死の宣告よりもつらいことです。いまかいまかと失明するのを待ってる不安は、いても立ってもいられない残酷な苦しみで、こんな怖ろしいことはありません、と言って。

そしてこの人非人《ひとでなし》がなかなか承知しないで、出発を延ばすと測り知れない損失をこうむることになりかねないので、と嘆息してみせるにつれて患者のほうから謝礼の金額を積みあげていくわけです。で、とうとう満足できる金額になると、ドクター・ヴァッソリは譲歩して、そしてもうその日のうちに、つまりなにかの偶然からかれの計画がばれないうちに、あわれな生贄の健康な両眼に不治の毀損をくわえてしまうんです。患者は手術が癒えたあとでもたえずまぶしい感じに悩まされて、生きていくことがたえざる苦悩となるのですが、悪辣な犯行の証拠はきれいさっぱり拭い去られてしまったのです。

健康な目にこんな手術をすることで、ドクター・ヴァッソリは、目前に迫った失明を確実にくいとめる卓抜な目医者だという評判と名声を高めたんですが、それだけじゃありません、――同時にかれは際限のない金銭欲を満足させることができたんです。それにそんなこととはつゆ知らない、不具にされ財産をかすめとられた生贄たちがかれを恩人だと仰ぎみ、救いの神だと讃えることも、かれの虚栄心をいたく満足させたんです。

ゲットーにあらゆる細根を張りめぐらして、無数の、目立たないけど不屈の方策をもって根をおろし、子供のころから蜘蛛のようにじっと獲物をうかがうことを学んだ人間でなければ、つまりユダヤ人街のすべての人を知っていて、その交友関係から資産状態の細部にいたるまで見当をつけ見通すことのできる人間でなければ、――そんな人間でないと――『千里眼』って言うんでしょうが――長年こんな悪辣な犯行をつづけることはできません。

もしぼくがいなかったら、かれはいまでも犯行をつづけていたでしょうし、年寄りになってもまだつづけてたことでしょう。そしてしまいにかずかずの栄誉を授けられて、次代の人々には輝ける鑑《かがみ》と言われて、かれを敬愛する人々にとりまかれ――大往生する日まで長老として晩年を楽しんだことでしょう。

だけどぼくだってゲットー育ちです。ぼくの血だって地獄のように悪辣な奸知の雰囲気につかってきたんです。だからぼくはかれを失墜させることができたんです。――目には見えない人々が寄ってたかってひとりの人間を突き倒すみたいに、――まるで晴天の霹靂《へきれき》みたいに。

この犯行の告発には、サヴィオリという若いドイツ人の医師もひと役かってます。――かれを表面に立てて、証拠に証拠を積みあげ、そしてついに司直の手がドクター・ヴァッソリに延びる日がやってきたんです。

そしたらこの人非人《ひとでなし》め、自殺したんです！――その瞬間に祝福あれ！

まるでぼくの分身でもかれのわきに立って、かれの手をとって導きでもしたみたいに、かれは小瓶のアミル・ニトリートで自殺したんです。というのは、ぼく自身かれを一度ひっかけて、緑内障という嘘八百の診断をさせたことがあって、そのときその小瓶を診察室においてきたんです、――そのアミル・ニトリートがかれに最後の一撃をあたえることになるようにと痛切に念願しながら、わざと忘れてきたんです。

脳溢血だった、と巷《ちまた》では噂されてました。

アミル・ニトリートを吸いこんだら、脳溢血とおなじ症状で死ぬんです。だけどその噂もいつのまにか忘れられてしまいました」

カルーゼクは、なにか気がかりな深い疑惑にわれを忘れたかのように、突然ぼんやりと前方を見つめていた。そしてアーロン・ヴァッサートゥルムの店のほうに向かって、軽蔑するように肩をすくめた。

「いまじゃ、かれはひとりぽっちだ」とかれはつぶやいた、「連れはかれの強欲と――それに――それに蠟人形だけだ！」

ぼくは激しい動悸をおぼえた。

そして驚いてカルーゼクの顔を見た。

気が狂ったのだろうか？　きっと熱に浮かされた幻覚が、こんな話を語らせたのにちがいない。

きっとそうだ！　なにもかもかれの幻覚なんだ、夢なんだ！

かれの語ったあんな残酷な目医者の話がほんとうであるわけがない。かれは肺結核にかかっていて、死ぬほどの高熱がかれの脳を駆けめぐっているのだ。

ぼくは冗談めいた言葉をかけて、かれの気持ちを落ち着かせ、かれの考えをなごやかな方向にもっていこうと思った。

そのとき、まだ言葉が見つからないうちに、上唇の裂けたヴァッサートゥルムの顔が稲妻のように記憶によみがえった。あのとき、さっと開いて閉じられたドアのあいだから、まるいさかなの目をしてぼくの部屋を覗きこんだあの顔が。

ドクター・サヴィオリ！　ドクター・サヴィオリ！——そうだ、人形遣いのツヴァックがそっと教えてくれた青年の名前も、かれがアトリエを貸した上品な青年とかの名前もサヴィオリというのだった。

ドクター・サヴィオリ！——ぼくの内部に叫びのようなものが浮かんだ。霧に包まれた一連の人影が、ぼくの心のなかで急激にうごめき、追いかけあい、怖ろしい予感がぼくを襲った。

ぼくはカルーゼクにたずねようとした。不安でいっぱいになって、あのとき体験したことを急いでなにもかもかれに話そうとした。しかしちょうどそのとき、かれは激しい咳の発作に襲われ、転倒しそうになった。ぼくは、かれが両手を壁についてかろうじてからだを支えながら、雨のなかによろよろと出ていき、ぼくにちらっと会釈して去っていくのをあっけにとられて見ていた。

そうだ、かれの話したことはほんとうだ、熱に浮かされたうわごとではない——とぼくは思った。——とらえようのない犯罪の幽鬼がこのあたりの裏町を二六時中徘徊していて、なにものかに体現する機をうかがっているのだ。

その幽鬼は空中を漂っていて、ぼくらの目には見えない。そして突然人間の心に舞いおりるのだが——ぼくらはそれに気がつかない。——そしてぼくらがそれに気づくまえに姿を消し、すべてはとっくに過ぎ去っている。

なにか怖ろしい出来事があったという曖昧な噂だけが、あとからぼくらに聞こえてくる。

突然ぼくは、ぼくのまわりに住む不思議な人々を、その内奥の本質において理解した。かれらは、自分の意志ではなく、目に見えぬある磁力の流れに動かされて、この世界を漂っているのだ、——ちょうど、さっき泥水の小川を流れていった花嫁の花束のように。

向かいのすべての建物が、名づけようもない悪意のこもった陰険な顔つきで、ぼくを凝視しているように思えた。——どの入口も、大きくあけた、まっ暗な、舌の腐ってとれた動物の口——いまにもかんだかい叫び声をあげそうな野獣の口だ。その叫びはとてもかんだかく、そして憎悪にみちみちていて、ぼくらを骨の髄までおののかせるにちがいない。

カルーゼクは最後にヴァッサートゥルムのことをなんと言ってたか？——ぼくはかれの言った言葉をそっと口にした。——アーロン・ヴァッサートゥルムはいまではひとりぼっちで、連れはかれの強欲と——　——それに蠟人形だけだ。

蠟人形とはいったいなんのことだろう？

なにかの比喩にちがいない、とぼくは自分を納得させる。——かれがいつもぼくらを面くらわす、わけのわからぬあの病的な比喩のひとつにすぎないのだろう。だがかれの比喩は、あとで思いがけずその言わんとするところがわかったとき、突然まばゆい光線のなかに浮かびあがった、異様なかたちをした物体のように、ぼくをひどく驚かすことがある。

ぼくは気持ちを落ち着け、カルーゼクの話の怖ろしい印象を振り払おうとして、深く息を吸った。そして、ぼくと一緒に入口のアーチの下で雨宿りしている人々を見た。いまぼくの隣にはふとった老人が立っていた。さっき大声で笑い、そしてひどく不愉快そうにしていた老人だった。

黒いフロックコートを着て手袋をはめたその老人は、目玉をむき出して、向かいの建物のアーチ型の入口をじっと見つめていた。ひげをきれいに剃った、太い卑俗な目鼻だちの顔が、緊張してぴくぴく動いていた。

なにげなくかれの視線を追うと、かれの視線が赤毛のロジーナに釘づけされているのにぼくは気づいた。ロジーナは、口もとにあのたえざる薄笑いを浮かべて、通りの向こう側に立っていた。

老人は懸命に彼女に合図していた。彼女はたぶんそれに気づいているのに、知らん顔をしているのだった。

とうとう老人はがまんしきれなくなって、つまさき歩きに、そして滑稽な軽快さで大きな黒いゴムマリのように水溜りを跳び越えながら、通りを渡っていった。

みんな、かれを知っているようだった。その恰好にいろんな野次が浴びせられた。ぼくのうしろにいた、赤い毛糸のマフラーを首に巻き、青い軍帽をかぶり、耳にヴァージニア葉巻きをはさんだ浮浪者も、口をゆがめて笑いながら、なにか皮肉を浴びせたが、ぼくにはなんのことかわからなかった。

ぼくはただ、ユダヤ人街の人々がその老人を『フリーメースン』と呼んでいることを、そしてかれらがそのあだ名で、未成年の少女に暴行するのを常習としながら、警察との親密な関係のためにどんな刑罰を受ける心配もない男のことを言っているのを理解しただけだった。――――――

ロジーナとその老人は、向かいの建物の暗い入口の奥に消えていた。

ポンス

ぼくらは、ぼくの小さな部屋から煙草の煙を出すために窓をあけていた。

冷たい夜風が吹きこみ、入口に掛けてある、毛の深いオーバーがかすかに揺れていた。

「プローコプのご立派なおつむ飾りが飛んでいきたがってるぜ」とツヴァックが言って、音楽家プローコプの大きなソフト帽を指さした。その幅広のつばが、黒い羽根が羽ばたいているかのように揺れていた。

ヨーズア・プローコプは楽しそうにまばたきした。

「そいつは」とかれは言った、「そいつはたぶん――――――」

「そいつは『ロイジチェク』にダンス音楽を聴きに行きたいんだとさ」フリースランダーがかれの言葉を横どりして言った。

プローコプは笑いながら、冬の微風が家並み越しに運んでくる音楽に合わせて、手で拍子をとった。

そしてぼくの古い壊れたギターを壁からはずしてきて、切れた弦を爪弾くまねをしながら、かんだかい裏声で唄った。強勢を長く延ばす、陰語の不思議な唄だった。

「アン　バーインデル　フォン　アーイゼン
　　レヒト　アルト
「アン　シュトラーンツェン　ネート　ガール
　　ア　ゾー　カルト
「メシヌング、ア　ロイヒェルル
　　ウント　ローン
「ウント　イムメルル　ヌルル　プーツェン――
（隠語であり意味不詳。あえて意味をさぐれば、贋金づくりの唄か。「芯にする鉄はほんとに古い／金敷はそんなに冷たくない／真鍮を貼り、煙と煤／とで古めかす――」）

「みごとなもんだね、いつのまにそんな陰語をおぼえたんだ！」とフリースランダーが言って大声で笑い、口のなかで唱和した。

「ウント　シュトーケン　ジヒ　アウフツーク
　　ウント　ピフ
「ウント　シュマレルン　アン　アイゼルネス
　　グジュフ。
「ユーフ、――
「ウント　ハントシュークレーン、ハーロム　ネート　ザン――

（右におなじ、右にすぐつづくのではなさそうだ。「ぴっと口笛を吹きたくなるような身なりをして／まずい安酒をがぶ飲みする。／すごいぞ、――／手袋をはめておろすワサビのような粥も、悪くはない――」）

「このへんてこな唄は、毎晩『ロイジチェク』でネフタリ・シャフラーネクという、緑色の眼帯をした、気の狂った爺さんがうたってる唄なんだ。おしろいをべっとり塗った婆さんがアコーディオンを弾いて、太い、げびた声で合いの手を入れてね」とツヴァックが説明してくれた、「ペルナートさん、あんたもいっぺんわしらと一緒にこの酒場に出かけにゃいかんな。あとでどうだね、ポンスを飲んでしもうてから。あんたのきょうの誕生日の祝いにさ」

「そうしましょう、あとで一緒に行きましょう」プローコプがそう言いながら窓を締めた――「あんなものはどこででもご覧になってるでしょうけど」

ぼくらは熱いポンスを飲み、そしてみんなそれぞれに考えにふけっていた。

フリースランダーは人形を彫っていた。

「ヨーズア、おまえさん、わしらを完全に外の世界から遮断してしもうたな」とツヴァックが静寂を破った、「おまえさんが窓を締めてから、だれもひとことも喋っとらん」

「いや、さっきオーバーが揺れてたときに、風がいのちのないものを動かすのは奇妙だなって、ちょっとそう思ったもんだから」プローコプが沈黙していたことを詫びるように早口に答えた、「いつもは死んだようにじっとしてるものが急にひらひらしだすのを見ると、とっても不思議な気がするんですが、そんなことありませんか？――ぼくはいつだったか、人気《ひとけ》のない広場を見つめてたことがあるんです。大きないくつもの紙屑が――ぼくは建物の陰にいたもんだから風はぜんぜん感じてなかったんですが——その紙屑が広場を狂暴に駆けまわって、まるで殺しあいを宣言しあったみたいに追いかけあってるんです。しばらくして静まったかと思うと、突然また狂ったような激情に襲われ、われを忘れ、憤怒にかりたてられて走りまわるんです。そして隅っこに集まってひしめきあったり、ものの怪《け》に憑かれたみたいにまた散らばっていったりして、とうとうしまいに建物のかどをまがって消えていったんです。

ただぶ厚い一部の新聞紙だけが一緒に行かれずに、舗道にとり残されて、憎々しげにぱさっ、ぱさっと閉じたり開いたりしてたんです、まるで息が切れて空気をぱくついてるみたいにね。

そのとき、漠然とこんな疑いを感じたんです。ぼくら生きものもけっきょくそんな紙屑と五十歩百歩じゃないだろうか、——ぼくらは単純に自分の自由意志で行動してると思ってるけど、ひょっとしたらぼくらも目に見えない、ぼくらには把握できない『風』に右に左に追いたてられているだけで、つまりその『風』にぼくらの行動を決定されているのではないだろうかってね。

ぼくらの人生がぼくらには理解できないつむじ風以外のなにものでもないとしたら、どういうことになるんでしょうね? 聖書に、それがどこから来てどこに行くのか汝《なんじ》は知っているかって言われてるあの風だとしたら?——　——　——ときどきこんな夢を見ることはありませんか? 深い水のなかに手を突っこんで銀色の魚をつかまえた、と思ったら、冷たいそよ風が手にあたっていただけだった、というような」

「プローコプ、おまえさん、ペルナートさんみたいなことを言うね。どうかしたんかね」とツヴァックが言って、プローコプの顔を不審そうに眺めた。

「さっき聞いた『イップール』の本のせいなんだ、——かれが冥想的な気分になってるのは。——あんたはあとから来て聞かなかったけど」とフリースランダーが言った。

「本のせいだって？」

「正確に言うと、本をもってきた奇妙な男のことを聞いたせいなんだ。——その男はペルナートさんに、名前も、住所も、それにどうしてほしいのかも言わなかったそうなんだ。とても奇妙な恰好をした男だったのに、それがうまく表現できないそうなんだが」

ツヴァックはじっと聞いていた。

「それはとても不思議なことだ」しばらく間をおいてからかれは言った、「その奇妙な男、ひょっとしたら、ひげもはやしてない、目の吊りあがった男じゃなかったかな？」

「そうだったように思います」とぼくは答えた、「たしかに——たしかに——そうでした。その男をご存知なんですか？」

ツヴァックはかぶりを振った、「いや、『ゴーレム』のことをちょっと思いだしたもんでね」

画家のフリースランダーが彫刻刀をおいて言った。

「ゴーレムだって？——ぼくもこれまで何回かゴーレムのことを聞いたことがあるけど、ツヴァック、あんたはゴーレムのことをなにか知ってるのかね？」

「ゴーレムのことをなにか知ってる、なんて言えるものはどこにもおらんよ」とツヴァックが答えて肩をすくめた、「いつもは伝説だってことにされてるが、ある日突然ゴーレムってのがほんとにいると思われるような出来事がこの裏町辺に起こるんだな。するとしばらくはその話でもちきりで、噂はだんだん大げさになっていき、あんまり誇張され潤色されてしまうもんだから、しまいにだれにも信じられんようになって消えてしまうんだがね。ところでだ、ことの起こりは十七世紀にさかのぼると言われてる。カバラのいまでは散逸してしもうた規定書に従って、あるラビが、下男にして教会堂の鐘をつかせたり、いろんな雑用をさせるつもりで人造人間を——つまりゴーレムをだな——こしらえたと言うんだ。

ところがまともな人間ができずに、そいつには鈍重な、半分痴呆の、植物みたいな生命しか宿らんかったんだな。しかもその生命も昼間だけのもんで、そいつの歯のうしろに貼った護符の力で宇宙の星の、あいてるエネルギーを借りてたんだそうだ。

ある晩のこと、そのラビが夜の祈りのまえにゴーレムの口から護符をはずすのを忘れたら、ゴーレムのやつ急に狂暴になって、裏町の暗闇を狂いまわり、出くわすものを片っぱしから叩きつぶした。しまいにラビが体当りして、やっと護符をはがしたんだそうだ。

そしたらそいつはいのちをなくしてぶっ倒れてしまい、あとに残ったのは小人《こびと》のかたちをした土くれだけだったそうだ。いまでもその土くれはアルトノイ教会堂に展示されてるけど」

「そのおなじラビが、皇帝（神聖ローマ皇帝、ボヘミア、ハンガリア両国王ルドルフ二世。プラハ城を居城とした。在位一五七六—一六一二）に城に招かれて、呪文で死者の幻影を呼び出して、みんなに見せた、ということも言われてますね」とプロープが口をはさんだ、「現代の学者は、幻燈を使ったんだと言ってますが」

「そうだろうとも。説明するからには現代の人間を納得させせんならんからな。だけどばかげた話さ」ツヴァックはたじろぐことなく話しつづけた──「幻燈だなんて！　そんな子供だましのぺてんなら、一生そういうものに没頭してたルドルフ皇帝がひと目で見破らんかったはずはなかろうに！　ゴーレム伝説がほんとはなんだったか、それはわしも知らんさ。だけど死ぬことのできんなにかがこのあたりに出没していて、ゴーレム伝説がそれに関係があることはたしかだと思うな。わしは先祖代々ここに住んでて、だから周期的に出現するゴーレムのことを、実際の体験にしたって語り伝えられた話にしたって、わし以上によう知っとるものはおらんだろう！」

ツヴァックは突然話を中断した。かれの想念が過ぎ去った昔に遡行していくのを、みんな一緒になって感じていた。

かれはテーブルに肘をついてあごを支えていた。かれの赤い若々しい頰と白髪とがランプの光のなかで異様な対照を見せていた。ぼくは知らず知らず心のなかでかれの顔だちと、かれが何度も見せてくれたことのあるかれの人形たちの仮面のような顔とを比べていた。

奇妙なことに、ツヴァック爺さんと人形たちとはとてもよく似ていた。

表情も、顔のつくりもそっくりおなじだ！

この世にはたがいにけっして離れることのできないものがあるのだ、とぼくは思った。そしてツヴァックの単純な境涯を思い浮かべていたとき、ふいに不気味な、ぞっとするものを感じた。かれのように、かれの祖先よりも高度の教育を受け、俳優になろうとしたこともあった人間が、突然使い古びた人形箱に戻っていき、ふたたび縁日の市《いち》に出かけて、かれの先祖の乏しいたつきであったそのおなじ人形に、あらためてぎくしゃくしたお辞儀をさせ、眠気を誘う物語を演じさせているということに、そんなことが起こりうるということに、ぼくは不気味なものを感じたのだった。

かれは人形たちから離れることができないのだ、とぼくは思った。人形たちはかれのいのちを糧にかれと一緒に生きているのだ。人形たちは、かれが遠方に出かけるとき、想念に変身してかれの脳裏に移り住み、かれが家に帰るまでかれを寸刻も落ち着かせないのだ。だからかれは愛情をこめて人形たちを保護し、人形たちに立派に金襴の衣裳をまとわせているのだ。

「ツヴァック、もう話してくれないのですか?」とプローコプが催促し、ぼくらもおなじことを願ってるのではないかとたずねるように、フリースランダーとぼくの顔を見た。

「なにから話したらいいのか、わからんのだよ」ツヴァックがためらいながら言った、「ゴーレムの話はとらえどころがない。さっきペルナートさんが、その知らない男の恰好はよくわかってるのにそれが表現できんと言ったそうだが、そのとおりなんだ。およそ三十三年ごとにわしらの裏町辺に、かくべつ人の耳目を聳動《しょうどう》させるようなもんじゃけっしてないけれども、だけど人をぎょっとさせるような出来事が、説明も弁明もできんような出来事が、くりかえし起こるんだな。

つまりいつもそうなんだが、この辺ではまったく見かけたことのない男が、そいつはひげもはやしとらん、顔の黄色い、蒙古人みたいな男なんだがね、そいつがアルトシュール通りの方角から、古い昔の、色のさめた服を着て現われて、いまにもまえにつんのめりそうな独特の歩きかたでユダヤ人街を歩いていくんだな。そして突然──見えなくなる。

ふつうそいつは横丁にまがって、そして消えてしまうんだがな。そうじゃないときは、そいつはぐるっと円を描いて、出発点に、つまり教会堂の近くのものすごく古い建物に帰っていくそうだ。

こんなことを言う人たちもいる。つまりその人たちは街角でそいつがやってくるのを見たんだが、そいつがこっちに向かって歩いてくるのはまったく疑うことのできんことなのに、だんだん遠くに姿を消していく人とそっくりおなじに、だんだん小そうなっていって──しまいにすっかり見えんようになってしもうたって言うんだな。

ところで六十六年まえのときには、そいつは人々にかくべつ深い印象をあたえたにちがいない。というのは、そのとき──わしはまだほんのこわっぱだったけど──アルトシュール通りのその建物が上から下まで捜索されたんだな、いまでもようおぼえとるが。

そしたら実際その建物に、通路の通じとらん格子窓の部屋があることがわかった。

つまりだな、通りから検証できるように、行きつくことのできた窓には全部白布をたらしたわけだ。そうやってなんらかの事実をつかむ手がかりがえられた。

ところが、それよりほかにその部屋に近づく方法がなかったもんだから、ある男が屋根からロープにぶらさがってその部屋を覗こうとしたら、そしたら窓の近くまで来たその瞬間に、ロープが切れ

て、その男は舗道に叩きつけられ、頭蓋骨を叩き割られてしもうた。その後もういっぺんやってみようということになったこともあったが、窓の位置について意見が分かれて、けっきょく中止されてしもうた。

わし自身は、およそ三十三年まえに、生まれてはじめて『ゴーレム』に出くわした。いわゆる通り抜けのできる建物をわしが通り抜けてたとき、そいつが向こうからやってきて、あやうく衝突するところだった。

その寸前にわしの心に起こったことは、いまだに不思議なことだと思う。なんてったって、ゴーレムに出くわすかもしれんなんて予感を、しょっちゅう、毎日毎日もち歩いているはずは絶対にないのだからな。

だけどあの瞬間、まちがいなく――絶対まちがいなく、わしがそいつに気がつくより先に、わしの心のなかで、ゴーレムってなにかがかんだかい声で叫んでたんだ。そしてつぎの瞬間、廊下の暗がりのなかからだれかがよちよち歩きで現われてきて、あの見慣れん男とすれちがったというわけだ。そして一秒もたつかたたんうちに、人々が蒼ざめた、昂奮した顔で洪水のように集まってきて、そいつを見たかって口々にきいた。

それに答えたとき、わしは、それまでそんなものがあるとは予感もしたことがなかったような痙攣から舌がとけるのを感じた。

わしはからだが動くのにほんまにびっくりした。そして、ほんの心臓がひと搏ちするあいだだったにしろ——一種の強直痙攣を起こしてたことを、はっきりと自覚した。

その後なんべんも、長時間この出来事を考えたもんだが、いまじゃわしは、およそ三十三年に一度このユダヤ人街を心の流行病みたいなもんが稲妻のように走り抜け、わしらには隠されてるなにかの目的をもって人間の魂に襲いかかるんだと、そしてそれが何百年かまえにここに住んでた、そしてたぶんいまもかたちをもつことを、姿をとることを恋いこがれてるあの独特な恰好をした人間の輪郭を、わしらの目に蜃気楼のようによみがえらせるんだと、そう説明するのが一番真実に近いように思うとる。

ひょっとしたらそいつはしょっちゅうわしらのあいだにいるのに、わしらがいつもは気がつかんだけのことかもしれん。音叉が振動してても、それが箱にさわって箱を一緒に振動させんことには、わしらにはその音が聞こえんようなもんじゃなかろうか。

そいつはひょっとしたら、心の産物のようなものにすぎんかもしれん、ただ心の内側に意識されんだけのことで。——そいつはちょうど姿かたちのないものから一定不変の法則に従って結晶が育ってくるみたいにして生じてくるんじゃないかな。

はっきりしたことはだれにもわからん。

むし暑い日に電圧が耐えられんとこまであがっていって、しまいにぱっと稲妻になって放電するみたいにだな、このゲットーの空気中にいつまでも変質せん想念が徐々に鬱積していって突然ぱっと放電するんだとは考えられんかね？——つまりそれはわしらの夢の意識をぱっと明るみに連れ出すような魂の放電で、それが自然界じゃ稲妻を生むみたいに——ここじゃ幽霊を生むんじゃないかな。だからその幽霊は、顔つきも歩きかたも、態度も、そのなにもかもが、もしわしらがそんなかたちをした秘密の言葉を正しく読みとることができさえしたら、人間の心をあやまりなく開示してる象徴《シンボル》なんじゃないかな?

いろんな現象が稲妻の発生を予告するのとおなじように、ここでも幽霊が突如行動を開始するときが迫ってくると、いろんな怖ろしい前触れがそれを告げ知らせるわけだ。古い塀の漆喰がはげ落ちて、そこに人間が歩いてるみたいなかたちが残ったり、窓ガラスの氷花がいくつもの人間の顔になって、それがじっとなにかを見つめてたりする。かと思うと、屋根から落ちてくる砂もいつもと落ちかたがちごうて、もしそれを見てる人がうたぐりぶかい人だったら、目に見えん、明るみを嫌うて隠れてる叡知みたいなもんがどこかにあって、そいつがひそかにいろんな不思議な輪郭を描こうとして砂をまいてるにちがいないと、そんな疑いをもたずにはおれんような落ちかたなんだな。——それからまた皮膚の表面の退屈な網の目やでこぼこをなにげなく見つめてるとだね、いつのまにかいやぁな能力がわしらに乗り移ってきて、皮膚のいたるところになにかを警告するような意味深長なかたちを見てしまうというようなこともある。そしてそれらのかたちは、わしらの夢のなかで途方もないもんにふくらんでいくわけだ。つまりだな、鬱積した大量の想念がそんな影法師を出没させて、わしらの日常を囲ってる塁壁に穴を穿《うが》ってるわけだが、そのどれもが一貫してわしらに感じさせるんだな、つまりまぎれもなく幽霊が、姿かたちをとって出現するために、わしらの心のなかのもっとも内奥のものを、計画的に、わしらの意志に反して、吸いとってるのはまちがいないっていう重苦しい不安をな。

ところで、さっきわしがペルナートさんに、その男はひげがなくて目が吊りあがっていたかとたずねて、そうだという返事を聞いたとき、わしの目のまえに『ゴーレム』が、昔見たときそのままの恰好で現われた。

まるで床から生え出たみたいにわしのまえにふっと立ったんだ。

その一瞬、わしは、また説明のつかん出来事が近づいてるぞ、という漠然とした恐怖に襲われたんだがね、それとおんなじ恐怖を、わしは子供のころに、やはりゴーレムが出現のてはじめにいろんな影法師を投げかけてるときに一度感じたことがある。

それはいまからおよそ六十六年まえのことだが、わしの姉の花婿が結婚式の日取りをきめにわしの家に相談にきてた晩のことだった。

おとなたちが鉛を溶かしてた、――遊びにな。――わしもそばでぽかんと口をあけて見てたんだが、かれらがなにをしてるのかわからずに――とりとめもない子供の想像でゴーレムに関係があることだと考えていた。ゴーレムのことはわしの爺さんからよう聞かされてたんでな。そしていまにもドアがあいて、その見慣れん男が入ってくるような、そんな気がしてた。

そのときわしの姉が溶けた鉛を匙《さじ》で舟型の水盤のなかに落として、そして緊張して見まもってるわしに楽しそうに笑いかけた。

わしの爺さんがしなびた震える手で、ぴかぴかの鉛のかたまりをとり出して、みんなに見せた。とたんにみんなが昂奮して、口々に大声で喋りだした。わしもよう見せてもらおうとしたんだが、はねつけられた。

のちにわしが大きゅうなってから、おやじがわしに教えてくれたんだが、そのとき鉛ははっきりと、小さな人間の頭のかたちにかたまってたそうだ、――まるで鋳型に流しこんだみたいにつるっとまあるく、しかも不気味なことに『ゴーレム』の顔だちそっくりにな。それでみんなびっくりしたわけだ。

わしはこのことを何度も、市役所の文書係をしてるシェマーヤー・ヒレルに話した。かれは、アルトノイ教会堂のいろんなものを管理してて、そのなかにはルドルフ皇帝時代の粘土の人形があるんだが、かれはカバラを勉強したこともある男で、こう言うんだな。その人間の手足をした土くれは、たぶんわしのばあいの鉛の頭とおんなじで、つまりその当時の例の前触れのひとつにちがいないだろうとね。それからこの辺をうろつくあの見慣れん男は、あの中世のラビの幻想だか想念だかのイメージにまちがいないって言うんだな。はじめそのラビはそれを生き生きと、、、、、考えてただけだったが、しまいにそいつに物質をまとわせたもんだから、その後一定の間隔をおいては、つまり星が占星術的に言って、そいつが作り出されたときとおんなじ位置に戻るたんびに――そいつが衝動的に物質を恋いこがれてふっとこの世に現われるって言うんだな。

ところでヒレルの死んだおかみさんも、ゴーレムを面と向かって見たことがあって、わしとまったくおんなじように、その不思議な男がそばにいるあいだ、強直痙攣を起こしてたと、そう感じたと言っていたな。

だけどそのとき彼女は、その不思議な男は彼女自身の魂以外のなにものでもありえんと、――つまり彼女の魂がからだから抜け出して、――一瞬彼女に向かいあい、見たこともない人間の顔をして彼女の顔を見つめてるんだと、そうはっきり確信してたそうだ。

怖ろしくて震えあがっていたにもかかわらず、そいつが彼女自身の心の一片でしかありえんという確信は一秒も失わんかったと言うんだな」――――――

「信じられない」とプローコプが考えにふけるようなおももちでつぶやいた。

画家のフリースランダーも深く思いに沈んでいるようにみえた。

そのときだれかがドアをノックした。いつも晩に水とそのほかの必要なものをもってきてくれる老婆が入ってきて、陶器のかめを床におき、黙ってまた出ていった。

みんな視線を起こし、目を醒ましたかのように部屋のなかを見まわした。だが、なおしばらくのあいだ、だれもひとことも口をきかなかった。

まるで老婆と一緒に入口からあらたな大気が流れこみ、まずそれに慣れ親しまねばならないとでもいうように。

「そうだ！　赤毛のロジーナも、こいつもわしらを離れんで、街の片隅からくりかえし現われてくる、そういう顔だ」ツヴァックがだしぬけに言った、「顔にこびりついた、口をゆがめたあの薄笑いをわしは生まれたときからずうっと知っとる。最初はあの子の婆さんでそのつぎがあの子の母さんだ！――ずうっとおんなじ顔で、ちっとも変わっとらん！　名前もおんなじロジーナだ。――どいつもたがいの生まれかわりだな」

「ロジーナは古道具屋のアーロン・ヴァッサートゥルムの娘なんですか」とぼくはたずねた。

「そう言われてる」とツヴァックが言った――　――「アーロン・ヴァッサートゥルムにはたくさんの息子と娘があるんだが、だれもその子供たちのことは知らんのだ。ロジーナの母親のことも、その父親がだれだったのか、――それに彼女自身がどうなったのか、だれも知らん。――十五のとき子供を生んで、それっきり姿を消した。わしの思い出せるかぎりじゃ、彼女の失踪はこの建物で彼女のことで起こった殺人事件に関係があった。

いまのロジーナとおなじように、そのころの彼女もちんぴらどもにとって悩ましい存在だったわけだ。そのうちのひとりはいまも生きてて――ときどき見かけもするが――名前は忘れてしもうた。ほかの連中はじきに死んだ。わしは思うんだが、彼女がやつらをみんな若死にさせたんだな。もうそのころのことでわしが思い出せるのは、ちょっとしたエピソードだけだが、そういうもんなら色あせた絵のように、いまでもわしの記憶に残っとる。そのころ毎晩酒場を渡り歩いては、黒い紙で影絵を切って、客から二、三クロイツァもらってた半分痴呆の男がいた。そいつを酔わせると、いつも口ではとても言えんような悲しみにうち沈んで、すすり泣きしながら、おんなじ女の子の鮮明な横顔を、紙がなくなるまで切りつづけてたもんだ。

とっくに忘れてたいろんなことから察するに、そいつは――まだほんの子供だったときに――ロジーナに、たぶんいまのロジーナの婆さんのロジーナにひどく惚れこんで、それで頭がおかしくなってしもうたんだな。

年数を逆算してみると、いまのロジーナの婆さんのロジーナにまちがいない」

ツヴァックは黙りこんで、椅子の背にもたれた。――――――――

この建物にまつわる運命が円を描いてさまよっていて、くりかえしおなじ地点に戻るのだ、という思いがぼくの感覚を横切った。そしていつか見たおぞましい光景が――頭にけがをして脳味噌を半分さらけ出した一匹の猫が、よろめきながら輪を描いて歩いている光景が――目のまえに浮かんだ。

――――

「やっと頭だ」画家のフリースランダーが突然明るい声で言うのが聞こえた。

かれはポケットから一片の丸材をとり出して、それを彫りはじめた。

重い疲労がぼくのまぶたに蔽いかぶさり、ぼくは肘掛け椅子をうしろにずらして明りを避けた。

ポンスのための湯がやかんのなかでたぎっていた。ヨーズア・プローコプがみんなのグラスにポンスをついだ。かすかに、ごくかすかに、ダンス音楽が閉じた窓をとおして聞こえていた。――それは風に途中で吹き消されたり、風に乗って酒場からぼくたちのところまで運びあげられてきたりしているのだろう、ときどきまったくとだえたかと思うと、またしばらくのあいだかすかに聞こえていた。

一緒に乾杯しませんかと、しばらくして音楽家のプローコプがぼくにたずねた。

だがぼくは答えなかった。——からだを動かす意志をまったくなくしていて、口を開く気になれなかった。

眠ってるのかもしれない、とぼくは思った。それほどぼくを襲った心の静寂は強固だった。——眠っていないという確証をえるためには、フリースランダーがきらきら輝くナイフでたえまなく木片から木屑をとばしているのを、目をしばたたきながら見つめていなければならなかった。

遠くでツヴァックの声がつぶやいていた。かれは人形たちのいろんな不思議な話や、かれが人形芝居のためにつくった珍奇な童話を語っているのだった。

ドクター・サヴィオリのことも話題になった。そして人目につかぬあのアトリエにこっそりサヴィオリを訪ねてくる、ある貴族の奥方とかの貴婦人のことも話された。

またもやぼくの心のなかに、アーロン・ヴァッサートゥルムの嘲笑するような、勝ちほこるような顔が浮かんできた。——

あのときの出来事をツヴァックに話すべきだろうか、とぼくは考えた。——だが話すにたらぬ些細なことに思えた。それにぼくの意志が自由にならないだろうということも、ぼくは知っていた。ためしに口をきいてみようと思った。

そのとき、テーブルを囲んでいる三人が、突然ぼくに注意を向け、プローコプが大声で言った、「眠ってしまった」——それはとても大きな声だったので、ぼくに問いかけているようにも思われた。

かれらは声を殺して話しつづけた。かれらがぼくのことを話しているのを、ぼくは知っていた。

フリースランダーの彫刻刀が、ランプから流れ落ちる光を受けとめながら左右に踊っていた。その反射光がぼくの目に痛かった。

「精神異常」という言葉が洩れ聞こえ、ぼくは聴き耳をたてた。かれらはかわるがわる喋っていた。

「いいですか、ペルナートさんのまえで『ゴーレム』のことなんかに触れてはいけないんですよ」ヨーズア・プローコプが非難するように言った、「さっきかれが『イッブール』の本のことを話したときも、だからぼくらは黙って聞いていて、質問したりしなかったんです。断言してもいい、かれはさっき夢を見てたんです」

ツヴァックがうなずいて言った、「おまえさんの言うとおりだ。まるで、壁や天井に貼ってあった布が腐ってたれさがってて、そして床には乾燥しきった昔のほくちが足首ほどの深さに積もってるような、そんな埃だらけの小部屋に、裸のランプをもって入っていこうとするようなもんだからな。ちょっとさわっただけで、ぱっと四方八方から燃えあがる」

「ペルナートさんは長いこと精神病院に入ってたのかね？　気の毒にな、まだ四十そこそこだろうに」フリースランダーが言った。

「それはわしも知らん。どこの出なのか、これまでなにをしてたのか、それもぜんぜんわからん。外見からすると、すらっとしてて、とがったひげをはやして、フランスの昔の貴族みたいだな。もうずいぶんまえのことだが、昔から懇意にしてた医者に、ちょっとかれの面倒をみてくれんかと頼まれてね、つまりここならかれに干渉したり、昔のことをたずねて動揺させたりするものもおらんだろうから、この辺にひとつかれのために小さな住居を探してくれんかと頼まれたようなわけなんだ」――ツヴァックは心を動かしたようすでふたたびぼくのほうを見た――「それ以来かれはここに住んで、骨董の修理をしたり宝石の細工をしたりして、多少ともゆとりのある生活を築いてきたわけだ。さいわい、錯乱に関係のあることはなにもかも忘れてしもうてるみたいだな。かれの記憶に過去を呼び醒ますようなことは絶対にたずねんでくれって――なんべんその医者はわしに念をおしたことか！　いいか、ツヴァック、とかれは会うたびに言うてた、そういう方法をとってきたんだ、やっとかれの病気を閉じこめたんだ、――ちょうど事故現場を悲しい記憶がよみがえらんように塀で囲いこむみたいになって」――――――――

人形遣いツヴァックの言葉は、無防備な動物に向かう屠畜人のように、ぼくをめがけて近づいてきて、両手で荒々しく残酷にぼくの心臓を握り潰した。

ぼくは以前から重苦しい不安に苦しめられていた、――なにかを奪い去られてしまったとでもいうような、ぼくがこれまでの生涯のうちの、あるかなり長い道のりを、夢遊病者のように深淵の崖っぷちを歩いてきたとでもいうような、そんな漠然とした不安に苦しめられてきた。そしてその原因を突きとめることが、きょうまでどうしてもできなかったのだ。

そしていまその謎にたいする解答が、赤裸々にぼくのまえにあった。それは、むき出された傷口のように、耐えがたくぼくの心にひりひりと沁《し》みてきた。

過去の出来事を回想することへのぼくの病的な嫌悪、――そしてぼくがある建物に監禁されていて、そこにはぼくの近づけない一連の居間があるという、くりかえし見る奇妙な夢、——青少年時代にかんする追憶のおぞましい空転、——それらのすべてにいま突如として怖ろしい解明があたえられたのだ。ぼくは狂人だったのだ。人々は、ぼくに催眠療法をほどこし、ぼくの脳裏にひそむあの一連の居間に連絡する——『部屋』に錠をおろしてしまい、ぼくを、ぼくをとりまく生活のまっただなかで故郷喪失者にしてしまったのだ。

そして失われた記憶がいつか回復する見込みもない！

ぼくの思考や行動の発条《ばね》が、いまひとつの、忘れられたぼくのなかに隠されているのだということを、ぼくは知った。——それらの発条をぼくは今後もけっして知ることができないだろう。ぼくは根もとから切り落とされた一本の植物、見知らぬ根から生え出ている一本の接木《つぎき》なのだ。たとえあの施錠されている『部屋』をこじあけることができたとしても、ふたたび、そこに閉じこめられている幽鬼たちの手に落ちるだけのことではないだろうか⁉

一時間ほどまえにツヴァックが語っていた『ゴーレム』の話がぼくの心を横切り、突然ぼくは、あの見慣れぬ男が住んでいるらしい出入口のない伝説めいた小部屋とぼくの意味深長な夢とが、途方もなく不可思議に符合するのを知った。

そうだ！　ぼくのばあいも、ぼくの心のなかの格子窓を覗こうとしたら、「ロープが切れてしまうだろう」

その奇妙な符合はますます明瞭になり、ぼくは名状しがたい驚愕をおぼえた。

あるものたちは——それはけっしてとらえることのできないものたちだが——ひとつに繋がれくつわを並べて走っているのだ、道がどこへ通じているのか知ることもなく、盲目の馬たちのように。ゲットーにも出入口の見つからない部屋があり、——そこに住み、ただときおりおぼつかぬ足どりで裏町をさまよい、人々のあいだに恐怖と戦慄をもたらす影のような生きものがいるのだ！——

——

フリースランダーはあいかわらず人形の頭を彫っていた。彫刻刀の刃の下で木片がきしみをたてていた。

その音が、ぼくにはほとんど苦痛に感じられた。まだできあがらないのだろうか、とぼくは目をやった。

頭はフリースランダーの手のなかで転々と向きを変えていた。その頭に意識があり、隅から隅へとあたりをくまなくうかがっているかのようだった。そしてついにぼくを見つけると、その目は満足そうに長いあいだぼくに視線をあてていた。

ぼくも目をそらすことができず、じっとその木製の顔を見つめていた。

フリースランダーの彫刻刀が、ほんのしばらくなにかを探すようにためらっていたかと思うと、決然と一条の線を刻みつけた。すると木製の頭の顔だちに突如怖ろしい生命が宿った。

ぼくは、ぼくのところに本をもってきたあの見慣れぬ男の黄色い顔を見たのだ。

そのとたんになにもかも見分けがつかなくなった。その顔が見えていたのはわずか一秒ほどにすぎ

なかった。ぼくは、心臓が鼓動をとめ、恐怖におびえて顫振しているのを感じていた。

しかしぼくは――あのときのように――その顔を意識しつづけていた。

ぼく自身がその顔になり、フリースランダーの膝に横たわって、あたりをうかがっているのだった。

ぼくは視線を部屋中にさまよわせていた。だれかの手がぼくの頭蓋を動かした。

そのときふいにツヴァックの緊張した顔が見え、かれの声が聞こえた。うへぇ、まさにゴーレムじゃないか！

とっ組み合いがはじまった。かれはフリースランダーから無理やり彫刻をとりあげようとし、フリースランダーはそれを拒んで、笑いながら叫んだ。

「なにをするんだ、ぜんぜん作り損いだよ」そしてもがいて身を離し、窓をあけて、その頭を通りに投げ捨てた。

そのときぼくの意識が消え、ぼくは、仄かに輝く無数の金糸が貫流している深い暗黒のなかを沈んでいった。長い長い時間が経過したあとで、とぼくには思われたが、ぼくが目醒めたとき、ぼくは木片がごとんと舗道に落ちる音を聞いた。――――――

「よく眠ってましたね、いくらゆすっても起きられなかったんですよ」――ヨーズア・プローコプがぼくに言った、「ポンスがからになりました。あなたはなにも飲まれなかったですね」

ぼくがさっき聞いたことの、灼けつくような痛苦がふたたびぼくを襲い、ぼくは、ぼくがきみたち箱に『イッブール』の本のことを話したとき、けっして夢を見ていたのではない、――その本を宝石箱からとり出してきて、きみたちに見せることだってできる、と叫ぼうとした。

しかしその思いは言葉にはならなかった。むろんぼくの客たちの気持ちに伝わるはずもなかった。みんな、もうこの場はお開きにしようという気分になっていた。

ツヴァックが無理やりぼくにオーバーを着せかけて、大声で言った。

「ペルナートさん、『ロイジチェク』にぜひ一緒に行こう、いのちの洗濯になるよ」

夜

ツヴァックに連れられて、ぼくはおりるともなく階段をおりていった。

通りから建物のなかに忍びこんでくる霧の匂いが、だんだんはっきりと感じられてくる。ヨーズア・プローコプとフリースランダーとは、ひと足先に出ていた。かれらがおもてで喋っているのが聞こえてきた。

「この蓋の格子からマンホールのなかに落ちたにちがいない。もう見つからんな」

通りに出ると、プローコプが身をかがめて人形の頭を探しているのが見えた。

「あんなしようもない頭なんか見つからなくてさいわいだよ」とフリースランダーがつぶやいた。かれは壁にもたれて立っており、その顔がつかのままばゆく輝き、そしてまた闇のなかに消えた。――マッチをすってその火をかれの柄の短いパイプに吸いつけたのだろう。

プローコプがみんなを制止するように激しく腕を振って、舗道に膝をつかんばかりに、いっそう深く身をかがめた。

「しっ！　なにも聞こえんのかね？」

ぼくらはかれのところに歩み寄った。かれは黙ってマンホールの格子蓋を指さし、その手を耳にあてた。しばらくのあいだ、ぼくらも立ったまま、身じろぎもせずマンホールのなかに聴き耳をたてていた。

なにも聞こえなかった。

「いったいなんだったんだね?」しまいに人形遣いのツヴァック爺さんがささやくようにたずねた。

しかしただちにプローコプがかれの手首をつかんだ。

一瞬——鼓動がひと搏ちするかしないかのあいだだったが——地下でだれかが手で鉄板を叩いているように思われた、——ほとんど聴きとれないぐらいの音だった。一瞬はっとしたあとで、なんだろうと思ったときには、もうすべては過ぎ去っていて、ぼくの胸のなかに記憶のこだまのようなものが響いているばかりだった。それは徐々に消えていきながら、漠然とした戦慄に変わっていった。

通りを人のやってくる足音が、そんな気持ちを追い払った。

「さあ行こう。こんなとこに突っ立っていてもしょうがない!」フリースランダーが言った。

ぼくらは家並みにそって歩いていった。

プローコプもしぶしぶついてきた。

「首を賭けてもいい。地下でだれかが叫んでたんですよ、死の恐怖のような悲鳴を」

だれも答えなかった。仄かに忍び寄る不安のようなものがぼくらの舌を呪縛しているのを、ぼくは感じていた。

ほどなく、窓を赤いカーテンで蔽った酒場のまえに来た。

変色した女たちの写真でふちどられた厚紙に、

「**サロン・ロイジチェク**

本日　大コンサートあり」

と書かれていた。

ツヴァックがノッブに手をかけようとしたとき、ドアが内側に開いて、ポマードをべっとり塗った黒い髪の毛の、四角い顔をした男がぺこぺこ頭をさげてぼくらを迎えた。——その男は襟《カラー》をしていない裸の首に緑色の絹のネクタイを巻きつけ、燕尾服のチョッキにひとかたまりの豚の歯を飾っていた。

「こりゃあ、こりゃあ、ようこそいらっしぇえませ。——シャフラーネクさん、すぐにファンファーレを！」かれはぼくらに挨拶してから、急いで肩越しに、人でいっぱいの客席を振り返って声をかけた。

ねずみがピアノの弦のうえを走り抜けるような音が、それに応えた。

「こりゃあ、こりゃあ、ようこそいらっしぇえませ。ようこそいらっしぇえませ。光栄でごぜえます」四角い顔の男は、ぼくらがオーバーを脱ぐのを手伝いながら、たえずひとりごとのようにつぶやいていた。

店の奥の、手すりと二段の階段とで手前の客席から仕切られた一種の高座のような席に、夜会服を着た数人のしゃれた青年紳士が陣どっているのが見えた。フリースランダーの不審そうな顔を見て、四角い顔の男が誇らしげに答えた、「ええ、ええ、きょうは国中の高貴のおかたがてめえどもの店にお集まりくだせえましたんで」

客席のうえに濃霧のような煙草の煙がたちこめ、目にひりひりと痛かった。客席の向こうの壁ぎわには、いくつもの長い木製のベンチがあって、落ちぶれた身なりの人々が群れていた。乱れた髪の毛の、垢だらけの、裸足の娼婦たちが、色あせた肩掛けで大きな乳房をかろうじて蔽って賭博にふけっている。そのそばに、青い軍帽をかぶったり、耳に煙草をはさんだりした女衒《ぜげん》たち。そして毛むくじゃらのこぶしをし、不器用そうな、動くたびに野卑な無言の言葉を喋っているかのような指をした家畜売買人たち。それにあつかましい目つきの、よそのボーイたち。市松模様のズボンをはいた、あばたづらのどこかの店員たち。

「ほかのお客さんに邪魔されねえように、スペインの衝立《ついたて》を立てさせてもれえます」四角い顔の男が満足げなしわがれ声で言い、そしてぼくらが腰をおろした隅のテーブルのまえに、踊っている小さな中国人たちの切り抜きを貼った衝立が押してこられた。

ハープを掻き鳴らす音が聞こえて、部屋中の騒がしい人声がふいに沈黙した。

そしてハープも、リズムをとるために一瞬休止した。

すべての人が息をとめたかのような死の静寂。

ガス燈の鉄パイプが、その先端からハート型の短い焔をしゅうしゅうと吹き出している音が、突然驚くほど鮮明に耳に聞こえた――　――と思った瞬間、曲の音が襲いかかり、その音を呑みこんだ。

奇妙なふたりの人間の姿が、まるでふいにそこに現われたかのように、もうもうたる煙草の靄のなかから、ぼくの視界のなかに浮かびあがった。

波をうった、長い、白い、予言者のようなひげをはやし、小さな黒絹の――その昔ユダヤ人の家父たちがかぶっていたような――頭巾《ずきん》を禿頭にのせた爺さんが、白濁した、青いガラス玉のような盲目の目をじっと天井に向けて坐り、そして声もなく唇を動かしながら、禿鷹の爪のような干からびた指をハープの弦に走らせていた。その隣に、脂びかりした琥珀《こはく》織りの黒服を着て、首と両腕に黒玉の輪――いつわりの市民道徳の象徴――をつけたぶよぶよの老婆が、膝にアコーディオンをのせて坐っていた。

蹴つまずくような荒々しい曲の音がふたつの楽器から流れ出ていた。やがてその旋律は、疲れたように、静かな伴奏に変わっていった。

爺さんは、二、三度ぱくぱくさせた口を急に大きくあけた。歯の、黒い残り株が見えた。すると野卑な低音《バス》が、ヘブライ語特有の喉を鳴らすような奇妙な音をともないながら、かれの胸の底からゆっくりと溜息のように洩れてきた。

「あーかい、あーおい、お星さま――　――」

「リティティトゥ」（老婆が金切り声で合いの手を入れ、まるで言いすぎたとでもいうように、ただちに唇をぱくっと閉じた）

「あーかい、あーおい、お星さま、ぼくの好ーきな、三日月さま」

「リティティトゥ」

「ロートバールトとグリューンバールトが星のすべてに――――」

「リティティトゥ、リティティトゥ」

数組の男女がフロアに踊りに出た。

「これは『ダス・ホメッツィゲ・ボルフー』（残忍な人の消滅）っていう唄なんだ」とツヴァックが頬笑みながらぼくらに説明し、奇妙なことに鎖でテーブルにくくりつけてある錫《すず》の匙でそっと拍子をとった、「少なくとも百年かそれ以上まえのことだが、ロートバールトとグリューンバールトというふたりのパン屋の徒弟がだね、安息日の晩に、パンに――つまり星や三日月のかたちをしたパンにだな――毒を盛って、それでユダヤ人街に大勢の死者が出る危険が迫ったことがあった。だけど『メショーレース』が――つまり教区の牧師が――神の啓示を受けて事前に気がつき、そのふたりを市の警察に引き渡すことができたんだ。で、人々を死の危険から救うてくれたこの奇蹟を記念して、当時『ラムドーニーム』（教える者たち）と『ボーヘルレーク』（生命力を熟視する者）とが、いま酒場のカドリルとして聞いてるこの奇妙な唄の文句をつくったわけだ」

「リティティトゥ――リティティトゥ」

「あーかい、あーおい、お星さま――――――」爺さんの呻《うめ》くような声がますます曖昧に幻想的になっていく。

突然メロディーが混乱し、しだいにボヘミアの『シュラパーク』――足を引きずる踊り――のリズムに変わっていき、踊っていた各組の男女が汗ばんだ頬をぴったりと寄せあった。

「そうだ、いいぞ。いいか、いくぞ！ 受けろ、そーら」高座から、燕尾服を着て片めがねをした、すらっと背の高い、若い紳士が、ハープを弾いている老人に叫びかけ、チョッキのポケットから一枚の銀貨をとり出して投げた。銀貨は狙いをはずれて、踊っている人々の頭上にきらきら光りながら飛んでいき、そしてふいに消えた。ひとりの浮浪者が――その顔をぼくは知っているような気がした、きっとこのあいだ俄か雨のときにカルーゼクの隣に立っていた若僧にちがいない――それまで踊りながらしつこく相手のショールの下に入れていた手をさっと引き抜いて――一拍の間も踊りを中断することなく、猿のように敏捷に、その手をぱっと宙にのばしたかと思うと銀貨をつかんでいた。若僧は顔の筋肉ひとつ動かさなかった。そばの二、三組の男女だけが小声でくすくすっと笑った。

「あのすばしっこさからすると『大隊』のひとりだな」ツヴァックが笑いながら言った。

「ペルナートさんはきっとまだ『大隊』のことをなにもご存知ないでしょう」とフリースランダーが不自然な性急さで話題をぼくに向け、そしてぼくに見られないようにこっそりツヴァックに目くばせした。――ぼくにはよくわかった。さっきと、五階のぼくの部屋にいたときと、おなじなのだ。かれらはぼくを病気だと思っている。ぼくの気持ちを晴らそうとしてくれているのだ。そのためにツヴァックになにか話を、なんでもいいからとにかく話をさせようとしているのだ。

気のやさしいツヴァック爺さんが同情のこもった目でぼくを見つめたとき、ぼくの心の奥から熱いものが目にこみあげてきた。かれの同情がどれほどぼくに苦痛であるか、かれがわかってくれたなら！

ぼくはツヴァックが話しはじめた前口上をうわの空で聞いていた。——ぼくには、ぼくがゆっくりと血を流しているような気持ちを味わっているということ、ただそれだけしかわからなかった。さっき木製の頭となってフリースランダーの膝に寝ころがっていたときもそうだったが、ぼくは徐々に冷たくなり硬直していった。すると突然、ぼくは読み物のなかの一片の無生物のように、見知らぬ物語にとり囲まれ——包みこまれているのだった。

ツヴァックが物語りはじめていた。

「法律学者フルバート博士とかれの大隊の物語。

——　——さて、かれがいぼだらけの顔をして、ダクスフントみたいに短いまがった足をしていたということを、まず言っておかんならんだろうな。ところで、かれは子供のころから、もう勉強ばっかりしておった。退屈な、あのげんなりする勉強ばかりをな。そのうえ家庭教師をして一所懸命働いて、病気の母親を養わなきゃならなんだ。緑の牧場だとか花の咲き乱れる生垣や丘だとか、そして森や林が、どんなもんなのか、かれは本からしか学んだことがなかったとわしは思う。プラハの暗い裏町にはほとんど陽もささんことは、あんたもよくご存知のことだがな。

かれは博士の学位を抜群の成績でとったが、それも実際当然の話だった。

さて時がたつにつれて、かれは有名な法律学者になっていった。あらゆる人が――つまり裁判官だとか老練な弁護士なんかもだな――わからんことがあるとかれのところにたずねにくるほど、それほど有名になったんだ。にもかかわらず、かれは窓からタインホーフ（タイン教会の用地）を見おろす屋根裏部屋に乞食同然の見すぼらしい暮らしをしておった。

こうして何年かたつうちに、法律学の権威というフルバート博士の名声は、全国の人々が人の鑑《かがみ》として口にするまでになった。かれみたいな人間が柔らかな色恋の感情をもつことがあるなんて、それもだね、もう頭にゃ白いもんが混じりはじめてたし、これまでかれが法律以外のことを話すのを聞いたおぼえのある人はひとりもなかったんだから、だれひとり、そんなことが起こりうるなんて思うてなかったにちがいない。ところがだ、まさにそんな閉じこもった心にこそ、恋慕の情ってやつは一番赤々と燃えさかるものなんだな。

たぶんフルバート博士が、もう学生時分から最高の望みとして頭のなかに描いておったはずの望みを達した日に――つまり皇帝陛下がウィーンからかれをここの大学の総長に任命なさったその日にだな、こんな噂が街に広がった。かれが見目麗しい若い娘さんと、貧しいけれども貴族の家のお嬢さんと婚約したそうだ、とな。

そのとき以来、フルバート博士にほんとにしあわせがやってきたように思われた。子供はできんかったけれども、かれは若い奥さんを大事にし、奥さんの目からなにかが読みとれると、進んでその望みどおりにしてやって、そうすることがまたかれの一番の喜びだった。かれは幸福になってもけっして困ってる人たちのことを忘れはせなんだ。そんなことは忘れてしまう人が多いもんだがな。かれはこんなことを言ったことがあったそうだ、『神はわたしの望みをかなえてくださった。わたしが子供のころから光のように目のまえに見つづけてきた夢を現実のものにしてくださった。神はこの世でもっとも愛らしい人をわたしにお恵みくださった。だからわたしは、微力の及ぶかぎり、このしあわせのせめて微光を人々にも分かちたい』とね。――――というようなわけで、かれはあるおりに、ひとりの貧しい大学生を引きとって、実の息子同然に面倒をみてやっていた。苦しかった若いころに、そんな親切をわが身に受けていたらどんなに嬉しかっただろうと、ひょっとしたらそんなことを考えてのことかもしれんな。ところがだ、この世には、善良で高貴な行ないだとしか思えんような行ないが、呪わしい行ないとおんなじ結果を招くことがよくあるんだな。つまり、それが毒の種子をもっとるのか、いいことを生む種子をもっとるのか、わしら人間にはそれをちゃんと見分けることができないわけだ。で、ここでもフルバート博士の慈悲ぶかい親切がかれ自身にとんでもない不幸をもたらす結果になってしもうた。

かれの若い奥さんがほどなくひそかにその学生と愛しあうようになってね、苛酷な運命のいたずらなのか、かれが奥さんの誕生日に愛情のしるしとして、プレゼントに薔薇の花束を買って、奥さんをびっくりさせてやろうといつもよりも早く家に帰ってきたら、そしたらちょうどそのとき、かれが親切に親切を重ねてきてやったその学生の腕のなかに奥さんが抱かれてるところだった。

　青いひなぎくは、雷雨を告げる一閃の稲妻に、その蒼白い硫黄色の一閃の光に突然照らされたら、もう二度とふたたび色香をとり戻すことがないそうだが、たしかにこの老博士の心も、かれの幸福がこなごなに砕かれたその日のうちに永遠にめしいてしもうた。もうその日の晩に、それまで無節制のむの字も知らなんだかれが、この『ロイジチェク』にやってきて――安ブランデーに酔いしれて――夜がしらむまで動こうとせんかった。そして『ロイジチェク』が、かれの砕かれてしもうた人生の、その残りを過ごすわが家になったわけだ。夏はどこか建築中の建物のがらくたのうえに寝て、冬にゃここの木製のベンチで眠っておった。

　教授と博士の称号は、つまりそのふたつの資格は、黙ってそのままにされてたが、だれも、そんな行状はけしからんと、かつての有名な大学者を非難する気にはなれんかったんだな。

　そしてしだいに、このユダヤ人街でうごめいてる、明るいところの嫌いなならず者連中がかれの周囲に集まってきて、それで、いまでも『大隊』と呼ばれてるあの奇妙なグループができたようなわけだ。

　フルバート博士の厖大な法律の知識が、警察が目を光らせとる者たちみんなの防壁になったんだな。出獄してきた前科者が飢え死にしかけると、かれはそいつをすっぱだかでアルトシュタット環状広場に行かせる、――するといわゆる『フィッシュバンカ』（フィッシュパンカの訛り。刑務所名。一般に刑務所）の役人は服を支給せにゃならん羽目になるわけだ。あるいはまた宿無しの街娼がつかまってこの街から退去を命ぜられると、ただちにこの街に籍のある浮浪者と結婚したことにして、居住権をとらせてしまうんだな。

　こんな抜け道をフルバート博士はいくらでも知っとり、かれの入れ智恵には警察もなすところがなかったわけだ。——ところで人間社会からのこのはみ出しものたちは、かれらがいわゆる『稼いだ』ものを、びた一文残さず、正直に共同の金庫に収めて、そっから必要な生活費を支給されてたんだ。不正直なことは、これっぽちのことも、いっぺんだって起こらんかったそうだ。この鉄みたいに固い紀律のために『大隊』っていうあだ名が生まれたんだろうな。

　毎年きまって十二月一日には、つまりその日が老博士に不幸が襲いかかった日なんだが、この『ロイジチェク』で、夜になると奇妙な儀式が行なわれたもんだ。乞食や浮浪者や、ひもに娼婦、飲んだくれにバタ屋たちがここに集まってきてだな、頭をくっつけるようにひしめきあいながら、ミサみたいに物音ひとつたてずにしーんとしてる。——そこでフルバート博士が、いまふたりの老人が坐って音楽を演奏してるあの隅っこから、ちょうど皇帝陛下の戴冠式の絵の真下からだな、かれの一代記を語って聞かせるんだ、——どんなふうにしてかれが身を立て、博士の学位をとり、さらには総長になったか。そしてかれが薔薇の花束を手にもって——それは奥さんの誕生日の祝いのためでも、同時にまたかれが彼女にプロポーズし、彼女がかれのかわいらしい花嫁になったころを思い出すためでもあったんだろうが——その花束をもってかれの若い奥さんの部屋に入っていくくだりになると、いつも声がつまってしもうて、テーブルに泣き伏した。すると、だれかふしだらな女が、きまわるそうに、だれにも見られんようにこっそりと、一本の萎《しお》れかかった花をかれの手にもたせてやることもあった。

集まった連中は、そのあとなお長いあいだひっそりと静まりかえっておった。この連中、泣くにはちいと強情すぎたが、それでもみんな目を足もとに落として、指をもじもじ動かしてたんだな。

ある朝、フルバート博士がモルダウ河の岸辺のベンチで死んでるのが見つかった。凍死だったとわしは思う。

かれの葬式はいまでもはっきり目のまえに浮かんでくるが、『大隊』の連中はたがいにせめぎあうようにして、なにもかもできるかぎり豪奢なものにしようとしたんだな。

礼装した大学の小使いさんがひとり、金の鎖をのせた緋色のビロードの盆を両手にもって先頭に立ち、柩《ひつぎ》のあとにゃ見渡せんぐらい行列がつづいてた、――裸足の、垢だらけの、ぼろをまとった『大隊』の連中だ。そのなかにひとり、古新聞を貼り合わせてつくった服をからだにも足にも腕にも巻きつけて歩いてるやつがいた。なけなしのものを売り払うて古新聞を買うてきたわけだ。

そんなふうにして、かれらはフルバート博士に最後の敬意を表したんだな。

郊外の墓地にあるかれの墓には、三人の人の姿を彫った、つまり十字架にかけられたキリストの両わきにふたりの盗賊を配した図柄を彫った、白い墓石がおかれてるが、だれがおいたもんかはだれも知らん。陰では、フルバート博士の奥さんだとささやかれてるけれどもな。――――――

かれの遺言に遺贈のことが書かれてあって、その遺贈によって『大隊』の連中全員が、毎日昼にこの『ロイジチェク』で、ただでスープを一杯もらえることになった。ここにこうして匙がテーブルに鎖でぶらさげてあるのはそのためで、テーブルの窪みは皿なんだ。で、十二時になるとウェートレスが大きなブリキの水鉄砲みたいなもんをもってきて、スープを注いでまわるんだが、『大隊員』だと証明できんやつがいると、もういっぺんその水鉄砲みたいなやつで吸い戻すんだな。

このおもしろい風習は、この店から、全世界に広まっていったんだがね」――――――

酒場に騒動がもちあがった気配を感じて、ぼくは嗜眠状態《レタルギー》から醒めた。

ツヴァックが語っていた話の最後の部分が、ぼくの意識を風のように過ぎ去っていく。ぼくにはまだ、かれが両手を動かして、水鉄砲のようなかんからスープを押し出したり吸い戻したりする操作を説明しているのが見えている。だがたちまち、ぼくのまわりにくり広げられている酒場の光景がぼくの視野を蔽い、その光景が、急速に、自動機械のように、しかし不気味な鮮明さをもって展開しはじめる。ぼくはそのかん完全にわれを忘れ、まるでぼくも、生命をもったその機械装置のなかのひとつの歯車であるかのような気がしている。

酒場全体がひとつの喧噪に包みこまれている。高座には黒の燕尾服を着た大勢の紳士たちがあふれている。白いカフス、きらきら光る指輪。騎兵大尉のモールをつけた龍騎兵の軍服も混じっている。それらの背後に淡紅色の駝鳥《だちょう》の羽根を飾った婦人帽が見えている。

手すりの格子のあいだから、ロイザが顔をゆがめてじっと高座を見あげている。ほとんど、まっすぐ立っていることができないようすだ。ヤロミールもそこにいて、まるで目に見えない手で押しつけられているかのように、背中をわきの壁にぴったりと押しつけて、やはりじっと高座を見あげている。

踊っている男女がふいに立ち止まる。主人がかれらになにかを叫んだにちがいない。それでかれらは驚いて立ち止まったのだ。音楽はまだ奏でられているが、しかしかすかな音で、いかにも自信なげだ。音が震えているのがはっきりとわかる。しかし主人の表情には、陰険な、野卑な喜悦が浮かんでいる。

――――――――入口にふいに制服の警部が、だれも外に出さないぞ、というように両腕を広げて立っている。そのうしろにひとりの刑事。

「この店ではダンスをしてるのか？　禁止されてるのに！　こんな巣窟、営業停止にするぞ！　一緒に来い、おやじ！　ここにいる者はみんな署まで来てもらう！」

命令のようだ。

四角い顔をした主人は返事をしない。そして、あいかわらず顔に陰険な薄笑いを浮かべている。ただその薄笑いが少しこわばっただけだ。

アコーディオンがむせびこみ、そのあとはただひいひい喘《あえ》ぐような音を響かせている。ハープも、しっぽを巻いた犬のようだ。

突然すべての人々の顔が横を向き、目を大きく見開いて、期待にみちて高座を見つめる。しゃれた黒い服装の男が悠然と階段をおりてきて、ゆっくりと警部のほうに歩を運んでいく。

刑事の目は、ぶらりぶらりとやってくる男の黒のエナメル靴に吸いついて離れない。伊達《だて》男は警部の一歩まえに立ち止まって、いかにも退屈そうに、警部の頭の先から足の先へと視線を這わせ、そしてもう一度ゆっくりと視線を引きあげる。

高座の若い貴族たちは、手すりから身を乗りだし、ねずみ色の絹のハンカチで口を押さえたりして笑いを嚙み殺している。

龍騎兵の大尉が、片めがねをまねて金貨を目に押しつけ、煙草の吸いさしを、かれの下で手すりにもたれている女の子の髪のなかに吐き捨てる。

警部は蒼白な顔をして、困惑のていで目のまえの貴族の、胸の真珠をじっと見つめている。かれには、そのきれいにひげを剃った、無表情な、鉤鼻の顔の、なげやりな、うつろなまなざしがどうにも我慢ならない。

その顔がかれの落ち着きを奪い、かれを打ちのめしてしまうのだ。

酒場のなかの死の静寂が、徐々に重苦しさを増していく。

「騎士の彫像にあんなのがあるな。ほら、ゴシックの教会なんかに、両手を組み合わせて石棺に寝たかたちのがあるだろ」画家のフリースランダーが青年貴族を目でさしてささやいた。

そのとき、青年貴族がついに沈黙を破った、「ええ――ふむ」―― ―― ――かれはこの店の主人の声をまねた、「こりゃあ、こりゃあ、ようこそいらっしぇえませ――光栄でごぜえます」吼えるような大哄笑が爆発し、グラスが鳴り響く。浮浪者たちが腹をかかえて転げまわり、瓶が一本、壁に飛んでこっぱみじんに砕け散る。四角い顔をした主人がうやうやしく山羊の鳴くような声でみんなに説明する、「侯爵フェルリ・アーテンシュテット閣下でございます」

侯爵が警部に名刺をさし出した。世にもあわれな警部は名刺を受けとり、敬礼をくりかえし、踵《かかと》を打ち合わせる。

ふたたび静寂にかえり、酒場全体が息をひそめてなりゆきを見まもっている。

侯爵がふたたび口を切る。

「ご覧のとおり、ここにお集まりの紳士淑女のみなさまは——ええ——てめえどもの大事なお客さまでございます」侯爵はだらしなく腕を動かしてならず者たちのほうをさす、「警部さま——ええ——ひょっとしたら紹介してほしいのでございましょうか?」

警部は無理やり微笑をつくって否定し、狼狽しながら「これが職務なので」などと口ごもったあとで、やっと奮起して言う、「この店が上品な社交場であることがよくわかりました、はっ」

これを見て龍騎兵の大尉が調子にのり、うしろに見えている駝鳥の羽根を飾った婦人帽のところにすっ飛んでいき、そしてつぎの瞬間、若い貴族たちの歓声を浴びながら——ロジーナの腕を引っぱってフロアにおりてくる。

ロジーナはふらふらに酔っぱらって、目を閉じている。大きな、高価な帽子を斜めにずらし、薔薇色の長いストッキングをはいているほかには——素裸のからだに男ものの燕尾服をはおっているだけだ。

だれかが合図したのだろう、音楽が突然狂暴に鳴り響き――――――「リティティトゥ――リティティトゥ」――――――――ロジーナを見て聾唖のヤロミールが向こうの壁ぎわから吼えたてた喉を鳴らすような叫びを押し流してしまう。――――――

ぼくらは店を出ようと思う。

ツヴァックがウェートレスを大声で呼ぶ。

しかし酒場全体の喧噪がその声を呑みこんでしまう。

ぼくの目のまえの情景が、阿片の幻覚のように幻想的になる。

騎兵大尉は半裸のロジーナを腕に抱いて、拍子に合わせてゆっくりと旋回している。

ほかの人々は敬意を表してそのふたりにフロアをあけている。

ベンチから「ロイジチェク、ロイジチェク」というつぶやきが聞こえ、みんなが首をのばす。いっそう奇妙な一組の男女が踊りにくわわる。女装した若者が――長いブロンドの髪を肩までさげ、唇と頬に娼婦のように紅をさして、薔薇色のトリコをはいた若者が、目を伏せて困惑の媚態をつくりながらアーテンシュテット侯爵の胸に悩ましそうにぶらさがっている。

甘美なワルツがハープから流れてくる。

生きることへの激しい嘔吐感がぼくの喉もとを締めつける。

ぼくは不安でいっぱいになって、視線を入口に向ける。そこに、警部が、なにも見ないようにそっぽを向いて立っている。そして急いで刑事になにごとかをささやく。刑事がなにかをポケットに収める。手錠のような音がする。

ふたりはあばたづらのロイザのほうをうかがい見る。一瞬ロイザは身を隠そうとするが、麻痺したように——驚愕のために顔面を蒼白にひきつらせて——立ち止まってしまう。

ある光景がふいにぼくの心によみがえり、すぐに消える。プローコプがマンホールの格子蓋のうえにかがみこみ、聴き耳をたてている、——すると地下からかんだかい死の恐怖の叫びがたちのぼってくる——一時間ほどまえに見たあの光景が。——————————


ぼくは叫ぼうとするが声が出ない。冷たい指がぼくの口にねじこまれ、舌を下の前歯の裏に押しつけている。口腔がかたまりのようなもので塞がれていて、ぼくは言葉を発することができない。

ぼくはその指を見ることができないが、それが目に見えない指であるのを知っており、かたちをもった物体として感じている。

そしてぼくの意識は、それが、ハーンパス通りのぼくの部屋に『イッブール』の本をもってきた幽霊の指であるのを、はっきりと知っている。

「水を、水を頼む!」ぼくのそばでツヴァックが叫ぶ。かれらはぼくの頭を支え、一本のろうそくの光でぼくの瞳孔を照らす。

「かれの家に運んで、医者を呼ぼう。——いや、市役所の文書係のヒレルがこういうことにはくわしいだろう—— ——ヒレルのところに連れていこう!」——かれらがひそひそと相談しあっているのが聞こえる。

ぼくは、死体のように硬直したからだを担架に載せられ、プローコプとフリースランダーとにかつがれて外に出る。

目醒め

ツヴァックはひと足先に階段を駆けあがっていた。ヒレルの娘ミルヤムが、かれに心配そうにたずね、かれがミルヤムを安心させようとしているのが聞こえていた。

ぼくはかれらが喋っていることを聴こうと努めてはいなかった。ツヴァックが、ぼくに不幸なことが起こったので、ぼくの意識をとり戻してもらおうと応急処置を頼みにきたと話しているのが、ぼくにはその言葉を聞いて知るというよりも、むしろひとりでに感知できるのだった。

いぜんとしてぼくは手足を動かすことができず、目に見えない指がぼくの舌を押さえていた。しかしぼくの思考はしっかりしており、恐怖感は去っていた。ぼくは、ぼくがどこにいて、ぼくの身になにが起こっているのか、正確に知っていた。そしてぼくが死者のように運んでこられ、シェマーヤ・ヒレルの部屋に担架ごとおろされ、——ひとり置き去りにされたのを、異常なこととも感じていなかった。

長旅から家に帰ったときに感ずるような、落ち着いた、自然な満足感がぼくを満たしていた。

部屋のなかはまっ暗だった。通りに面した窓の仄白い靄の明るみが、十字型の窓の輪郭をぼんやりと浮きあがらせていた。

なにもかもあたりまえのことに思えた。ヒレルが、ろうそくを七本ともした、ユダヤの安息日用燭台をもって入ってきたことにも、そして、来るのを待っていた人にたいするように、ぼくに悠然と「今晩は」と挨拶したことにも、ぼくは驚かなかった。

ぼくは、この建物に住むようになってからきょうまで──かれとは週に三、四度は階段で顔を合わせていたが──かれの容姿に一度もとくに注目すべきものを感じたことはなかった。しかしいまかれが部屋のなかを行き来して、たんすのうえの二、三のものを片づけ、最後に、手にしてきた燭台でもうひとつの、やはりろうそくを七本立てた燭台に火を移すのを見ていると、そのかれの容姿が強くぼくの目をひくのだった。

肢体は均斉がとれ、細く繊細な顔の彫り、そして秀でた額。

いまろうそくの明りのなかで見ているかぎり、かれはぼくよりそれほど年上ではなく、せいぜい四十五歳までだろう。

「きみは思ってたより数分早く来たね」──しばらくしてかれが言った──「きみが来るまでに灯をともしておくつもりだったのに」──かれはふたつの燭台をさしてそう言いながら担架に歩み寄ってきた。しかしかれは額の奥の黒い目を、ぼくの枕もとに立つかひざまずくかしているらしい、ぼくからは見えないだれかに向けているように思われた。そして唇を動かして、しかし声には出さずになにごとかを言った。

するると、目に見えぬ指がぼくの舌を離れ、からだの強直痙攣がとけた。ぼくは上体を起こして振り返った。しかしその部屋には、シェマーヤー・ヒレルとぼく以外にはだれもいなかった。

とすると、かれが「きみ」と呼びかけ、来るのを待っていたようなことを言っていたのは、やはりぼくに言っていたのだ！

だがそのこと自体よりも、ぼくがそのことをぜんぜん不思議に感じないことのほうが、ぼくにはいっそう奇異に思えた。

ヒレルはあきらかにぼくの気持ちを察していて、やさしく頰笑みながらぼくが担架から起き出すのを助け、手で椅子を示してこう言った。

「実際なにも不思議なことじゃないよ。人間にとって不気味なのは幽鬼のようなもの——つまりキッシユーフだけなんだから。人生は毛のオーバーのようにうっとうしく暑くるしいものだけど、魂の世界の陽ざしは柔らかく暖かいものなんだよ」

べつに返答すべきことも思いつかなかったので、ぼくは黙っていた。かれも返答などまったく予期していないようすで、ぼくと向かいあわせに腰をおろし、悠然と言葉をつづけた、「銀の鏡だって感覚をもっていたら、みがかれれば痛いと感ずるだろう。だけどつるつるに、ぴかぴかになってしまえば、鏡はそれに映るすべての像を、なんの苦痛も感じずに、激昂することもなく、反射するんだね」

「自分のことを」とかれは小声でつけくわえた、「みがかれていると言いうる人はさいわいなのだ」

——一瞬かれは冥想に沈み、ヘブライ語をつぶやくのが聞こえた、「リーシユオーセーホー　キイー

シー　アドーシェム」（人にとって、人をつくりし者は、人が罪を自覚するまでは、その支配者だ）
そしてふたたびかれの声がはっきりとぼくの耳に聞こえた、「きみは深い眠りの状態でぼくのところにやってきた。そしてぼくは、きみの目を醒ましてあげた。ダビデの詩篇にこう言われてるね。『そのときわたしは心のなかで言った。いまわたしははじめる。この変化をもたらしたのは神の右手だ』

人は寝床から起きあがると、眠りを追い払ったと思う。つまり自分がさまざまな感覚のとりこになって、たったいまのがれた眠りよりもはるかに深い、あらたな眠りの餌食となってるのを知らないのだな。真の目醒めはひとつしかなく、いまきみが近づこうとしている目醒めはそれなんだ。このことはだれにも言ってはいけないよ。みんなは、きみの言うことがわからずに、きみのことを病気だと言うだろうからね。だからこのことを人に言うのはばかげた怖ろしいことだ。

　かれらは流れのように過ぎ去る——
　かれらは眠りのようなもの、
　すぐに萎れる青草に似たもの——
　夕べには苅り倒され枯れてしまう青草」

「ぼくの部屋を訪ねてきて、ぼくに『イップール』の本を渡した見知らぬ男はだれだったんですか？　その男を見たとき、ぼくは醒めていたのですか、夢を見ていたのですか？」とぼくはたずねようとした。しかしその思いを言葉にしうるまえにヒレルが答えた。

「きみのところに来た、そしてきみがゴーレムと呼んでる男は、魂のもっとも内奥の生によって死者が目を醒ましたものだと思えばいい。この世のすべてのものは、塵《ちり》をまとった永遠の象徴以外のなにものでもない！

きみは目でなにを考えることができるのかね？　きみが見ている、かたちをもったすべてのものを、きみは目で考えている。ところが、かたちに凝固したすべてのものは、かたちをとるまえにはすべて幽鬼だったんだね」

ぼくは、これまでぼくの脳裏にしっかりと錨をおろしていたもろもろの観念が、錨を切られて、舵のない船のように岸辺なき海に漂い出ていくのを感じた。

ヒレルは悠々と言葉をつづけた。

「真に目を醒まされたものは、もう死ぬことができない。眠りと死とはおなじものなんだから」

「――――もう死ぬことができない？」――――ぼくは重苦しい苦痛に襲われた。

「ふたつの道が、つまり生の道と死の道とが平行して走ってるのだが、きみは『イッブール』の本を受けとって読んだだろ、だからきみの心は生の霊魂を受胎したんだ」とかれが語るのが聞こえた。

「ヒレル、ヒレル、ぼくにも人々が歩む道を、死ぬことのできる道を歩ませてくれ！」とぼくの体内のすべてが狂暴に叫んでいた。

シェマーヤー・ヒレルは厳粛に顔を引き締めた。

「人々は生の道にしろ死の道にしろ、道を歩むんじゃない。嵐に吹かれる藁屑のように漂っていくんだよ。タルムード（ユダヤの律法の口伝・解説の集成）にこう書かれてる、『神はこの世界を創造するまえに、生きものたちのまえに鏡をおいた。かれらは鏡のなかにこの世界に存在することにともなう魂の苦悩を、そしてそのあとにくる歓喜を見た。そこであるものたちは苦悩を引き受けた。あるものたちはそれを拒み、神はこのものたちを神の御手から抹殺した』ってね。だけどきみはひとつの道を歩むんだ、自由意志で歩いてきたんだ、——たとえきみがきみ自身によって呼び出されているのを、いまはまだ忘れているにしてもね。悲しむことはないよ。それを知ったんだから、またそのうちだんだん思い出すさ。知ることと思い出すことは、おなじことなんだから」

ヒレルが言葉を結んだ、そのやさしい、親切なとさえいえる口調が、ぼくにふたたび落ち着きをとり戻させ、ぼくは、父親がそばにいるのを知って安心している病気の子供のように、心丈夫なものを感じていた。

視線をあげると、ふいに大勢の人影が部屋のなかにあり、ぼくをとり囲んで立っているのが見えた。そのなかの何人かは、昔にラビが着ていたような白い死装束をまとい、そのほかのものは三角帽をかぶり、靴に銀の留め金をつけていた。——だがヒレルの手がぼくのまぶたをなでると、部屋から人影は消えていた。

そのあと、かれは階段のところまでぼくを送って出て、燃えているろうそくを一本手渡してくれた。ぼくは、足もとを照らしながらぼくの部屋に帰っていくことができた。——————

ぼくはベッドに横になり、眠ろうとした。だが、まどろみはやってこなかった。まどろむかわりに、夢を見ているのでも、醒めているのでも、眠っているのでもない、奇妙な状態におちいった。灯を消していたにもかかわらず、部屋のなかのなにもかもがはっきりとして、ひとつひとつのもののかたちが細部まで明瞭に見分けられた。そして、ぼくはこのうえなく爽快な気分で、眠れないでいる人が苦しめられる重苦しい煩悶はまったく感じていなかった。

いまほど鋭利に正確にものを考えることができたことは生まれて一度もなかった。健康そのもののリズムがぼくの神経の隅々まで浸透し、ぼくの思考を、まるでぼくの命令を待ちかまえている軍勢のように整列させた。

ぼくはただ呼ぶだけでよかった。すると思考がぼくのまえに現われ、そしてぼくの願いを満たした。

この数週間カットを試みて成功しなかった砂金石のことを思い出すと――つまり点在するたくさんの雲母がどうしてもぼくの考えている模様にならなかったのだが――ふいにその解決策が目のまえに現われ、その石の構造にしたがって彫刻刀をどう入れたらいいかを、ぼくは正確に知るのだった。

これまで、ぼく自身の思想や感情なのかどうかよくわからなかった一群の幻想的な表象や夢の、その奴隷だったぼくが、突如としてぼく自身の国の国主になり国王になっているのだった。

以前なら紙に書いてうんうん言いながらでないと解けなかったような計算問題が、ふいに頭のなかですらすら解けた。すべては、ぼくがいまなにを必要とするかを知り、そして数字にしろ、かたちにしろ、ものにしろ、色にしろ、それらぼくが必要とするものを確保するあらたな能力が、いまぼくの内部に目醒めたせいだった。数字だとかかたちなどを道具とするのでは解けないような——哲学などの——問題には、内的視覚のかわりに内的聴覚が現われ、シェマーヤー・ヒレルの声を聴きとるのだった。

ぼくは不思議なかずかずの認識をあたえられた。

これまで何千回となく、注意することもなくたんなる言葉としてぼくの耳を通り過ぎさせていたものが、いま、底の底まで意義にみたされてぼくのまえにあった。いままでたんに「丸暗記」していたものが、突如としてほんとうに「自分のもの」として「把握」されていた。これまで予感したこともなかった単語の成り立ちの秘密が赤裸々にぼくのまえにあった。

これまで商業顧問官（一九一九年まで商工業功労者にあたえられた称号）のような誠実そうな顔つきをして、荘重な胸に勲章をぶらさげ、ぼくをあごであしらってきた人類のかずかずの「崇高」な理想が、いま敬虔に、つらの仮面を脱いで、それ自身乞食にすぎなかったことを——それにもまして、乞食よりはるかに破廉恥ないかさまを支える松葉杖であったことを、詫びるのだった。

ひょっとしたらぼくは夢を見ているのではないか？　ヒレルと話したのもまったくの夢ではないか？

ぼくはベッドのわきの肘掛け椅子に手をのばした。

夢ではなかった。シェマーヤー・ヒレルがぼくにくれたろうそくがそこにあった。ぼくは、クリスマスの夜に、プレゼントにもらった素晴しい操り人形がほんとに枕もとにあるのをたしかめた子供のように、天にものぼる心地でふたたびベッドにもぐりこんだ。

そしてぼくをとりまいている、魂の謎の密林のなかに、猟犬のように分け入ろうとした。まず、ぼくの記憶が遡行しうるその限界の時点までたち帰ろうと努めた。そこからしか——とぼくは思った——運命の奇妙な定めによって暗黒に包まれている、ぼくという存在のあの部分を覗き見ることはできないのだ。

しかしいかに努力しても、ぼくには、ぼくがこのあいだのようにぼくらの建物の陰鬱な中庭に立っているのが、そしてアーチ型の入口の向こうにアーロン・ヴァッサートゥルムの古道具屋が見えるばかりで、それ以上はさかのぼれなかった。——まるで百年ものあいだ宝石細工を営みながらこの建物に住みつづけ、いつもいまとおなじ年齢で、子供だったことがなかったかのように!

どうにも見込みがなく、過去の深部を探索しつづけることをあきらめようとしたとき、ふいにぼくは輝くばかりの鮮明さで理解した。なるほどぼくの記憶のなかで、幅広い、事件の大道は、あのアーチ型の門のところまでしか遡行できない。しかし事件の大道にたえず伴走している無数の細い小径には、ぼくは一度も注意を向けたことがなかったのだ。「どこで」とぼくは耳に叫び声を聞いたように思った、「いまおまえが暮らしを立てている技術をおぼえたのか? だれに宝石細工を——彫刻やそのほかのことを習ったのか? 読むことを、書くことを、話すことを、——そして食べることを、

——そして歩くこと、呼吸すること、考えること、感ずることを、だれにおそわったのか？」

ぼくはただちにぼくの心のなかの忠告を理解し、ぼくの生活を体系的に遡行していった。

つい最近なにが起こったか、その出発点はなんだったか、そのまえになにがあったか、と脈絡を切れ目なく逆にたどっていくことに努めた。

そして、ぼくはふたたび、あのアーチ型の門にたどりついた。——いまだ！　いま虚空のなかに一歩跳びこみさえすれば、忘れられた過去とぼくとを隔てている深淵は跳び越えられるにちがいない。——そのときぼくの想念の遡行が見落としていたひとつの光景がぼくのまえに現われた。シェマーヤー・ヒレルの手が——さっき下のかれの部屋でそうしたのとまったくおなじようにぼくのまぶたをなでた。

するとすべてが拭い去られていた。探索しつづける気持ちさえもが。

ただひとつ、たしかなひとつの認識だけがあとに残されていた。人生における事件の大道は、それがどんなに幅広く歩みやすく見えていても、けっきょくは袋小路にすぎない。失われた故郷にぼくらを連れ帰ることができるのは、細い、隠れた小径なのだ。究極の秘密をとく鍵をひめているのは——か細い、やっと目に見えるくらいの文字でぼくらのからだに彫りこまれているものであって、外的生活の大目やすりが残す醜悪な傷あとではない。

ぼくが国語の教科書を思い浮かべてアルファベットをZからAへと逆順にたどっていくなら、小学校に通いはじめたころに、ぼくの幼年時代の日々に遡行しうるかもしれないように、——あらゆる思考の彼岸にある、いまひとつの遙かな故郷にもそのようにしてさまよい行くことができるにちがいない、とぼくは思った。

ぼくの肩に、回転しているひとつの地球が転がりこんできた。ふと、ヘルクレスもしばらく天の穹窿を頭で支えていた、という伝説が心に浮かんだ。その伝説のなかから、ぼくの心にそれが思い浮かんだひそかな意味が、仄かに輝きかけてきた。ヘルクレスが巨人アトラスに「ちょっと頭にあてものをひもでくくりつけてもいいだろう、ぼくの脳味噌がこの怖ろしく重い荷物でぺちゃんこになってしまうから」と頼むという策略をもちいてそこから抜け出したように、おそらくぼくにもこの窮地からのがれられる道がどこかにあるはずだ——という思いが仄白んできた。

すると突然、さっきからぼくを支配していたぼくの想念をなおも盲目的に信用しつづけることへの深い猜疑が、ぼくの心に忍び寄った。ぼくは横たえたからだをまっすぐに伸ばし、指で目と耳を閉ざした。それらの感覚にぼくが導きそらされないために。すべての想念を殺すために。

しかしそんなぼくの意志は、鉄壁の定めのまえにこなごなに砕けた。ぼくはある想念をべつの想念によって追い払うことができるだけだった。ある想念が死滅したかと思うと、もうつぎの想念がその屍肉を食らってふとっているのだった。ぼくは、ぼくの血の、轟く流れのなかに逃げこんだ。しかし想念はただちにぼくのあとを追ってきた。ぼくは心臓の鍛冶場に隠れた。しかしそれもほんのしばらくのあいだで、すぐにまた見つけられてしまった。

ヒレルのやさしい声がふたたびぼくを助けにきた、「きみの道に戻るんだ。ぐらついてはいけない。

忘却のわざの鍵は、死の小径を行くぼくらの兄弟のものだよ。きみは、だけど——生の霊魂を受胎しているのだよ」

『イップール』の本がぼくのまえに現われ、そのなかのふたつの文字が燃えあがった。そのひとつは、地震に似た強烈な脈搏をした、青銅の巨像《コロス》のような女だった。——もうひとつは無限に遠方にあって、螺鈿の王座に坐り、頭に赤い木の王冠をのせたヘルマフロディートだった。

そのとき三たび、シェマーヤー・ヒレルがぼくのまぶたをなでた。ぼくはまどろみに落ちた。

雪

「親愛なるペルナートさま！

とり急ぎ、そしてたいへん不安な気持ちで、この手紙をしたためております。お読みいただきましたら、すぐに焼き捨ててくださいますように、――それとも封筒ごとご持参くださり、お返しいただければ、そのほうがありがたく存じますが。――さもないと不安でならないのでございます。

わたくしがお手紙をさしあげましたことも、そしてきょうあなたがどこにお出かけになるかということも、どなたにもおっしゃらないでくださいまし。

先日――（と、ごく簡単に、あなたもご覧になりましたあの出来事のことを仄めかさせていただきますなら、わたくしがだれであるかご推察いただけるかと存じます。と申しますのも、名前を書きますのが怖ろしゅうございますので）――先日ご尊顔を拝しとてもとても懐しう存じました。それに、あなたの亡きお父さまに子供のころお教えを受けたこともございまして、それやこれやのご縁で、あなたのことをひょっとしたらまだわたくしを救ってくださることのできるただひとりのお方かと存じ、思いきってお願い申しあげるようなしだいでございます。

きょう、夕方五時にフラチーンの大聖堂（聖ファイト大聖堂）までお出ましくださいますよう、伏してお願い申しあげます。

あなたのご存じの女より」

およそ十五分ほど、ぼくはその手紙を手にしたまま、椅子に坐りつづけていた。昨夜からぼくを包んでいた、奇妙な、彼岸的な気分は——地上のあらたな一日のさわやかな微風に吹き払われ、いっぺんにふっとんでいた。ひとつの生き生きとした運勢が、頬笑みながら、なにかを約束するかのように——春風のように——ぼくに歩み寄ってきたのだ。ある人の心がぼくに助けを求めている、——ぼくに！　ぼくの小部屋の、なんと一変して見えることだろう！　虫の食った、飾り彫りのあるたんすの満足そうな視線。そして四つの肘掛け椅子は楽しそうにくすくす笑いながらテーブルを囲んでタロック（カード遊びの一種）をしている老人たちのようだ。

ぼくの過ごす一瞬一瞬が、内容を、充実し光彩にみちた内容をもっていた。

朽ち木にも実がなるというのだろうか？

冬が去って、突如氷の下から泉が湧きあがるように、これまでぼくの内部に眠っていた力が——堆積した日常のがらくたに蔽われ、ぼくの心の底に隠れていた力が、生き生きとからだじゅうに浸透しているのをぼくは感じた。

ぼくは手紙を手にして、それがいかなる問題であれ、絶対に彼女を助けることができると確信していた。ぼくの心の歓喜が、ぼくに自信をあたえるのだった。

「それに、あなたの亡きお父さまに子供のころお教えを受けたこともございまして――――」という個所を何度も何度も読んだ。――息がつまった。「汝はわたしとともにきょう楽園につくだろう」という約束（キリストがともに十字架にかけられた二人の盗賊の一人にあたえた約束）のように聞こえはしないだろうか？　助けを求めてぼくにさし延べられたその手が、ぼくに贈物を、ぼくが渇きこがれている追憶を、さし延べているのだ。――その手がぼくに秘密を開示し、ぼくがぼくの過去を閉ざしている幕を引きあげる手助けをしてくれるのだ！

「あなたの亡きお父さま」――――とその言葉を口に出して言ってみる。なんと耳慣れない響きだろう！――父！――一瞬ぼくは、ぼくの長持ちのそばの肘掛け椅子に、白髪の老人の疲れた顔が浮かびあがるのを見た、――見慣れぬ、まったく見慣れぬ、とはいえぞっとするほどよく知っている顔を。――――するとぼくのまぶたがまたふさがってきて、そして心臓の槌音が、つかみとれそうな大きな音で時を刻んでいた。

　ぼくは驚いて立ちあがった。時間に遅れたのでは？　時計を見た。ありがたいことに、やっと四時半になったところだった。

　隣の寝室から帽子とオーバーとをとって、階段をおりていった。暗い片隅のささやきも、いつも方方の片隅から立ちのぼってくる「行かせないぞ――おまえはわしらの仲間だから――おまえが楽しみにいくのには反対だ――この建物のなかの楽しみのほうがずっと素晴しいじゃないか！」という悪意にみちた、狭量な、不愉快なささやきも、きょうばかりはぼくを苦しめることができなかった。いつもは廊下や片隅の四方八方からぼくの首に手をかけぼくを絞め殺そうとする、毒を含んだこまかな埃も、きょうばかりは、ぼくの口から洩れはずむ呼吸にたじろいで、手をこまねいていた。一瞬ぼくはヒレルの入口のまえで立ち止まった。

立ち寄るべきだろうか？

ひそかな嫌悪がぼくにノックをさせなかった。ぼくはきのうとはまったくちがっていた、――まるでかれのところに絶対に行ってはいけないかのように感じているのだった。そして生の手に駆りたてられて階段をおりつづけた。――

通りは雪でまっ白だった。

たくさんの人に挨拶されたと思う。しかしかれらに挨拶をかえしたかどうか、まるでおぼえていなかった。ぼくは何度も、手紙をもっているかどうか、胸にさわってみた。

暖かいものがそこから放射していた。――――

アルトシュタット環状広場の、舗石を敷きつめた並木のアーケード道を歩み、バロック風の格子につららがいっぱいぶらさがったブロンズの噴水を通り過ぎ、ヨハネス・フォン・ネポムクをはじめ、聖者たちの彫像の立ち並ぶ石橋（カレル橋）を渡った。

橋の下では、流れが憎悪にかられたように橋脚を嚙み、白く泡立っていた。

なかば夢見ごこちで、『呪われた者の苦悩』と記された聖ルーイトガルドの砂岩の像に視線をあてた。その贖罪する女のまぶたとその高くかかげて祈る両手の鎖とに雪がこびりつくように積もっていた。

ふたつの塔のアーチ型の門をくぐり抜けると、豪壮な邸宅が立ち並んでいる。彫刻をほどこした、高慢そうな車寄せ。その内部に、ブロンズの輪を嚙んだライオンの頭。

ここも、いたるところ雪また雪に蔽われ、一頭の巨大な北極熊の毛皮を敷き広げたかのような、柔らかく白い雪景色だった。

背の高い誇らしげな窓が、そして結氷しきらきら輝いているその飾り縁が、よそよそしく雲を見あげていた。

空をたくさんの鳥の群れが飛んでいくのに驚いた。

花崗岩の無数の階段をフラチーンにのぼっていった。一段の奥ゆきが、およそ身の丈の四倍ほどの横幅とおなじくらいある階段だった。のぼっていくにつれて、街の屋根と破風《はふ》とが、視界の底に沈んでいった。——　——　——

両側の家並みに、すでに夕闇が忍びこみはじめていた。人気《ひとけ》のない広場についた。そのまんなかに大聖堂が天使の座（空のこと）に向かって聳え立っていた。

人の歩いた足跡が——ふちに氷のかさぶたをつけて——わきの入口までつづいていた。

日暮れの静寂のなかに、どこか遠くの家から、かすかなさまようようなオルガンの音が聞こえていた。それは、倦怠の涙のように、寂寥のなかにひっそりと流れ落ちていた。

ドアをあけ、溜息のようなドア・クッションのきしみを背後に聞くと、ぼくは暗闇のなかに立っていた。消え残った外の明りがステンドグラスから祈禱台に落ち、その仄かな緑と青の微光の向こうから、金色の祭壇が微動だにしない静穏をたたえてぼくにきらめきかけていた。赤いガラスの吊りランプがちらちらと燃えているのだった。

蠟と香《こう》の匂いがぼんやりと漂っていた。

ぼくは長椅子に腰をおろした。なにひとつ動くもののない空間のなかで、ぼくの血が奇妙に静まりかえる。

心臓の鼓動をもたぬ生が――ひそかにじっと待つことが、その空間を満たしていた。

銀の聖遺物箱が永遠の眠りに落ちて横たわっていた。

そのとき！――遠い遠いかなたに、ほとんど耳に聞きとれないほどかすかな馬蹄の響きが起こり、こちらに近づいてくるかと思うと、ふいにとだえた。

馬車の扉を閉じるような、鈍い音が聞こえた。――――――――

きぬずれの音がぼくに近づいてきて、柔らかな、か細い、女性の手がぼくの腕に触れた。

「おそれいりますが、あの壁の柱の陰にいらしてくださいまし。お願いしなければならないことは、

いた。

まわりの荘厳な形象が突然冷たい明晰なかたちに変容し、ぼくはふいに地上の世界に連れ戻されていた。

「どのように感謝申しあげたらいいかわかりません、ペルナートさま。わたくしのために、こんな悪い天気の日に遠いところまでお出ましくださいまして」

ぼくはどもりながら、二、三の月並みな言葉をかえした。

「――――ですけど、あとをつけられたりするいろんな危険から身を護るのに、ここより安全な場所をほかに存じなかったものですから。ここまでは、この大聖堂までは、ほんとにだれもつけてきませんでしたわ」

ぼくは手紙をとり出して渡した。

彼女は高価な毛皮でほとんどすっぽりと顔を隠していたが、声の響きだけで、あのときハーンパス通りのぼくの部屋に、ヴァッサートゥルムに驚いて逃げこんできた女性だということがわかった。ほかに予期すべき女性もなく、ぼくは驚かなかった。

ぼくの目は、彼女の蒼白な顔に吸いつけられていた。柱の陰の薄暗がりのために、たぶん実際以上に蒼白く見えていたのだろうが、ぼくは彼女の美しさに息をつまらせ、呪縛されたように突っ立っていた。彼女のまえに身を投げだし足に接吻して、彼女がぼくに助けを求めてくれたことを、ぼくを選んでくれたことを、感謝したいほどの気持ちだった。

「あのときお目にかけました醜態は――せめてここにおりますあいだだけでも――お忘れくださるよう心からお願いいたします」彼女は声を押し殺して話しつづけた、「それにこのようなことを、あなたがどのようにお考えになるかも、わたくしにはわからないのでございますが――」

「ぼくはだいぶ年をとりましたが、これまでに一度だって、自分に人のことをとやかく言う資格があるだなんて、そんな僭越なことを考えたことはありません」と言うのが、ぼくには精一杯の答えだった。

「ありがとうございます、ペルナートさま」彼女は心をこめて素朴に言った、「それでは、わたくし、たいへん窮地に追いこまれてますので、ひとつお助けいただけるかどうか、少なくとも助言をいただけるかどうか、ご迷惑でしょうがお聞きくださいませ」――彼女がひどい不安にとらえられているのが感じられた。彼女の声は震えていた――「あのとき――アトリエで――――あのとき、あの怖ろしい鬼のような男が計画的にわたくしのあとをつけてることがはっきりわかってぞっといたしましたの。――もう何カ月もまえから、どこに行きましても――ひとりのときも、夫と一緒のときも、それに――――あの――ドクター・サヴィオリと一緒のときも――いつもどこかわたくしの近くに、あの古道具屋の怖ろしい顔が現われるのに気がついており、寝ても醒めてもかれの横目の視線に追いかけられてはいたのですが。まだ、かれがなにをたくらんでいるのか、それはなにもわかっておりません。ですけどそれだけに、夜なぞにはいっそう不安に苦しめられますの。いつわたくしの首に縄を投げてくるのだろうかって！

最初のうちドクター・サヴィオリは、あんなアーロン・ヴァッサートゥルムのような貧乏な古道具屋にできることは——最悪のばあいでもたかの知れたゆすりかそんなものだろうと、そう言ってわたくしを慰めようとしてくれました。でもヴァッサートゥルムの名前を口にするたびに、かれの唇は色を失ったのでございます。いまではわたくし、ドクター・サヴィオリが、わたくしに心配させまいとして、なにかを——かれかわたくしかのいのちにかかわるかもしれないようななにか怖ろしいことを、隠しているにちがいないことに気づいております。

かれは慎重に隠そうとしていましたけど、わたくし、ヴァッサートゥルムが夜に何度かかれの家を訪ねていることを知ったのです！——蛇のとぐろのように、ゆっくりとわたくしたちを締めつけてくるなにかが起こっているのを、わたくし知っておりますし、からだ全体で感じておりますの。——この鬼のような男はかれの家になにをしに行ったのでしょう？　ドクター・サヴィオリはなぜかれを追い払うことができないのでございましょう？　いえ、いえ、もうそんなことを言ってはおられないのでございます。なにかをしなければなりませんの。わたくし、気が狂ってしまわないうちに、なにかを」

ぼくは、慰めの言葉をかけようとしたが、彼女はその言葉をおわりまで話させなかった。

「わたくしを絞め殺そうとしている物の怪《け》が、数日まえからだんだんはっきりとしたかたちをとってきましたの。ドクター・サヴィオリが突然病気になったのです。——いまではかれと話しあうこともできません――かれを愛していることがばれる危険を冒してはならないなら、かれを訪ねてはならないのです。――かれは精神錯乱で寝ているのです。わたくしが知ることのできたただひとつのことは、かれが熱を出して、兎唇《みつくち》のために唇の裂け開いた妖怪に――つまりアーロン・ヴァッサートゥルムに追いかけられる妄想に苦しめられていることです。

わたくし、かれがとても勇気のある人だということをよく存じております。それだけに、――おわかりいただけると思いますが――わたくしには、怖ろしい死の天使がどこか近くの暗闇にいるというぐらいにしかわからないなにかの危害のために、かれがいますっかり無力になり、まいってしまっているのを見るのは、とても怖ろしい気がいたします。

わたくしが臆病だとおっしゃるのでしょう。そんなにドクター・サヴィオリを愛しているのなら、なぜすべてを捨てて公然とかれを助けにいかないのか、とおっしゃるのでしょう、――なにもかも、富も、名誉も、名声も捨てて、と。しかし――」と彼女は大声で叫び、合唱隊席からこだまがかえってきた――「できませんわ！　子供がございますもの、かわいいブロンドの女の子が！　子供を手離すことはできません！――夫が子供をわたくしにくれるとお考えですの⁉　これを、これを、おとりください、ペルナートさま」――彼女は狂乱したようにハンドバッグの口をぱっとあけた。なかには真珠の首飾りや宝石がいっぱい詰まっていた――『そしてヴァッサートゥルムに渡してください。――かれが貪欲なのをよく存じております。――わたくしのもっているもの、なんでもかれにくれてやりますわ。子供だけはとらせませんが。――ね、これでかれ、黙って引きさがるでしょうね？　後生ですから、これで黙らせてやろうと、わたくしを助けてやろうと、ただひとことおっしゃってくださいまし！」

ぼくは昂奮した女性を懸命に落ち着かせようとしたが、長椅子に腰をおろさせるのがやっとの思いだった。

そして思いつくまま、支離滅裂な、脈絡のない言葉を彼女に語りかけた。

さまざまな思いがぼくの脳裏を駆けめぐり、ぼくの口が語ることを――現われるやいなや崩れ去る幻想的な表象を、ぼく自身ほとんどわかっていなかった。

ぼくは、放心したように壁龕《へきがん》の一枚の絵に、僧の立像図に視線をあてたまま、喋りに喋った。しだいに立像の顔が変容していき、そして僧衣も、立て襟したすり切れたオーバーになっていった。そしてそのオーバーのなかから、やせこけた、結核特有の赤い頬をした青年の顔が現われてきた。

ぼくがその幻影がなにものかを悟るまえに、それはふたたび僧に戻っていた。動悸が激しく搏っていた。

不幸な女性は、ぼくの手にすがって静かに泣いていた。

彼女の手紙を読んだときにぼくの内部に湧き出た力が、いまふたたびぼくの内部に力強く充溢してきて、ぼくはそれを彼女に分かちあたえようと努め、そして彼女は徐々に気力を回復していった。

「ペルナートさま、なぜわたくしがまさにあなたにお願いしたのかお話しいたしましょう」彼女は長い沈黙のあとで小声でふたたび語りはじめた、「あなたが昔わたくしにおっしゃったお言葉におすがりしたのです。——そのお言葉をわたくし長年ずっと忘れることができませんでしたの——」

　長年の昔のこと？　血が凝固するかに思われた。

「——あなたはわたくしに別れをお告げになりました。——なぜだか、どうしてだか、いまではおぼえておりません、わたくしまだ子供でしたし。——あなたはとてもやさしく、だけどとても悲しそうにおっしゃいましたわ。

『たぶんそんなときは来ないだろうが、もしいつか途方にくれるようなことがあったら、ぼくのことを思い出してくれ。ひょっとしたら主なる神が、そのときぼくがあなたを助けることを許してくださるかもしれないから』って。——わたくしそのときそっぽを向いてましたの。涙を見られないように、急いでボールを噴水に落としてそっちを見てましたの。そのとき、首の絹のリボンにつけてたハート型の赤いサンゴをあげようと思ったんですが、恥ずかしくてやめてしまったんです。なんだかとても滑稽なことに思えたものですから」——————

　思い出！

　——強直痙攣の指がぼくの喉のあたりをまさぐっていた。忘れていた遠い憧れの国から送られてくるかのような仄かな輝きが、だしぬけに、おずおずとぼくのまえに現われてきた。白い服の小さな女の子、あたりは暗い草原で、楡の大樹に囲まれた庭園だった。その光景がはっきりとぼくのまえによみがえってきた。——————————

ぼくは蒼ざめたにちがいなかった。彼女が急いで言葉をつづけたその性急さがそれを気づかせた。

「あなたのあのときのお言葉が、お別れの気持ちから出たにすぎないことを、わたくしよく存じております。だけど、あなたのお言葉が、わたくしの慰めとなったことがしばしばございました。――だからそのことで、わたくし、あなたにお礼を申さなければなりませんの」

ぼくは全身の力をこめて歯を食いしばり、ぼくをずたずたに引き裂こうとして吼えたてる苦痛を、胸に押し戻していた。

ぼくは理解したのだ、ぼくの記憶にかんぬきをおろしたのは恩寵の手であったことを。遠い日々の一条の仄かな輝きが運んできたものを、いまぼくの意識のなかにはっきりと読みとることができた。ぼくの心には強すぎた愛が、その後何年もぼくの想念をさいなみ、そのとき錯乱の夜がぼくの傷ついた心の香膏《バルザム》となったのだ。

しだいに無感覚の静穏がぼくの心をひたしてゆき、まぶたの裏の涙を冷やした。鐘の音が厳粛に誇らかに堂内に響いてきて、ぼくは、ぼくに助けを求めてやってきた女性の目を、楽しげに頬笑みながら覗きこむことができた。――――


もう一度、馬車の扉を閉じる鈍い音と馬蹄の響きとが聞こえた。――――――――――

夜の底に青くきらめく雪景色のなかを、街におりていった。

街燈が驚いたようにまばたきしながらぼくを見つめた。切り出され、積みあげられた樅《もみ》の木の堆積が、金箔の飾りや銀色のくるみのことを、まもなくやってくるクリスマスの祭のことを、ぼくにそっとささやきかけた。

市役所まえの広場では、マリアの柱像のそばで、灰色の頭巾をかぶった乞食の老婆たちがろうそくの明りのもとでロザリオを繰りながらアヴェ・マリアをつぶやいていた。

ユダヤ人街の暗い入口のまえに、クリスマスの市《いち》の出店がうずくまるように並んでいた。そのまんなかに赤いテントを張った人形芝居の店があり、そのむき出しの舞台が、油煙をあげて燃えているたいまつの火に照らされて、赤々と輝いていた。

緋と紫の衣裳を着て、鞭を手にした、ツヴァックの道化人形と、それにひもでつながれたどくろとが、木製の白馬にまたがって舞台のうえを駆けていた。

ぴったりからだを寄せあった何列もの子供たちが——毛皮の帽子を耳まですっぽりかぶり——口をあけて見あげながら、小屋のなかでぼくの友人ツヴァックが吟じている、プラハの詩人オスカル・ヴィーナーの詩に、呪縛されたように聞きいっていた。

「歩みいでたる操り人形
詩人のようにやせたやつ
色とりどりのぼろを着て

顔をゆがめてとぼとぼと――」

まっ暗な路地に折れ、かどをまがると広場だった。暗闇のなかで、頭と頭を突き合わせるようにして、人々が貼紙のまえに声もなく集まっていた。

ひとりの男がマッチをすった。何行かのところどころを読むことができた。しかしぼくの意識はうつろで、二、三の言葉しか頭に入らなかった。

> 尋 ね 人 !
>
> 賞金千フローレーン
>
> ……老人……黒服……
>
> ……人相……
>
> ……顔、肉づきよく、ひげ剃りあと……
>
> ……頭髪、白……
>
> ……警察署……号室

歩くともなく、なにを考えるともなく、生ける屍のように、ぼくはゆっくりと灯のない家並みのなかに入っていった。
破風の列のうえの、狭く暗いひとすじの天に、小さな星がまばらにきらめいていた。静穏にみたされて、ぼくの想念は大聖堂にさまよい戻った。するとぼくの心はいっそうしあわせな、いっそう深い平静さにみたされていった。そのとき広場のほうから冬の大気をとおして、切れるように鮮明に——耳のすぐそばで吟ずるかのように——人形遣いツヴァックの声が聞こえてきた。

「絹のリボンに飾られて
朝日のなかできらめいていた
赤いサンゴのハートはどこだ——」

夜ふけまで、ぼくは、「彼女」をほんとに助けることができるだろうかと、ひどく脳裏をさいなまれながら、部屋のなかを落ち着きなく行ったり来たりしていた。

何度か、シェマーヤー・ヒレルのところにおりていって、ぼくがうちあけられたことをすっかりかれに話し、助言を仰ごうと思った。しかしそのたびに、ぼくはその決意を投げ捨てた。

かれはぼくの心のなかに巨大な姿で立っていて、外的生活にかんすることでかれを煩わすのはその神聖さの冒瀆のように思われ、それに、それにまた、大聖堂のことは現実の体験だったのだろうかという灼けつくような疑惑が、そのたびに瞬時ぼくを襲ったからだ。わずか数時間まえのことなのに、あのきのうの、生に対立する体験に比べると、大聖堂のことは奇妙に色あせて見えた。

夢を見ていたのではないか? ぼくは——過去の忘却という稀有な事態に見舞われているぼくは——記憶だけがその唯一の証人であるようなことを、たしかな事実だと考えることを一瞬も許されないのではないか?

ぼくは、あいかわらず椅子のうえにおかれたままのヒレルのろうそくに視線をあてた。ありがたいことに、少なくともこのほうだけはたしかな事実なのだ、ぼくはかれとほんとに出会って話をしたのだ！

くよくよ考えずにかれのところに飛んでいって、膝にすがり、人間対人間として、ぼくの心をさいなむひどい苦悩を訴えたらいいではないか。

ぼくはすでにドアのノップに手をかけていたが、また離した。かれのすることが見えたのだ。ヒレルはそっとぼくのまぶたをなでるだろう、そして――――いや、いや、それはいけない！ ぼくに、やすらぎを求める権利はない。「彼女」はぼくを、ぼくの救いを当てにし、そして彼女の感じている危険は、そのしばらくのあいだぼくには些細なくだらぬものに思えようとも、彼女にとっては途方もなく巨大なもので、そのあいだも彼女は恐怖に震えているのだ！

ヒレルに助言を求めることはあすでもできる、――ぼくは冷静に考えようと努めた。――かれをいま――真夜中に邪魔するなら？――それはよくない。狂人だけがすることだ。

ぼくはランプをともそうとしたが、それもやめた。向かいのいくつもの屋根に反射して、月光がぼくの部屋にさしこみ、ぼくが必要とする以上の明るさなのだ。そしてぼくは、灯をともすと夜の歩みがいっそう遅くなるのを怖れた。

ひたすら朝を待つためにランプをともそうとするのはまったく見当ちがいの考えだ、――かすかな不安がぼくにささやいていた、そのために朝が手のとどかぬ遠いところに行ってしまう。

ぼくは窓辺に歩み寄った。上方に、入り乱れた破風の列が、まるで幽霊の出没しそうな、空中に漂う墓地のように、——誌《しる》された年数も風雨にさらされてしまった墓石の列のように見えていた。その下の暗い、黴《かび》くさい墓穴に、その「居住地」に、生者の群れが穴蔵のような住居や廊下を穿っているのだ。

ぼくは長いあいだ窓辺に立ってじっと上方を眺めていた。いつからかわきの壁をとおして、忍び歩くような物音がぼくの耳にはっきりと聞こえていた。ぼくは、ぼくがそれに驚きをおぼえないことを、かすかに、ごくかすかにいぶかりはじめていた。

ぼくは耳を澄ました。疑いなく、また人が歩いた。床板の短いきしみが、足の裏をそっとおくさまを聞きとらせる。

ぼくは突如われに帰った。ぼくはまちがいなく小さくなっていた。聴こうとする意志に圧迫されて、ぼくのからだのすべてが収縮していた。そしてすべての時間感覚が現在に凝集していた。激しいきしみが聞こえ、そしてみずから驚いたように、あわててとだえた。死の静寂。だが、それはいわば静寂そのものを裏切り、そして数分を途方もなく長く感じさせる、あのだれかがじっとうかがっている気配の、怖ろしい静寂だった。

ぼくは壁に耳を押しあて、壁の向こうにだれかがぼくとおなじように立って、おなじように耳を壁にあてているという緊迫感を喉もとに感じながら、身じろぎもせずに立っていた。

じっと耳を澄ましていた。

なにも聞こえなかった。

隣のアトリエそのものが消滅したかのように思われた。

音をたてずに——爪先で——ベッドのそばの肘掛け椅子に忍んでいって、ヒレルにもらったろうそくを手にとり、火をつけた。

そして、サヴィオリのアトリエに通ずる廊下の物置きの鉄扉は、向こう側からしかあかないことを考えた。

ぼくは、机のうえの彫刻刀のあいだから、鉤型の針金を一本、選びもせずに手にとった。ああいう錠はかんたんにあく、ばねをちょっと押しただけで！

あいたらどうなる？

隣に忍びこんでくるやつはアーロン・ヴァッサートゥルムしかいない、——たぶんあらたな武器とする証拠を手に入れるために引き出しを掻きまわしているのだ、とぼくは考えた。

ぼくがそこに入っていくことは得策だろうか？

ぼくは長くは考えていなかった。行なうことだ、考えてたってしかたがない！　こうしてじっと朝を待つ怖ろしさをとにかく打ち砕くことだ！

ぼくはもう物置きの鉄扉のまえに立っていた。戸を押さえながら、慎重に針金を鍵穴にさしこみ、耳を澄ました。まちがいない、アトリエのなかの滑るような物音は引き出しをあける音だ。

つぎの瞬間、錠はぱちんとあいていた。

ぼくは部屋のなかを見渡すことができた。ほとんどまっ暗で、ろうそくはぼくの目をくらませるだけだったが、長い黒いオーバーを着た男が机のまえで驚いて跳びあがるのが見えた。その男は一瞬どうしようかと迷い、――ぼくに襲いかかろうとするかのような動作をし、――けっきょく帽子をさっと頭からとって顔を隠した。

「なにを探してるのだ」と叫ぼうとしたとき、男が先に言った。

「ペルナートさん！　あなたですか！　ああ驚いた！　灯を消して！」どこかで聞きおぼえのある声だったが、けっして古道具屋のヴァッサートゥルムの声ではなかった。

　ぼくは反射的にろうそくを吹き消していた。

　すると部屋は薄明るかった、――ぼくの部屋とおなじように――張り出し窓から忍びこむ仄白い微光にぼんやりと照らされていた。じっと目をこらして見ていると、突然オーバーのうえに、やせた肺病やみの顔が浮かびあがってきた。それは大学生カルーゼクの顔だった。

「あの僧侶！」ぼくは思わず声をたてた。ふいに、きのう大聖堂で見た幻影の意味がわかったのだった。カルーゼクだ！　ぼくが応援を求めなければならないのはこの男だ！――そして、あの俄か雨のときにアーチの下で彼の言っていた言葉がふたたび耳に聞こえた、「毒を塗った、目に見えない針を壁に突きとおして人を刺すことができるということを、アーロン・ヴァッサートゥルムはまもなく知るでしょう。かれがドクター・サヴィオリの首に手をかける、まさにその日に」

　カルーゼクは味方なのだろうか？　かれも起こっている事態を知ってるのだろうか？　こんな時間にここに忍んでくるところをみると、どうも知っているらしい。しかしぼくは、じかに質問することは避けた。

かれは急いで窓辺に行って、カーテンの陰から通りをうかがった。

ヴァッサートゥルムがぼくのろうそくの灯に気がついたかもしれぬのを怖れているのだと、察せられた。

「ペルナートさん、あなたはきっとぼくを泥棒だと思ってらっしゃるんでしょう。夜中にこんなよその家のなかを掻きまわしてるんだから」かれは長い沈黙のあとで不安そうな声で喋りはじめた、「だが、誓って申しますが――」

ぼくはすぐにその言葉をさえぎって、かれを安心させようとした。

かれにけっして不審をいだいていないことを、むしろ味方だと思っていることを示すために、ぼくは、必要と思われる多少の留保をくわえながらも、アトリエがどんな事情にあるかを、そしてぼくの身近な女性がどんな方法でかわからないが古道具屋アーロン・ヴァッサートゥルムの貪欲なゆすりの手にかかる危険におちいっていることを話した。

途中でたずねたりせずに、ぼくの話に耳を傾けているかれの丁寧な態度から、かれが、こまかい点は別としても、だいたいのところはすでに知っていることが読みとれた。

「きっとそんなことだと思ってました」ぼくが話しおえたとき、かれは思いにふけるようすで言った、「やっぱりぼくはまちがってなかった。やつはサヴィオリの喉もとを狙っている、それはたしかです。だがかれはまだ十分な材料を握ってないのです。でなければ、こんなところをいつまでもうろついてなんかいないはずです！　ええ、つまりきのうぼくが、『偶然』ということにしといてもらいますが、このハーンパス通りを歩いていたら」とかれはぼくのけげんな顔に気づいて説明をくわえた、「ヴァッサートゥルムがはじめ長いこと——なにくわぬ顔で——この建物の入口のまえをぶらぶら行き来してるんです。そしてだれにも見られてない瞬間を見定めて、さっとなかに入ったんです。ぼくもすぐにあとを追ってなかに入り、あなたを訪ねてきたふりをし、つまりあなたのドアをノックしたんです。そしたら、この外の物置きの鉄扉に鍵をさしこんでいじくってたかれはびっくりしました。もちろんかれはぼくが来た瞬間に鉄扉を離れ、言いわけに、ぼくとおなじようにあなたのドアをノックしました。あなたはお留守のようで、ドアは開かれませんでした。

ぼくが慎重にユダヤ人街で情報を集めたところ、どうも話のようすからドクター・サヴィオリとしか考えられない人が、ここをこっそり逢引きの場所に借りてることがわかったんです。ドクター・サヴィオリは重病で寝ているので、そこから先は勘をはたらかせたんです。

ごらんなさい、あれがあちこちの引き出しから探し集めたものです、ヴァッサートゥルムに絶対に先んじられないために」カルーゼクはそう言って、机のうえのひと束の手紙を指さした、「ぼくの見つけることのできた手紙の全部です。ほかには残っていないと思います。少なくとも長持ちや戸棚も全部、暗がりのなかで探せるかぎりすっかり探したんです」

かれが喋っているあいだ部屋のなかを眺めていたぼくの目が、思わず知らず床の揚げ板に吸いつけられていた。ぼくはツヴァックが、下からアトリエに通ずる秘密の通路があるといつか語っていたのをぼんやりと思い出した。

それは把手《とって》のための輪がひとつついている四角い板だった。

「手紙をどこに保管しましょう」カルーゼクがふたたび喋りはじめた、「ペルナートさん、ヴァッサートゥルムは、このゲットー全体のなかで、たぶんあなたとぼくのふたりだけを無害な人間だと思ってるんです。──なぜこのぼくが──それは──かれに──特別の──理由があるからです」──(この最後の言葉を吐き捨てるように言ったとき、かれの顔が激しい憎悪にゆがんでいるのにぼくは気づいた──)「あなたのことは、かれは──　──」カルーゼクは大あわてで咳こんだふりをして、「気ちがいだと思っている」という言葉を呑みこんだ。しかし、ぼくにはかれが言おうとしたその言葉がよくわかった。にもかかわらず、それはぼくを悲しませなかった。「彼女」を助けることができるという気持ちがぼくを喜びにひたらせ、そんな傷つきやすい感覚はすっかり影をひそめていた。

ぼくらはけっきょく手紙の束をぼくの部屋に隠すことに意見が一致し、そして一緒にぼくの部屋に戻った。


カルーゼクが帰ってからも、ながいあいだぼくはベッドに入る気になれなかった。心のなかのある不満足が、ぼくを落ち着かせず、寝る気にさせなかった。なにかまだしなければならないことがある、という感じなのだ。しかしなにを、なにをしなければならないのか？

カルーゼクになにをしてもらうか、その計画を立てることなのか？

それだけではなさそうだった。カルーゼクはどっちみちヴァッサートゥルムから目を離しはしない。ぼくはかれの言葉の激しい憎悪の息吹きを思い出して戦慄をおぼえた。

いったいヴァッサートゥルムはかれになにをしたんだろう?

心のなかの奇妙な不安がだんだん大きくなり、ぼくはほとんど絶望的な気分になっていった。目に見えない、彼岸のものが、ぼくを呼んでいた。ぼくにはそれがなにかわからなかった。

ぼくは、調教されている駄馬のような気がしていた。手綱がぐっと引かれているのを感じてはいるのだが、どの芸をせよと言われているのか、調教師の意を測りかねている駄馬のような気がしていた。

シェマーヤー・ヒレルのところにおりていくことか?

ぼくの全身の細胞がそれを否定した。

そしてきのう大聖堂でぼくが無言で助言を求めていたとき、それに答えるように、肩のうえにカルーゼクの頭を現わしたあの僧の幻影が、こんごう蒙昧な情感もけっして無造作に軽蔑しさってはならないと、ぼくに説得的に指示をあたえるのだった。だいぶまえから、ぼくの内部に、ある神秘的な力が芽生えていた。それはたしかだ。しかしいまぼくは、その力を、否定し払いのけようと試みることすらできない強力なものに感ずるのだった。

書物の文字を目で読むだけではなく、文字から感じとること、、、、——そしてまた本能が言葉なしにささやくことをぼくに翻訳してくれる通訳をぼく自身の内部につくること、そこに、ぼくがぼく自身の内部と鮮明な言語で意志疎通するための鍵があることを、ぼくは理解した。

そして「汝は目をもつが、見ることができぬ。汝は耳をもつが、聞くことができぬ」という聖書の一節が、まるでこのことを言っているかのように思い出された。

そんな奇妙なことを考えながら、自分が「鍵、鍵、鍵」と無意識のうちに何度もつぶやいていることに、突然ぼくは気づいた。

「鍵、鍵――――？」ぼくの視線が、手にしたままの、さっき物置きの鉄扉をあけるのに使った、まがった針金に落ち、そしてぼくは灼けつくような好奇心に鞭打たれた。あの四角い揚げ板はアトリエからどこに通じているのだろう。

よく考えもしないで、ぼくはもう一度サヴィオリの部屋に入っていって、揚げ板の把手の輪を引っぱり、そしてとうとうその板をあげることができた。

最初はまっ暗闇だった。

しばらくすると、狭い急な階段が奥底の漆黒の闇のなかに消えているのが見えてきた。

ぼくはその階段をおりていった。

しばらく壁を手探りしながら進んだが、きりがなかった。ときどき壁龕があり、じっとりと黴に濡れている。――まがりくねり、かどまたかど。――まっすぐな通路に出たかと思うと、右に折れ左に折れる。道を分断していた、かつての木の扉の残骸をいくつか過ぎると、ふたたび階段だった。あがったりおりたり、どこまでも、どこまでもつづく。

いたるところに陰湿なきのこと土の臭いが漂っていて、息がつまる。

あいかわらず一条の明りもなかった。——

ヒレルのろうそくをもってくればよかった！

ついに平坦な、水平な道になる。

足の下のきしみ具合いから、乾いた砂のうえに出たことがわかった。

ゲットーの下を無数に走っている、べつになんの目的も行き先もなく河に通じているあの地下道のひとつにすぎないのだろう。

市の半分が、いつとも知れぬ大昔から、こんな地下の無数の通路のうえに立っているのだということを、ぼくはべつに不思議にも思わなかった。プラハの住民は、昔から昼なかの光を嫌う深い理由をもっているのだろう。

ぼくの頭上になんの物音もしないことが、もう永遠の昔からさまよっているような気がしているにもかかわらず、ぼくがまだ、夜にはまったく死にたえたようになってしまうユダヤ人街のあたりにいるにちがいないことを教えていた。もしぼくの頭上が人気《ひとけ》のある通りや広場なら、馬車のがたがた走る音が鈍く響いてきて、それとわかるはずだ。

一瞬ぼくは恐怖に喉をつまらせた。もし円を描いて堂々めぐりしてるとしたら⁉ 穴に落ちてけがをしたら、足を折って動けなくなったら⁉

そしたら、ぼくの部屋の彼女の手紙はどうなるだろう？ まちがいなくヴァッサートゥルムの手に

落ちるにちがいない。

ぼくは、漠然と救済者、指導者という言葉に結びつけて考えているシェマーヤー・ヒレルのことを思い出した。すると自然に心が落ち着いてきた。

慎重を期して、ぼくはいっそうゆっくりと、一歩一歩足もとをさぐりながら、天井が急に低くなっていても思わず頭をぶつけないように、手を頭上にかざしながら歩いていった。

ときどき、手が天井にあたった。そしてそれはだんだんひんぱんになっていった。そしてしまいに、大きな岩石が深くたれさがってきて、身をかがめて通り抜けなければならなかった。

突然、頭上にかざしていた手がなににも触れなくなった。

ぼくは歩みをとめて、身をかがめたままじっと頭上を見つめた。

しだいに、天井からかすかな、ほとんどそれとわからぬぐらいの微光が洩れているように思えてきた。

ひょっとしたら、縦穴がどこかの地下室かなにかに通じているのではないか?

ぼくはからだを伸ばし、両手でぼくのまわりの、頭の高さのあたりをまさぐってみた。穴はま四角で、内側を石壁で囲われていた。

そのなかに、上下を水平に仕切っている、十字型をした棒の輪郭がしだいにぼんやりと見分けられてきた。そしてついにその棒につかまり、からだをもちあげ、それをすり抜けることができた。

ぼくは十字のうえに立って、まわりをまさぐった。

ぼくの指の感触にあやまりがなければ、ここはあきらかに、壊れた鉄の螺旋階段の末端だろう。つぎの段を見つけるまでに、ぼくは長いあいだ、ずいぶん長いあいだ、手探りしなければならなかったが、そのあとはつぎつぎに段をよじ登ることができた。

全部で八段だったが、どの一段も身の丈ほどの高さがあった。

奇妙なことに、その階段は上部を水平の壁板のようなものでさえぎられて、行き止まりになっていた。そしてその壁の、規則的に屈曲している折れ線状の隙間から、ぼくが下にいたときすでに遠くから気づいていた明りが洩れているのだった。

少し離れたところから、線の走り具合いをよく見定めようと思って、ぼくはできるだけ身をかがめた。すると驚いたことに、その線は、ユダヤ人の教会堂でよく見かける六角形の星形をしていた。

いったいなんだろう?

突然ぼくは理解した。それは揚げ板で、ふちから光が洩れているのだ！　それは星型の木製の揚げ板だった。

ぼくはその板に肩をあてて押しあげた。そしてつぎの瞬間、まばゆい月光に満たされた部屋のなかに立っていた。

それはかなり小さな、片隅に積まれたがらくたを除けば、まったくがらんどうの部屋だった。窓はひとつしかなく、頑丈な格子がはめられていた。

それに、ぼくがいまやってきた入口のほかには、ドアも、それにかわる出入口もなかった。くりかえし、いくら詳細に壁をさぐってみてもそのようなものは見つからなかった。

窓の格子の間隔がせまく、顔を突き出すわけにはいかなかったが、その部屋がおよそ四階あたりにあるという見当はついた。通りを隔てた三階建ての建物が、ぼくのいるところよりも低かった。それらの建物の足もとに、通りの向こう側の端がかろうじて見えていた。しかしまばゆい満月の光がぼくの顔をまともに照らし、そこは深い陰のなかにあって、よくはわからなかった。

だがユダヤ人街の通りであることは絶対にまちがいなかった。向かいのどの建物にも窓がなく、すっかり壁に蔽われているか、飾り縁で窓の輪郭がとられているにすぎなかった。こんなに奇妙に通りに背を向けている建物は、ゲットー以外にはありえない。

ぼくは、ぼくのいる建物がどんな風変わりな建物なのか知ろうと思って、あれこれ苦心してみたが無駄だった。

ひょっとしたらギリシア正教会の、いまでは使われていない、わきの小塔だろうか？　それともアルトノイ教会堂のなにかだろうか？

それにしては周辺が合わない。

ぼくはふたたび部屋のなかを見まわしたが、手がかりになるようなものはなにひとつなかった。——壁や天井はむき出され、漆喰も荒塗りもとっくにはげ落ち、かつてこの部屋に人が住んでいたことを示すような、釘も釘の跡もなかった。

床には、何十年も生きものが足を踏み入れたことがないかのように、埃が足首の深さほども積もっていた。

片隅のがらくたを手にとって調べる気にはとてもなれなかった。それは暗闇のなかにあり、なにであるかはわからなかった。

外観からすると、まるめた古着のようだった。

それとも二、三個の古い黒い手さげ鞄だろうか？

ぼくは足でさぐり、踵でその一部を、部屋に斜めにさしこんでいる月光のそばに引っぱり出した。

そこにゆっくりと広がったのは、幅の広い、黒い帯のように思われた。

目のようにきらりと光る一点！

金属のボタンだろうか？

奇妙な古い型の袖がまるめた服からたれ出ているのだということが、しだいにはっきりしてきた。

その下に小さな白い箱のようなものがあって、踏むと崩れ、しみのある幾層もの薄片のかたまりになった。

足で軽く突くと、その一片が飛んで、月光のなかに落ちた。

絵だろうか？

かがんで眺めると、パガート（カード遊びの一種であるタロックの第一番の切札）だった。

白い箱に見えていたのはタロックだったのだ。

ぼくはタロックを拾いあげた。

こんな幽霊じみた場所にタロックのカード、こんな滑稽なことがあるだろうか！　だが不思議なことに、頬笑みはこわばってしまった。かすかな戦慄がぼくの心に忍びこんできた。

ぼくは、タロックがどうしてこんなところにあるのか、その平明な説明を考えながらひとりでに枚数を数えていた。全部そろっていて、七十八枚あった。しかし、数えながらすでに気づいていたことだが、カードは氷のように冷たかった。

しびれるような冷たさがカードから放射していて、ぼくはカードを握ったまま、もうそれを離すことができないほどだった。それほど指がかじかんでしまっていた。ぼくは大急ぎで、それが当然である理由を考えた。

ぼくの薄い服装、オーバーも帽子も着ずに地下道を長時間さまよったこと、酷寒の冬の夜、石の壁、月光とともに窓から流れこんでくる怖ろしい寒気。——だが、ぼくがいまはじめて寒さに震えだしたのは不思議ではないか。いや、ぼくはいままでずっと昂奮していたので、それで寒さに気がつかなかったのにちがいない。——

寒気がひっきりなしに皮膚を走っていた。そして徐々に深く、ますます深部へと、ぼくの体内に浸透していった。

ぼくは、骨格が凍りつくのを感じ、すべての骨が冷たい金属棒のようになり、そしてそのまわりの肉が固く凍てつくのを自覚した。

走りまわってみても、足を踏み鳴らしてみても、腕を振りまわしてみても、なんの役にも立たなかった。ぼくは歯を食いしばり、歯を鳴らすまいとした。

おまえの頭のてっぺんに冷たい両手をおいているのは死神だぞ、とぼくはつぶやいた。

そして、オーバーで包みこむように柔らかく息づまらせようとする、凍死の麻痺性の眠りを、猛《たけ》り狂ったように必死になって振り払うのだった。

ぼくの部屋の手紙――彼女の手紙！　ぼくの心のなかでなにかが吼えたてていた。ここで死んだら、手紙は見つけられてしまう。彼女はぼくを信じて待っている！　彼女は助けをぼくの両腕に求めたのだ！――助けを！――助けを！――助けを！――

ぼくは窓の格子のあいだから、寂漠たる通りに向かって叫んだ、助けてくれえ、助けてくれえ、助けてくれえ！　叫びは反響しながら消えていった。

床に身を投げ、そしてまたはね起きた。死ぬことは許されない、許されないのだ！　彼女のために、ただ彼女のために！　暖をとるために、かりにぼくの骨を火打ち石にするとも。

そのとき、視線が片隅のぼろをとらえ、ぼくは飛んでいって、がくがく震える手で服のうえからそれをはおった。

それは、大昔の奇妙な恰好の、ぶ厚い黒い布でできた服で、ずたずたに裂けていた。

黴の臭いが強く鼻を打った。

ぼくは、がらくたの反対側の壁の隅にうずくまった。徐々に、ぼくの皮膚が暖まってくるのが感じられた。ただ体内の、凍てついてしまった骨の悪寒はとれそうもなかった。ぼくは身じろぎもせず坐りつづけ、視線だけをさまよわせていた。さっき見たカードが――パガートが――あいかわらず部屋のまんなかの月光のなかに落ちていた。

なぜだか目をそらすことができず、ぼくはそれを凝視していた。

遠くから見るかぎり、そのカードには、子供が水彩でかいたようなへたな絵が描かれていた。それは、古風な衣裳を着て、先のとがった短い灰色のひげをはやした男が、左手をあげ、右手で下方を指さしている絵で、ヘブライ文字のアーレフのかたちを示していた。

その男の顔はぼくの顔に奇妙に似ていないか、という疑いが頭をもたげてきた。――ひげ――それはけっしてパガートにふさわしいものではない。――ぼくはカードに這い寄って、ぼくを不安にする絵からのがれるために、まだがらくたが残っている片隅にそれをほうり投げた。

するとカードは――灰白色のぼんやりとした小片となって――暗がりのなかからぼくに微光を投げかけてきた。

ぼくは無理やり心をふるいたたせて、ふたたび家に帰るためにはどうすればいいかを考えた。

まず朝を待つ！　そして下を通る人々に窓から叫びかけ、外からはしごでろうそくかカンテラをもってきてもらう！――明りなしには、あの無限につづく、永遠に錯綜する迷路を、わが家までたどりつくことは絶対にできない。ぼくはその確かさに胸を締めつけられた。――それとも窓の位置が高すぎて、屋根からロープで――　――？　おお、神よ！　稲妻が全身を走り抜けていた。いまぼくは、ぼくがどこにいるかを知っていた。入口のない――格子窓しかない部屋――だれもが避けて通る、アルトシュール通りの古風な建物！――すでに一度、何十年もまえにひとりの男が窓からなかを覗こうとして屋根からロープ伝いにおりてきて、ロープが切れ、そして――。そうだ、ぼくは幽霊のゴーレムがいつも消えていくあの建物にいるのだ！

あらがいようのない、もはやあの手紙を思い出すことによってもけっして払いのけられない、深い戦慄が、考えつづける気力をすっかり萎えさせ、そして心臓が痙攣しはじめていた。

あの片隅から氷のように冷たいものが吹いていた。ただの風さ、ぼくは急いで、こわばった唇でつぶやいた。だんだん早口に、息をひいひい言わせながら何度もつぶやいた。――しかしなんにもならなかった。そこにあった仄白い小片が――カードが――泡のかたまりのようなものにふくれあがり、月光のへりまでそっと伸びてきて、また暗がりに這い戻っていった。――点滴のような音が起こった、――空想や幻覚とも現実ともつかぬ音が――部屋のなかから、とはいえぼくのまわりからではなく、どこかほかのところから――ぼくの心の深部のようにも、また部屋のまんなかのようにも思えるどこかから――聞こえてきた。コンパスが落ちて、その尖端が木に突き刺さるような音！

あの仄白い小片は――――あの仄白い小片は――――！　あれはカードなんだ、あわれな、愚かな、ばかなタロックのカードなんだ、とぼくはくりかえしぼくの脳裏に叫んで聞かせる。――――だがなんにもならない。――――それどころか、いまその小片は――人間の姿をとりはじめる、――パガートだ。――そしてその片隅にうずくまり、ぼく自身の顔をしてぼくをじっと見つめる。

何時間も何時間も、ぼくは、黴くさい、だれのとも知れぬ服をはおり、骨を凍てつかせながら——身じろぎもせず——ぼくの片隅に坐りつづけていた。——そして向こうの隅にはかれが、ぼく自身が、うずくまっているのだった。

おし黙り、身じろぎひとつしないで、ぼくらはたがいの目を見つめあっていた、——一方が他方の怖ろしい鏡像のように。——————

床に吸いついている月光が、かたつむりのようにのろのろと動いていくのが、無窮のなかに目に見えぬぜんまい装置をもつ、その時計の針が、壁をゆっくり這いのぼっていきながら、徐々に蒼ざめていくのが、かれにも見えているのだろうか？——

ぼくは、ぼくの視線でかれを身動きできぬように呪縛した。かれは、窓からかれを助けにやってくる黎明のなかに溶けこもうといたずらにあがいていた。

ぼくはかれをしっかりと呪縛していた。

ぼくは、かれと格闘を演じながら、一歩一歩着実にぼくの生命を——ぼくのものではなくなっていたぼくの生命を奪還していった。——————

かれは徐々に小さくなっていった。そして夜明けとともにふたたびカードのなかにもぐりこんだ。

ぼくは立ちあがり、カードに歩み寄って、それを——パガートを、ポケットに入れた。

あいかわらず、下の通りは寂寥のなかにあり、人の気配はまったくなかった。

ぼくは、いま明けがたのぼんやりとした明るみのなかにある、がらくたの片隅を調べた。陶器の破片、錆びた鍋、腐った衣類、瓶の頸《くび》。廃物ばかりだったが、しかし不思議なことにどれにも見おぼえがあるのだった。

そして壁も——そのひびや亀裂がはっきり見えてくると、やはり見おぼえがあった。——どこで見たんだろう？

ぼくはタロックの束を手にとった、——するとぼくの心に浮かんでくるものがあった。これはいつかぼくが自分で描いたタロックではないだろうか？　子供のころに？　古い、古い昔に？

それはヘブライ文字の記号がかかれた、古色蒼然たるタロックだった。——第十二番は『吊るされた男』にちがいない。記憶ともなんともつかぬものが心に浮かんだ。——まっさかさまに吊るされ、両腕を背中にまわした男？——ぼくはカードをめくっていった。あった！　その男の絵があった！

そのとき、なかば夢のように、なかば確実に、ある光景がぼくの目のまえに現われてきた。それは黒くよごれた校舎だった。猫背の、傾いた、不機嫌な魔女のような建物、左肩をいからせ、右肩を増築で蔽われた建物だった。——ぼくら数人の少年——荒れ果てた地下室——

ぼくはぼくのからだに視線を落とした。するとまたわけがわからなくなった。その古風な服は、ぼくにはまったく見おぼえのないしろものだった。——

荷車ががたんとつまずく音がして、ぼくは驚いて跳びあがった。しかし見おろしてみると、人の気配はまったくなく、一匹のマスティフ（猛犬の一種）が思案顔で舗道のへりに佇《たたず》んでいるばかりだった。

そら！　声が聞こえる！　ついに人の声が！

ふたりの老婆が通りをゆっくりとやってくる。ぼくは格子のあいだから無理やり顔を半分押し出して、叫びかけた。

ふたりの老婆は口をあけて高みを眺め、なにか言いあっていた。だがぼくを見つけると、かんだかい悲鳴をあげて逃げ出した。

彼女たちがぼくをゴーレムだと思ったことが、ぼくにはよくわかった。

人々が駆け集まってくるのを、ぼくは期待していた。そうすれば、ぼくのことをわからせることができるだろうと。だがおよそ一時間ほどたっても、下の通りにはただときどき蒼ざめた顔が現われ、そっとぼくをうかがい見て、たちまち仰天して逃げ出していくばかりだった。

ひょっとしたら何時間もしてからでないと、あるいはあすになってからでないとやってこない警官たちを、――ツヴァックのいつもの言いかたを借りれば、国が飼ってるごろつきどもを、ぼくは待っていなければならないのか？

いや、むしろ地下の通路を少しさぐってみるほうがいい。

ひょっとしたら、いまは昼間だから、岩の裂け目からかすかな光が洩れ落ちているかもしれない。

ぼくは螺旋階段をよじおり、きのう来た道を戻っていった。――崩れ落ちた煉瓦の山を越え、埋まりかかった地下室を通り抜け、——壊れた階段をのぼると、突然—— ——黒い校舎の、さっき夢のようにぼくの目のまえに浮かんできた黒い校舎の玄関に立っていた。

間髪をいれず、記憶の津波が押し寄せてきた。上から下までインクのしみだらけの長椅子、算術のノート、わめくような唱歌、教室にこがね虫を放つ少年、教科書のあいだにはさまって押し潰されたバター付きパン、オレンジの皮の匂い。ぼくはいま、ぼくが少年時代にこの学校に通っていたと、確信をもって言うことができた。——だがよく考えているひまはなかった。ぼくは家路を急いだ。

ぼくがサルニター通りで最初に出会った人は、もみあげが白いちぢれ毛の、年老いたせむしのユダヤ人だった。かれはぼくを見るやいなや、両手で顔を蔽い、大声でヘブライ語の祈禱の文句を唱えはじめた。

その騒ぎを聞いて、大勢の人々が家から飛び出してきたのだろう、名状しがたい悲鳴のようなどよめきがぼくの背後に起こっていた。振り返ると、まっさおな、驚愕にひきつれた顔をした人々の群れが、ひしめきあいながらぼくのあとを追ってくるのが見えた。

ぼくは驚いてぼくのからだを見、そして理解した、——ぼくはまだ昨夜の奇妙な中世風の服をぼくの服のうえにはおっていて、人々は『ゴーレム』が現われたと思ったのだ。

ぼくは大急ぎでかどをまがり、ある建物の入口に駆けこんで、黴くさいぼろ服を剝ぎとった。

そのすぐあと、群衆が、杖を振りまわし、口々に憤激の言葉を叫びながら、ぼくのそばを駆け抜けていった。

その日のうちに、ぼくは何度かヒレルの入口をノックした、――落ち着かなくて、どうしてもかれに出会い、この奇妙な体験がなにを意味するのか、たずねないではいられなかった。だがそのたびに、かれはまだ帰っていないということだった。かれがユダヤ人街の市役所から帰ってきたら、すぐにお知らせすると、かれの娘が言うのだった。

――

それにしても不思議な娘だ、このミルヤムは!

これまでに見たことのないタイプだ。

最初しばらくはどうにもとらえようのない不思議な美しさ――見ている者を唖にしてしまい、ある説明しがたい気分を、かすかな意気沮喪とでもいうような気分を、見ている者の心に呼び起こす、そんな美しさなのだ。

彼女の顔は、あるプロポーションの法則に、もう何千年も昔に失われてしまったにちがいないプロポーションの法則に従ってつくられているのだ、とぼくは心のなかに彼女の顔を思い出しながら考える。

　そしてまた、ゲメ（宝石に沈み彫りしたもの）としてとらえるには、そのさい芸術的表現にも留意するなら、どの石を選ばねばならないか、と考えてみる。しかしただ外面的なものだけでも、つまり髪の毛と目との青みを帯びた黒い輝きだけでも、すでに、ぼくが思いつくすべての宝石を凌いでいて、この考えは頓挫する。——なによりもまず、——この世のものならぬあの細おもては、感覚的に、幻想的に、カメオ（宝石などに、その模様を利用して浮彫りしたもの）に定着することこそふさわしい、むろん規範を墨守する『芸術』派のあの愚かな似顔絵づくりにおちいることなく！

　それがモザイクによらなければ解決しないことをぼくははっきりと知る。だが、どんな材料を選ぶべきか？　ふさわしいものどうしを見つけることこそ人生の要諦なのだ。——　——

　ヒレルはそれにしてもどこでぐずぐずしてるのだろう！

　古くからの親友を待つように、ぼくはかれを待ちこがれていた。

　だが、かれがわずか二、三日のうちに——しかもかれとは、正確に言って、おとといたった一度話をしたことがあるだけなのに——ぼくの心のなかでこんなにも大きな存在になったことは、考えてみれば不思議なことだった。

　そうだ、ほんとだ、手紙を——彼女の手紙をもっと安全なところに隠そう。いつかまた、長時間、家を留守にするようなことがあっても、安心しておれるように。

　ぼくは手紙を長持ちからとり出した。——宝石箱にしまっておくほうが安全だろう。

一枚の写真が手紙のあいだから滑り落ち、ぼくはそれを見まいと思ったが、遅かった。「彼女」が、あらわな肩に金襴のショールをまとって——ぼくが彼女をはじめて見たときの姿で、サヴィオリのアトリエからぼくの部屋に逃げこんできたときの姿で——ぼくの目をじっと覗きこんでいた。

気の狂いそうな痛苦が、ぼくの心に沁みわたった。写真の下の献辞を読んだが、意味は頭に入らなかった。名前が書かれていた。

あなたのアンジェリーナ

アンジェリーナ！

その名前を口にしたとき、ぼくの青少年時代を蔽い隠していた垂れ幕が、上から下までぱっと裂け開いた。

悲痛のあまり、ぼくは、くずおれてしまうだろうと思った。手で虚空をつかみ、ぼくはすすり泣いた、——そして手を嚙んだ。——　——天にまします神よ、もう一度ぜひ盲《めしい》にしたまえ——これまでどおり仮死状態で生きさせたまえ、とぼくは懇願した。

悲嘆が口のなかにのぼってきた、——湧き出てきた。——奇妙に甘美な味、——血のような味。

——　——

アンジェリーナ！

この名前がぼくの血管をめぐり、耐えがたく、幽鬼のようにぼくを愛撫した。

ぼくは無理やり心を引き締め——歯を食いしばりながら——いま眼前に裂け開いた光景を凝視し、徐々にそれを克服しようと努めた。

これを克服することだ！

昨夜パガートを克服したように！

ついに足音が、人の足音が聞こえた。

かれが来た！

ぼくは喜び勇んで駆け出し、勢いこんでドアをあけた。

外にシェマーヤー・ヒレルが、そしてそのうしろに——ぼくはそれにがっかりしたことを少々申しわけなく思ったが——赤い頬をし、まるい子供の目をしたツヴァック爺さんが立っていた。

「あなたのお元気そうな姿を見ることができて、なにより嬉しく思います、ペルナートさん」とヒレルが言った。

他人行儀に「あなた」だって？

寒気が、身を切るような、凍死してしまいそうな寒気が、突然部屋に忍びこんできた。

ツヴァックが昂奮して息もつがずに語りかけてくることを、ぼくはぼんやりと、うわの空で聞いていた。

「知ってるかね、またゴーレムが出たのを？　こないだゴーレムの話をしたのをおまえさん、まだおぼえてるかね？　いまユダヤ人街、どこもかしこも大騒ぎだよ。フリースランダーはわが目で見たんだとさ、ゴーレムを。こんどもいつものように殺人からはじまったんだ」——殺人？　ぼくは驚いて話に耳を傾けた。

ツヴァックはぼくのからだをゆすって言った、「そうなんだ。おまえさん、なんにも知らんのかね？　街角のあっちこっちに警察の貼紙が豪勢にぶらさがっとるというのに。あの『フリーメースン』のふとっちょのツォットマンが——そら、あの生命保険会社の取締役のツォットマンが殺されたんだ。ロイザが——この建物のなかで——もう逮捕され、それに赤毛のロジーナも跡かたなく消えてしまったんだ。——ゴーレムだ——ゴーレムなんだ——ほんまに怖ろしいことだ」

ぼくはそれには答えず、ヒレルの目を覗いた。なぜそんなにぼくを見つめてるのか、と。

すると突然、かれの口もとに抑えた微笑が浮かんだ。

その微笑がぼくに向けられているのがわかった。

ぼくは歓喜のあまり、かれの首にしがみつきたいほどだった。

有頂天になって、ぼくは部屋のなかをあわただしく動きまわった。まずなにをもっていこうか？　グラス？　ブルゴーニュ産の葡萄酒？（ぼくはそれを一本しかもっていなかった）。葉巻き？——ぼくはやっと言うべき言葉を見いだした、「なんであなたがた、おかけにならないのですか⁉」——そ

してすばやくふたりの友人に椅子をすすめた。――――――――

ツヴァックが憤慨しはじめた、「なぜあんたはさっきからにやにやしてるのかね、ヒレルさん？ゴーレムが出たなんて嘘だと思うてるのだろう。わしにはあんたが、ゴーレムなんて絶対に存在しないと思うてるように見えるけど」

「わたしは、たとえいまこの部屋でわたしの目のまえにゴーレムを見たとしても、そんなもの信じないでしょうね」ヒレルは悠然と答えながらぼくをちらっと見た。――ぼくはかれの言葉の響きから、その二重の意味を理解した。

ツヴァックは呆れて、手にしていたグラスをおいた、「何百人という人が目撃してることがあんたには信じられんのかね？――まあ見てなさい、ヒレルさん。そしてわたしの言うことをようおぼえとくんだね、いまにユダヤ人街に殺人事件があいついで起こるから！　わしはよう知っとる、ゴーレムが出たら、そのあと不気味なことがつぎつぎに起こるんだから」

「おなじような出来事がつづいたって、べつに不思議なことじゃありません」とヒレルが答えた。かれはそう言いながら窓辺に歩み寄り、ガラス越しに古道具屋を見おろした――「春風が吹きはじめると、根のなかでなにかが動きだす。甘い根のなかでも、毒をもつ根のなかでも」

ツヴァックがおどけてぼくに目くばせし、首でヒレルのほうをさした。

「ラビは、話す気になりさえすれば、身の毛もよだつような話をいくらでも知ってるはずなんだがな」とかれは小声で、不用意に洩らした。

シェマーヤーが振り返った。

「わたしは『ラビ』ではありません、その称号を許されてはいますけど。わたしはユダヤ人街の市役所の一介の文書係で——生きてる人々と故人と、その両方の名簿を扱っている人間にすぎません」

かれの言葉には隠された意味があることをぼくは感じた。人形遣いのツヴァックも意識下でそのことを感じているようだった。——かれは黙ってしまい、そしてしばらくのあいだだれもものを言わなかった。

「まあ聞いてくれんかね、ラビ——いや失礼、『ヒレルさん』と言うつもりだったんだが」——ツヴァックがしばらくしてふたたび喋りはじめた。かれの声が真剣みを帯びているのにぼくは驚いた、「まえまえから一度たずねたいと思うてたことだが、もし答えとうなかったり、答えるのが具合いの悪いことだったら、答えてもらわんでいいんだけど——」

シェマーヤーはテーブルに戻り、ワイングラスを手にもて遊びながら言った(かれは飲まなかった、たぶんユダヤ教の儀礼書に禁じられているのだろう)。

「遠慮なくたずねてください、ツヴァックさん」

「——あんたはユダヤ教の秘密の教義、つまりカバラのことを知ってるだろう、ヒレルさん?」

「少しぐらいなら」

「聞きかじりなんだが、記録が残ってて、それを見るとカバラの教えがわかるんだそうだね。『ゾーハル』(十四世紀にできたカバラの古典)とかいう——」

「ええ、『ゾーハル』――『輝きの書』です」

「ふん、やっぱりそうなのか」ツヴァックは毒づきはじめた、「聖書の理解の鍵を、いいかえれば幸福の鍵をだな、そのなかに秘めとると言われとる書物が――」

「鍵といってもほんの二、三です」ヒレルが口をはさんだ。

「いいとも、二、三で結構だ！――とにかくその書物が、その高い値打ちと珍しさのために、またしても金持ちだけに独占されとるのは、天に恥ずべき不正だと思わんかね？ 一部しかないその本が、それに、聞くところによるとロンドン博物館にしまいこまれているんだって？ そしてそのうえ、カルデア語、アラム語、ヘブライ語で――ほかにもわしらの聞いたこともない言葉で――書かれてるんだそうだな？――たとえばこのわしに、そんな言葉を学ぶ機会やロンドンに行く機会が一生に一度だってあると思うかね？」

「あなたは、切実に、あなたの願いをすべてその目的に向けてこられたんですか？」ヒレルがやや嘲りぎみにたずねた。

「正直言って――そんなことはないな」ツヴァックは少々狼狽して答えた。

「それじゃあ苦情を言ったってはじまらないでしょう」ヒレルはそっけなく言った、「自分のからだの原子ことごとくをもって神を求めて歩む人でなければ――ちょうど窒息してる人が空気を求めるようにですね――そういう人でなければ神の秘密を知ることはできません」

「にもかかわらず、あの世の謎をとくすべての鍵が載ってる本があるはずだろう、ただ二、三の鍵だけでなくて」ぼくの頭にそんな考えが閃き、そしてぼくの手がひとりでに、まだポケットに入れたままのパガートにさわっていた。だが、ぼくがその考えを口にするまえに、ツヴァックがおなじことをたずねた。

ヒレルはふたたびスフィンクスのように頰笑んだ、「人間のするどんな質問も、それが心のなかで、立てられたその瞬間に答えられているのです」

「かれの言うことがわかるかね？」ツヴァックがぼくに言った。

ぼくはそれには答えずに、ヒレルの話を一語も聞き洩らすまいとして息をひそめていた。

シェマーヤーがつづけて言った。

「人生はすべて、答えの芽をうちに含んだ問いと――問いをはらんだ答えとが、かたちをとったものにほかなりません。人生をなにかそれ以外のものと見る人は愚か者です」

ツヴァックがこぶしでテーブルを叩いた。

「そのとおりだ、そのたびごとに内容のちがう問いと、人ごとに理解の異なる答えとだ」

「大切なのはまさにその点です」ヒレルがやさしく言った、「すべての人間をひとつの匙で治療するのが、まさに医者の特権なのです。問う人は、自分に必要な答えを得るのです。もしそうでなければ、生きものは自分の憧憬する道を歩めないはずでしょう。わたしたちのユダヤの言葉が子音だけで書かれているのを偶然だとお思いですか？――自分ひとりに定められている意味を開示してくれる秘密の母音を、各人が自分で見いだすためなんですよ、――つまり生きた言葉を死んだドグマに硬直させてしまわないためなんです」

人形遣いツヴァックは激しく否定した。

「口先だけでならなんとでも言えるさ、ラビ、口先だけでなら！　そんなことで賢明になれるのなら、わしは自分のことをパガート・ウルティモ（最後の切札として使われるカード）だと言いたいよ」

パガート！――その言葉は稲妻のようにぼくの心に突き刺さった。ぼくは驚いて、あやうく椅子から転げ落ちそうになった。

ヒレルはぼくの目を避けた。

「パガート・ウルティモ？　ツヴァックさん、あなたがほんとにそういう名前でないと、だれに言えましょう！」――ヒレルの話し声がはるかかなたから聞こえてくるように思われた、「人は自分のこともけっしてよくはわかっていないものなんです、――ところでツヴァックさん、いまわたしたち、カードのことを話してるけど、タロックをおやりになるんですか？」

「タロック？　もちろん。子供のころから」

「それなら、あなたがなぜカバラがすっかり全部載ってる本のことをおたずねにならないのか、わたしには不思議な気がしますね。あなたはご自分で、何千回となくそれを手にされてきたんだから」

「わしが？　手にしてきた？　このわしが？」――ツヴァックは頭に手をやった。

「ええ、あなたが！　タロックには切札が二十二枚――ちょうどヘブライ語のアルファベットの数だけあるということに、あなたは一度も気がつかれなかったんですか？　わたしたちのボヘミアのカードには、おまけに、見るからになにかの象徴《シンボル》だとわかる絵まで、つまり愚者、死、悪魔、最後の審判なんかが描かれているでしょう？――いいですか、あなたは、だからほんとは、人生があなたの耳に答えを叫びかけるのを、大声で求めておられるのじゃありませんか？――――むろん知る必要もないことでしょうが、『タロック』とか『タロット』というのは、ユダヤの『トーラ』つまり律法とか、エジプト語の『タルト』つまり『問いに答える女』とか、大昔のペルシア語の『タリスク』つまり『わたしは答えを求める』などとおなじ意味の言葉なんです。――学者たちは、タロックがカール六世（神聖ローマ皇帝、ボヘミア、ハンガリア両国王。在位一七一一―一七四〇）の時代にできたということを考証するまえに、このことを知るべきだと思いますね。――で、パガートがタロックの第一の切札（二十二枚の切札には人間の像が描かれている）であるように、人間は自分自身の絵本の第一の人像《フィグーア》であり、自分自身の分身なんです。――――ヘブライ語のアーレフの文字は、片手で天上をさし、片手で下方をさした人間の姿をかたどったもので、それはつまり『天上に行なわれているとおりのことが地上にも行なわれ、地上に行なわれているとおりのことが天上にも行なわれている』ということを意味しているのです。――だからわたしはさっき、あなたの名前がほんとうにツヴァックであって、『パガート』ではないと、だれにも言うことができないと言ったんですが。――だからといって喜んではいけません」――ヒレルはそう言いながらぼくをじっと見つめていた。ぼくはかれの言葉の背後に、つねにあらたな意味をたたえている深淵が口を開いているのを感じていた、「油断してはいけないのです、ツヴァックさん！　まっ暗な迷路におちいることがあって――護符をもってない人は、帰り道を見つけることができません。言い伝えによると、あるとき三人の男が暗闇の国におりていって、ひとりは発狂し、ひとりはめくらになり、残りのひとり、ラビのベン・アキバだけが無事に帰ってきて、そして、自分自身に出会った、と言ったそうです。自分に出会った人ならいくらでもいる、たとえばゲーテがそうだ、とあなたは言われるかもしれません。そう、かれらはたいていは橋のうえで、要するに川の此岸と彼岸とを結ぶ小径で、自分に出会い――そして自分の目を覗いたけれども発狂しなかった。しかしかれらが出会ったのは、自分の意識の鏡像にすぎず、ほんとうの分身ではありません。『骨の息吹き』すなわち『ハバル・ガルミーン』とわれわれの呼んでいるほんとの分身ではなかったのです。つまり、われわれが墓穴に入ったときそのままの姿で、腐りもせず、五体満足に、最後の審判の日によみがえってくるといわれているあの分身ではなかったのです」――ヒレルの視線がますますぼくの目に深く食い入ってきた――「わたしたちの祖母たちが言ってました、『そいつは地上高く、入口のない、ひとつしか窓のない部屋に住んでいて、そこからは人間と意志を疎通させることができない。だけど、そいつを呪縛し――浄化することができるものは自分自身とよい友達になれるんだ』と。――――まあ、タロックのことはわたしに劣らずあなたもよくご存じですが、タロックをやる人それぞれカードがちがうわけで、切札を正しく使う人が勝つことになるのです。――――だけどツヴァックさん、もう行きましょう！　もう帰らないと、あなた、葡萄酒を全部飲んでしまって、ペルナートさんが飲むのがなくなってしまいますよ」

窮乏

窓のそとに、雪片の会戦がくりひろげられていた。窓ガラスをかすめながら、雪の星屑が——白いふわふわの外套を着たちっぽけな兵士たちが——あとからあとから幾連隊も突進してきた。——数分間——とてつもなく悪辣な敵に遭遇して総退却してくるかのように、おなじ方向に突進しているかと思うと、突然遁走に飽き、わけのわからぬ理由から憤怒を爆発させたかのように逆流しはじめ、やがて上からも下からもやってきたあらたな敵に側面をつかれて、大混乱におちいってしまう。

このあいだの奇妙な体験が、いまでは、もう数カ月もまえのことのように思われる。そしてゴーレムのあらたな、錯綜した噂が毎日何度かぼくの耳に聞こえてきて、そのつどあの体験をまざまざと思い出すということさえなかったなら、ときどき思い出すことがあっても、あれは心の薄明の生贄となっただけのことではないのか、という疑いをいだいていることだろう。

ぼくの周囲に事件が織りなす多彩なアラベスクのなかで、ツヴァックが話していた、まだ未解決のいわゆる『フリーメースン』殺人事件が、とくにけばけばしい色彩できわだっている。

あばたづらのロイザがこの事件に関係があるのかどうか、どうもよくわからないが、ぼくは漠然とした嫌疑を振り払うことができない。――プローコプがあの夜マンホールの格子蓋のあいだから不気味な物音を聞いたように思ったそのほとんど直後に、ぼくらはロイザを『ロイジチェク』で見かけていた。もちろん、錯覚だったかもしれぬ地下の叫び声を、助けを求める人間の絶叫だったと考えるべき根拠はないのだが。――――――

じっと視線をあてていた吹雪が、ぼくの目を眩惑し、乱舞する線条のように見えてきた。ぼくは、目のまえのゲメに視線を戻した。ミルヤムの顔をおおまかにかたどった蠟の塑像を、青みを帯びて輝く月長石にうまく写そうとしているのだった。――ぼくの石の持ちあわせのなかにこんなにぴったりのものが見つかった愉快な偶然のために、ぼくは上機嫌だった。ふちの漆黒の角閃石がなかの月長石に的確な光をあたえ、そして角閃石にふちどられたその月長石の輪郭は、自然がわざわざそのためにこの石をつくったのではないかと思われるほど、ミルヤムの繊細な横顔を彫るのにぴったりだった。最初はその石でエジプトの神、オシリスのカメオを彫るつもりだった。ぼくは『イッブール』の本のヘルマフロディートの幻影をいつなんどきでもとても鮮明に記憶に呼び戻すことができ、その幻影に強く芸術的意欲をそそられて、オシリスのカメオを彫る気になったのだった。しかし少し彫っているうちに、それがシェマーヤー・ヒレルの娘にひじょうによく似ていることにしだいに気づき、計画を変更したのだ。

――『イッブール』の本！――――――

ぼくは驚いて鉄筆をおいた。なんとわけのわからぬことばかりが、この短時日のあいだにぼくの生活に侵入してきたことだろう！　ふいに果てしない砂漠のまんなかにおかれた人間のように、ぼくは突然、隣人たちから切り離された、深く巨大な孤独を意識した。

いったいぼくが体験したことを――ヒレルを除くとすれば――友達に話すことができるだろうか？　数日まえから、夜の静寂な時間になるとその記憶がよみがえってくるようになったのだが、なるほどぼくは少年時代に――すでに幼児のころから――ずっと、不可思議なものへの、あらゆる死すべきものの彼岸にあるものへの、途方もない憧憬に死ぬほど苦しめられていた。だがその憧憬の実現は、雷雨のようにやってきて、ぼくの心の歓呼をその重圧で圧し潰してしまったのだ。

ぼくは、ぼくの精神がまったく正常に戻り、ぼくを狂気に追いやった出来事を骨の髄が燃え尽きるほどになまなましく眼前に感じずにはいられなくなる瞬間を想像して戦慄した。

しかしいまはまだ、その瞬間はやってこないだろう！　まずは歓喜を味わい尽くすことだ。名状しがたい輝きがやってくるのを、とっくりと眺めることだ！

ぼくはいま、いつでも自由にそうすることができるのだから！　寝室に行って宝石箱をあけるだけでいい。そこに『イッブール』の本が、目に見えぬ者たちからの贈物がある！

もうどれくらいたったことだろう、アンジェリーナの手紙を宝石箱にしまうときにその本に手が触れてから！

ときどき、屋根の雪を風が通りに投げ落とす鈍い響きが聞こえて、そしてまた深い静寂のあいまがやってくる。舗道の積雪がすべての物音を呑みこんでしまうのだ。

ぼくは仕事をつづけようと思った。――そのとき突然通りに、火花を散らして駆けてくるのが目に見えるほど、鋭い鋼鉄の馬蹄の響きが聞こえてきた。

窓をあけて見おろすことはできなかった。氷が窓をふちの壁に縛りつけていた。それに窓ガラスも下から半分まっ白に雪片をこびりつかせていた。ぼくには、カルーゼクが一見とても仲良さそうに古道具屋のヴァッサートゥルムと並んで立っているのが――かれらはたったいままで一緒に話をしていたにちがいない――そしてふたりの顔に啞然とした表情がひろがり、ふたりともあきらかに、ぼくの視野には入らない馬車を、声を呑んで見つめているのが見えるばかりだった。

アンジェリーナの夫だ、とぼくは思った。――彼女自身ではありえない！　彼女が馬車でぼくのところに――ハーンパス通りに――衆人をまえにしてやってくるはずはない！　そんなことは狂気の沙汰だ。――だがやってきたのが彼女の夫で、頭ごなしにたずねられたら、ぼくはなんと言えばいいのか？

否定することだ、もちろん否定することだ。

ぼくは急いで、起こりえた事態を想像した。彼女の夫以外には考えられないとすれば、かれは匿名の手紙を受けとったのだ、――ヴァッサートゥルムから、――彼女がここで逢引きしたという文面の。そして彼女は言いわけしたのだ。たぶん、宝石かなにかをぼくに注文しに行ったのだ、と。――

――そのとき、ドアが猛烈に叩かれ、そして――アンジェリーナがぼくのまえに立っていた。彼女はひとことも口がきけなかった。だが彼女の表情がすべてをぼくに語っていた。彼女はもう逃げ隠れする必要がないのだ。すべてはおわったのだ。

だが、ぼくの心のなかのなにかが、その推測に反対する。彼女を助けることができるという感じがいつわりだったとは、どうしても信じられない。

ぼくは彼女を肘掛け椅子に坐らせ、黙って彼女の髪をなでた。彼女は疲れはてて、子供のように頭をぼくの胸に埋めていた。

暖炉で薪のはぜる音が聞こえ、赤い火照りが床を走る。赤々と燃えたってはかげり――燃えたってはかげり――燃えたってはかげり――

「赤いサンゴのハートはどこだ――――――」心のなかで声がする。ぼくは思わず立ちあがる。ぼくはどこにいるのか！　彼女はもうどのくらいここに坐っているのだろう？

ぼくは慎重に小声で彼女にたずねる、――彼女を起こさないように、そしてゾンデが痛ましい傷口に触れないように、そっと小声でたずねる。

ぼくが知っておく必要のあることを断片的に聞きだし、モザイクのように組み合わせる。

「ご主人が知ったのですか――――？」

「いいえ、主人はまだ知りません。旅行に出かけてます」

とすれば、ドクター・サヴィオリのいのちが危いのだ、――カルーゼクの推測どおりだ。サヴィオリのいのちが危くなったから、もはや彼女のいのちにかまっていられなくなったから、彼女は、ここにやってきたのだ。彼女はもうなにごとも隠そうとは思っていないのだ。

ヴァッサートゥルムがまたサヴィオリのところに行ったことを、病床にまで押しかけていって、脅迫し、強要したことを、ぼくは聞き出す。

それで！　それで！　かれはサヴィオリになにを強要したのですか？

なにを強要したか、ですって？　彼女はなかば推測から、なかばサヴィオリから聞いて知っていた。かれが強要したのは——それは——ドクター・サヴィオリの——自殺です。

いま彼女はヴァッサートゥルムの狂暴な、正気の沙汰でない憎悪の理由も知っていた、「ドクター・サヴィオリが、かれの息子を、眼科医のヴァッソリを死に追いやったことがあるのです」

即座に、ある考えが稲妻のようにぼくの心をかすめた。駆けおりていって、ヴァッサートゥルムにすべてをうちあけるのだ。その一撃をくわえたのは——黒幕のカルーゼクであって——サヴィオリはその道具にすぎなかったのだと。——　——　「裏切りだ！　裏切りだ！」ある声がぼくの脳裏に叫びかけていた、「おまえを助け、彼女を救おうとしている、あわれな肺病やみのカルーゼクを、あのごろつきの復讐欲の餌食にさし出そうというのか？」——ぼくはふたつに引き裂かれて血を流す思いだった。——そのとき、ひとつの考えが氷のように冷ややかに悠然と解決策を教えてくれた、「ばかだな！　手のとどくところにあるじゃないか。机のうえのやすりを手にとって駆けおり、古道具屋の喉もとにぐいと突き刺して、その切先を首のうしろにのぞかせてやるだけでいいじゃないか」

心臓が、まるで神に感謝を叫んでいるかのように、激しく歓呼していた。

ぼくはたずねつづけた。

「それで、ドクター・サヴィオリは？」

わたしが助けなければかれはまちがいなく自殺するでしょう、看護婦たちがかれを見張り、モルヒネで麻酔もしてはいますけれども。だけど、ひょっとしてかれがふいに目を醒ましたら——ひょっとしたらちょうどいま——そしたら——そしたら——いいえ、いいえ、わたしは行かなければなりません。もう一刻も猶予できないのです、——わたしは夫に手紙を書いて、すべてをうちあけます。——子供はとられてしまうでしょうが、サヴィオリを救うことができます、そうすればヴァッサートゥルムの手から、かれが握っていてサヴィオリを脅迫してる唯一の武器を奪いとることになるのですから。

かれが夫に密告するまえに、彼女は自分で秘密をうちあけようと思っている。

「そんなことをしてはいけない、アンジェリーナ！」とぼくは叫び、やすりを思い浮かべる。かれのいのちを意のままにしうるという喜悦が湧きたち、ぼくは声が出なくなる。

アンジェリーナが身を振り離そうとし、ぼくは彼女をしっかりとつかまえる。

「もうひとつだけ。よく考えてください、あなたのご主人はそんなにかんたんにヴァッサートゥルムの言うことを信ずるでしょうか？」

「ヴァッサートゥルムは証拠を握ってます。わたしの手紙をもってるのは明らかです――たぶんわたしの写真も。――みんな隣のアトリエの机のなかに隠してあったんですが」

手紙？　写真？　机？――ぼくはもう自分のしていることがわからなかった。アンジェリーナを胸に抱きしめ接吻していた。口に、額に、目に。

金色のヴェールのように、彼女のブロンドの髪がぼくの顔のまえにあった。

ぼくは彼女のほっそりとした手をとり、ヴァッサートゥルムのほんとの敵が――ひとりの貧しい不可解な大学生が――手紙もなにもかも未然に救い出し、ぼくが預かって確実に保管していることを、かいつまんで話した。

すると彼女はぼくの首にしがみついて、泣き笑いしながらぼくに接吻した。そしてドアに駆けだし、もう一度駆け戻ってぼくに接吻した。

そして彼女は消え去った。

ぼくは麻痺したように突っ立ったまま、顔に彼女の息を感じつづけていた。

馬車の車輪が舗道に響き、猛然と駆けだす蹄鉄の音が聞こえた。一分後に、すべては静寂に、墓穴のような静寂にかえっていた。

ぼくの心のなかも。

突然ぼくのうしろでドアがそっときしみ、カルーゼクが部屋に入ってきた。

「失礼します、ペルナートさん、ずっとノックしてたんですが、気づかれないようだったので」

ぼくは無言でうなずいた。

「さっきヴァッサートゥルムと話してるところをご覧になったでしょう。だけどまさかぼくがかれと仲なおりしたとは思っておられないでしょうね?」――カルーゼクの嘲るような微笑が、ただ残忍なからかいをしていたにすぎないことを告げていた――「いや、ぜひお知らせしたいと思ってやってきたんですが、運よく、ペルナートさん、下のあの悪党め、ぼくに好意をもちはじめたんです。――奇妙なことだ、血の声のなせるわざだな」かれは最後の言葉を小声で――なかばひとりごとのように――つけくわえた。

ぼくにはその意味がわからず、なにかを聞きのがしたのかもしれないと思った。だがぼくの心のなかで、昂奮の予感が強烈に震えていた。

「かれがぼくにオーバーをくれようとしたんです」カルーゼクは大声でつづけた、「もちろん丁重に断わりましたがね。ぼくは自分の皮膚だけあれば十分暖かいのですよ。――そしたらかれは、かねを押しつけてきたんです」

「受けとったんですか⁉」と声が出かかり、ぼくはあわてて舌をとめた。

カルーゼクの頬の先がまんまるく赤らんだ。

「かねはもちろん受けとりました」

頭のなかが混乱してきた。

「――受け――とった?」ぼくは口ごもって言った。

「この世でこんな純粋な喜びが感じられるものだとは知りませんでした!」――カルーゼクは一瞬言葉を切って顔をゆがめた、「自然という家政のなかで『苦労性のおっかさん』があらゆるところに賢明に慎重に目をくばっていて、経済的援助の手をさしのべるのを見るのは、崇高な感じじゃありませんか⁉」――かれは牧師のように喋りながらポケットのかねをちゃらちゃら鳴らした――「実際、慈悲ぶかい手によってぼくに委託された浄財は、いつかそれをびた一文残さず、あらゆる目的のなかでもっとも高貴な目的のために使うことこそ崇高な義務だと思います」

かれは酔っぱらっているのか? それとも気が狂ったのか?

カルーゼクは突然語調を変えた。

「ヴァッサートゥルムが自分の――薬を自分で支払いしてるのは、まさに悪魔の喜劇ですね。そう思われませんか?」

カルーゼクの言葉の裏に隠されているものが仄かにわかりかけてきて、ぼくはかれの熱に浮かされた目を見てぞっとした。

「いずれにしろそれはこの辺にして、ペルナートさん、まず目下の問題を片づけましょう。さっきのご婦人、『彼女』なんでしょう? ここにおおっぴらに訪ねてくるなんて、またなにを考えてるんでしょうね?」

ぼくは、事態をありのままカルーゼクに話した。

「ヴァッサートゥルムは、きっとなにも証拠をつかんでません」かれは嬉しそうな顔でぼくをさえぎった、「そうでなけりゃ、かれはけさまたアトリエに忍びこんだりしないでしょう。——あなたがあの音に気づかれなかったとは奇妙ですね⁉　かれはたっぷり一時間もそこにいたんですよ」

ぼくは、かれがどうしてなにもかもこんなによく知っているのか不思議に思い、そのことをたずねた。

「もらっていいですか？」——かれは机のうえから煙草を一本とって火をつけ、そして説明した——「いいですか、いまあなたがドアをおあけになると、階段から気流が流れこんできて、煙草の煙が向きを変えるでしょう。これがヴァッサートゥルム氏がよくご存知の、たぶんたったひとつご存知の自然法則なんで、かれはあらゆることにそなえてアトリエの、通りに面した壁に——ご存知でしょうが隣の建物もかれのものなんですが——その壁に外に通じる小さな隠れた壁龕をこしらえさせてるのです。一種の通風孔ですがね。そのなかに赤い小さな旗がとりつけられてて、人が部屋に出入りすると、つまり通風路が開くとですね、ヴァッサートゥルムは下から小旗が激しくはためくのを見て、それを知るわけです。もちろんぼくも」とカルーゼクはそっけなくつけくわえた、「必要なときにはそれを利用してます。慈悲ぶかい運命が親切なことに、その小旗が真正面に見える地下室に住むことを許してくれてますのでね。——通風孔とは、尊敬すべき爺さんの、なるほどちょいとしゃれたパテントですけど、ぼくももう何年もまえからそれを使わせてもらってるってわけです」

「きみはかれのすることなすことなんでもかでも監視してるようだけど、いったいかれにどんな、想像を絶するような憎しみをもってるのかね。それも、聞いてるとずいぶんまえからのようだが」とぼくは口をはさんだ。

「憎しみ？」カルーゼクはひきつれたような微笑を浮かべた、「憎しみですって？——憎しみなんてもんじゃありません。ぼくがかれにいだいてる気持ちを表わそうと思えば、あたらしい言葉をつくらなきゃなりません。——ぼくは正確に言って、かれなんかぜんぜん憎んでません。かれの血を憎んでるのです。おわかりになりますか？　だれかの血管にかれの血が一滴でも流れてると、ぼくは野獣のようにそれを嗅ぎつけるんです、——そして」——かれは歯を食いしばった——「このゲットーで『ときどき』そういうことがあるんです」昂奮のあまり喋りつづけられなくなって、かれは窓辺に走り寄り外を見つめた。——かれの喘ぎを抑えた息づかいが聞こえていた。ふたりともしばらく黙っていた。

「ちょっと、あれはなんだろ？」突然かれが緊張して、急いでぼくを手招きした、「早く、早く！オペラグラスかなにかをおもちじゃないですか？」

ぼくらは慎重にカーテンの陰から見おろしていた。

聾啞のヤロミールが古道具屋の入口に立って、かれの手まねから推測できるかぎりでは、手のなかに半分隠した、小さな、光っているなにかをヴァッサートゥルムに売ろうとしていた。ヴァッサートゥルムは禿鷹のようにさっと手をのばし、それをもってかれの穴蔵のような店のなかに引っこんだ。かれはすぐにまた——まっさおになって——飛んで出てきて、ヤロミールの胸ぐらをつかんだ。激しい格闘が起こった。——ふいにヴァッサートゥルムが相手を離し、考えこむように見えた。裂けた上唇を荒々しく噛んでいた。そして思案にふける視線をちらっとぼくらに投げかけたかと思うと、ヤロミールの腕をとっておとなしく店のなかに入っていった。

ぼくらは十五分あまり待っていた。取り引きが成立しないのだろうと思われた。

ついにヤロミールが満足した顔つきで出てきて歩み去った。

「なんだと思う?」とぼくはたずねた、「たいしたものだとも思えんが? たぶんあの少年が乞食をして、だれかにもらったものをかねにかえたんだろうけど」

カルーゼクは答えず、黙ってまたテーブルに戻った。

かれもいまの出来事に、あきらかにたいした意味を認めていなかった。つまり、かれはしばらく間をおいてから、中断していた話をつづけたのだから。

「ええと、ぼくはかれの血を憎んでるのだと言いましたね。——もしぼくがまた昂奮してきたら、ペルナートさん、とめてください。冷静でいるつもりですけど。ぼくの一番いい感情をこんなふうに浪費してはいけないのです。あとで索漠たる気分になりますので。羞恥心をもつ人間は冷静な言葉で語るべきで、娼婦や——それとも詩人のように激情的に喋ってはいけないのです。苦悩のゆえに『手を揉も』(困惑、絶望のしぐさ)うなんて思いついた人は、この世ができて以来ひとりもいなかったはずなんです、もし俳優たちがこんな身振りをひねり出して、とりわけ『造形的』だなんて言いさえしなかったなら」

かれは心を落ち着けようとして、わざと出まかせに喋っているのだろうとぼくは思った。

しかしその試みはうまくいかなかった。かれはいらいらと部屋のなかを右に左に歩きまわり、手あたりしだいものを手にしては、心がそこにないようすでまたもとのところにおいていた。

かれは突然、話の核心に戻った。

「ある人のほんの些細な、なにげない動作がぼくにこの血を教えるのです。『かれ』に似ていて、かれの子供だと言われている子供たちを知っています。だけどその子供たちはぜんぜんかれの血を引いてません。――ぼくにはわかるんです。ドクター・ヴァッソリがかれの息子だということも、何年ものあいだ聞いたことがなかったけど、だけどぼくには――言うならば――臭ったんです。

もう小さい子供のころから、つまりヴァッサートゥルムがぼくとどういう関係にあるのか予感もしなかったころから」――かれの視線が一瞬さぐるようにぼくに注がれた――「ぼくにはこの天分がありました。ぼくは子供のころからいつも人に踏んづけられ、殴られ、だからものすごい痛みを知らんような場所はからだじゅうどこにもないようなありさまで――そして腹がへろうが喉がかわこうが、だれも面倒は見てくれず、半分気ちがいみたいになって黴くさい土くれを食らってたんですが、だけどぼくはただの一度だって、ぼくを虐待する人々を憎むことができなかったんです。どうしてもできなかった。ぼくの心のなかにはもう憎しみの入りこむ余地がなかったんです。――おわかりになりますか？　つまりぼくはすでに全身憎悪につかってたんです。

ヴァッサートゥルムは一度だってぼくにどんなこともしなかった。つまりぼくはこの辺をうろつく浮浪児だったのですが、かれに殴られたり、ものを投げつけられたり、罵られたりしたことは一度もなかったんです。ぼくはそのことをよく知ってます。——にもかかわらずぼくの心にたぎりたつ復讐心や怒りは、全部かれに向けられてたんです、かれひとりに！

　だけど不思議なことに、ぼくはかれをからかったりしたことはなかったんです。ほかの子供たちがかれをからかいだすと、ぼくはたちまち逃げ出して、そして何時間でもどっかの入口の陰に隠れ、ドアのうしろから、吊手の隙間から、かれの顔をじっとにらみつけてたんです。わけのわからん憎悪のために、しまいに目のまえがまっ暗になったもんです。

　かれにつながりのある人に触れると、いや、ものにだってそうなんですが、たちまち目醒める透視力は、そのころからはじまったように思うんです。ぼくはかれの動作のなにもかも、上着の着かたや、もののつかみかたや、咳のしかた、飲みかた、その他あらゆることを、そのころもう無意識のうちに宙でおぼえてたんでしょう。そんなものをたらふく心のなかに溜めこんだもんだから、しまいにぼくは、その痕跡ほどのものがどこにあってもひと目で、絶対あやまたない確実さで、それがかれから受けついだもんだと見分けることができるようになったんです。

　のちには偏執的にまでなったこともあります。べつに害もなにもないものを、かれの手がそれにさわったかもしれないと考えただけで、もう落ち着けなくなって投げ捨てたり、——その一方で、そのほかのものがなんでもかでもとてもいとおしく思われて、まるでやっぱりかれを呪ってる友達みたいにかわいがったりしたものです」

カルーゼクはしばらく沈黙していた。かれが放心したように虚空を見つめているのに、ぼくは気づいていた。かれの指が無意識に机のうえのやすりをなでていた。

「それから数人の情けぶかい先生がぼくのために募金を集めてくれましてね、それで大学で哲学と医学とを勉強するようになって――そのかたわら自分でものを考えるようになるにつれて――憎悪とはなにかということが徐々にわかってきたんです。

ぼくらは、自分自身のなにかにたいしてでなければ、ぼくが憎んでるようなこんな深い憎悪をいだくことはできません。

のちにいろんなことがわかったとき――つまりだんだんと、母親がなにをしていた人かということや――そして――母親がもしまだ生きてたら――まだそれをしてるにちがいないのですが、――それにぼく自身のからだが」かれはぼくに顔を見られないようにそっぽを向いた――「かれのいまわしい血で満たされていることや――ええ、ペルナートさん、――どうしてあなたに隠しておく必要があるでしょう、かれがぼくの父親なんです！――そんなことをだんだんと知ったとき、憎悪の根がどこにあるか、はっきりと知ったんです。―― ――ぼくが肺結核にかかって血を吐くのも、これとひそかな関係があると思うことさえあります。ぼくのからだが『かれ』のものをすべて拒絶して、へどみたいに排出してしまうんだとね。

ときどきこの憎悪が夢のなかまでついてきて、ぼくが『かれ』にくわえていい、考えられるかぎりの拷問の光景を見せて、ぼくを慰めようとすることもあります。ですが、ぼくはその光景を自分で追っぱらってしまうんです。なぜって、満たされない――索漠たるあとあじが心に残るからです。自分のことをよく考えてみると、ぼくが『かれ』とかれの血筋以外にはこの世のだれひとりなにひとつ憎めないことに――いや、反感をすら感じることができないことに気づいて驚いてしまうんですが――そんなときよく、ぼくはいわゆる『善人』なのだろうか、といういやな気持ちがそっとぼくの心に忍びこんでくることがあります。だけどありがたいことにそうじゃないのです。――さっきも言ったように、ほかのものを憎む余地がないだけのことなんです。

ところで、悲しい運命がぼくの人を変えた、とだけは絶対に考えないでください（かれがぼくの母にどんな仕打ちをしたかを知ったのは、それに、もっとのちのことなんです）――ぼくは、生あるものにあたえられうる他のどんな喜びもすっかり色あせて見えるような、そんな喜びの一日を経験したことがあります。内面の、純粋な、熱烈な敬虔というものがどんなものか、あなたはご存知かどうか知りませんが――ぼくはその日はじめて知ったのです。――ヴァッソリが自殺したその日に、ぼくはこの下の古道具屋のそばに立って、『かれ』が知らせを受けとるのを見てたんです。かれは――まるで人生のほんとの舞台を知らない素人が人生とはそういうもんだと鵜呑みするみたいに――『無感動』にその知らせを受け入れて、一時間あまりもそのまま平気で店先に立ちつづけていました。ただかれの、血のように赤い兎唇《みつくち》のくちびるがいつもよりほんのちょっとだけ歯のうえに吊りあがり、そして目はたしかに――なんとも――なんとも――なんとも独特な感じでうちに向けられてました。――――――そのときぼくは、大天使が羽ばたいて、香煙の香りが漂ってくるのを感じたんです。――――タイン教会の黒衣の聖母像をご存じですか？　ぼくはその像のまえに行ってひれ伏しました。ぼくの心は楽園にすっぽりと包みこまれてました」――――――カルーゼクが大きな、夢を見ているような目に涙をいっぱい浮かべてぼんやり立っているのを見て、ぼくはヒレルが言っていた不可解な言葉を、死のはらからたちが歩むという暗い小径のことを、思い出していた。

カルーゼクが話しつづけた。

「ぼくの憎悪を『正当化』するような、つまりおかみから給料をもらってる裁判官たちの脳味噌を納得させるような外的事情なんか、あなたにはたぶんぜんぜん興味のないことでしょう、――事実なんて里程標に見えてるけど、卵の殻にすぎないのだから。事実なんて、金持ちだということをひけらかす連中が、食卓でぽんぽん抜くうるさいシャンパンの音みたいなもんで、そんな栓の音を酒宴のほんとのなかみだと思うのは頭のお粗末な連中だけですよ。――ヴァッサートゥルムはぼくの母を、かれのようなやつのいつもやることですが、あらゆる悪辣な手段をもちいて無理やり意に従わせたんです。――だけどそれはまだしもなんです。そのあとで――ええ――そのあとで母を――娼家に売りとばしたんです。――――――警視正ぐらいの連中と取り引きがあればべつにむつかしいことじゃありません。――だけどけっして母に飽きたからじゃなかったんです、ええ、けっして！　ぼくはかれの心の隠れ家を知ってます。かれは、母をほんとにどんなに熱愛してるかを、驚きとともに自覚したその日に母を売りとばしたんです。かれのような人間がそんなことをするのは一見矛盾してるみたいだけど、いつもの伝なんです。つまり溜めこみ癖《へき》のねずみがかれの心のなかでちゅうちゅう鳴きだしたわけで、かれの店にだれかが来てなにかを買おうとすると、いくらかねを積まれても、『もっていかれてしまう』という強迫観念しか感じないのとおなじことだったんです。かれは『もっている』という思いをじっと胸に抱いてないと承知できないのです。いつか理想なんてものを考えだすことがあるなら、それが『所有』っていう抽象概念になるんでしょうがね。——

で、そのときも、『自分がぐらつく』という——つまり愛のなにかをあ、た、え、た、く、なるというのではなくて、あたえずにはい、ら、れ、な、く、なるという不安が、つまりかれの意志を、あるいはかれが自分の意志だと思いたがってるものを、ひそかに裏切る目に見えぬなにかがかれの心のなかにあるらしいのを漠然と感じとったその不安が、かれの心のなかで途方もなく広がっていって、しまいに山のように大きな不安になったんです。——それがことのはじまりで、あとのことは自動的に起こっただけのことなんです。——ちょうどエソックス（歯の鋭い貪食な川魚）が、タイミングよくなにかきらめくものがそばを漂ってくると——好むと好まざるとにかかわらず——自動的に食いつかずにはいられないのとおなじことです。

ぼくの母を売りとばすことは、ヴァッサートゥルムにとっては当然の結果だったわけです。それはまたかれのなかにまどろんでいるほかの性質をも、つまり金銭欲や倒錯した自虐の喜びなども満足させたんです。——　——　——失礼しました、ペルナートさん」カルーゼクの声が突然かたい、醒めた調子に変わったのにぼくは驚いた——「失礼しました。怖ろしくわけ知り顔に喋ってしまって。だけど大学に行ってるとたくさんのばかげた本を手にするので、ついついとんまな表現になってしまうんです」――

ぼくは無理に頬笑んで、かれを元気づけようとした。かれが泣くのを必死にこらえているのを、ぼくは内心よく知っていた。

なんとかしてかれを助けてやらねばならない、とぼくは考えた。少なくともかれの痛ましい苦悩を、力の及ぶかぎりやわらげてやるようにしなければならない。ぼくはかれに気づかれないように、まだ家においていた百グルデン紙幣（グルデンとフローレンとは同単位）をたんすの引き出しからそっととり出して、ポケットに突っこんだ。

「いつかもっといい境遇になれば、医師として職業につくようになれば、きみも平静な気分になれますよ、カルーゼク君」ぼくは話題をかれの気持ちのなごむ方向に向けようとした――「もうじきドクターの学位をとるんでしょう?」

「ええ、もうじきです。ぼくはぼくの恩人たちにそうする義務があるんです。それ以外になんの目的もありません。もう何年も生きられないのですから」

ぼくは、あまりにも悲観的に見すぎると、月並みな異議を唱えようとしたが、かれはそれを押しとどめ、頬笑みながら言った。

「それでいいのです。治療か救済か知らないけど、そんな喜劇を演じることが、そしてしまいに免許をもった投毒屋として爵位をもらったところで、それがなんの楽しみになるわけでもないのですから。―― ――だけどその半面」――かれは陰鬱な諧謔をこめてつけくわえた――「この、まさに現世というべきゲットーの、広大な、至福にみちた生活からもすっかりおさらばしてしまうのは残念ですがね」かれは帽子に手をのばした、「だけどもうおいとまします。それともサヴィオリのことでまだなにかご相談しておくことがありますでしょうか？　べつにないと思いますが。いずれにしてもなにかあたらしいことをお聞きになれば知らせてください。ここの窓に、訪ねてこいという合図に鏡をかけてくだされば、一番ありがたいですけれども。ぼくの地下室には絶対に来ないでください、ヴァサートゥルムがすぐに、ぼくらがぐるだと疑うでしょうから。――それはともかく、かれはあのご婦人があなたのところに来たのを見たんだから、これからかれがどう出るか、ぼくは興味津々です。彼女は装身具の修理を頼みにきたんだと、ただそう言ってください。かれがしつこくたずねたら、まさに狂ったみたいにどやしつけてやればいいですよ」

カルーゼクに百グルデン紙幣を押しつける適当な機会がなかったので、ぼくは窓辺においてあった蠟の塑像を手にとって、「それじゃ、階段までちょっと送りましょう。――ヒレルさんが待っているので」と嘘を言った。

かれは驚いた。

「ヒレルさんと友達なんですか？」

「少しね。きみもかれを知ってるのかね？―― ――それともひょっとしたら」――ぼくの顔がひとりでにほころびてきた――「きみもかれを信用してないのかね？」

「とんでもありません！」

「なんでそんなにたいそうに言うのだね？」

カルーゼクは口ごもり、考え考え言った。

「自分でもなぜだかわかりません。無意識のことなんでしょう。ぼくは通りでかれに出会うたびに、まるでかれがホスチアを捧げて歩いてる牧師かなんかのように、舗道から跳びのいてひざまずきたくなるんです。――ペルナートさん、かれは細胞のひとつひとつがまるでヴァッサートゥルムとは正反対の人間なんです。この地区の、たとえばクリスチャンたちは、ほかのこともそうですけど、かれのこともほんとのことはなんにも知らずに、守銭奴だとか、隠れた百万長者だとか言ってますけど、だけどかれはほんとは赤貧もいいとこなんです」

「赤貧？」ぼくは思わず叫んでいた。

「ええ、おそらくぼくよりももっと貧乏です。かれは『受けとる』という言葉を書物のなかでしか知らないのだとぼくは思います。月はじめにかれが『市役所』から出てくると、ユダヤ人の乞食がみんな逃げ出すのです。かれが乞食たちの手に、手あたりしだいにかれのわずかな給料をすっかり押しつけてしまい、そして数日後には――かれ自身が娘ともども食べるに困るのをよく知ってるからです。――タルムードにある大昔の伝説なんですが、ユダヤの十二の部族のうち十は呪われていて、二部族だけが神聖だというのがほんとうなら、かれは神聖なふたつの部族を体現し、ヴァッサートゥルムは他の十部族を一身に集めた権化でしょうね。――ヴァッサートゥルムが、ヒレルさんがそばを通ると青くなったり赤くなったりするのをご存知ですか？　ほんとにおもしろいですよ！　そういう血どうしはけっして混じりあうことができません。子供は死産です。それも母親がそれより先に恐怖をおぼえて死んでしまうということがなかったとしての話です。――ヒレルさんはとにかくヴァッサートゥルムが苦手とする唯一の人です、――ヒレルさんを火にさわるように避けてるんです。おそらくヒレルさんが、かれにとってわけのわからないもの、まったくの謎だからなんでしょう。ひょっとしたらかれにカバラの信者を嗅ぎつけてるからかもしれません」

ぼくらはすでに階段をおりかけていた。

「きみは現在でもカバラの信者がいると思いますか、――そもそもカバラになんらかの意味がありうると思いますか？」ぼくはかれがなんと答えるか、とても興味をもってたずねた。だがかれは聞きのがしたようだった。

ぼくは質問をくりかえした。

かれは急に向きを変えて、階段の吹き抜けに面した、箱の蓋を釘でつなぎ合わせたドアを指さした。

「この建物のあたらしい住人ですよ。ユダヤ人の家庭ですけど、ネフタリ・シャフラーネクという気ちがいの楽士とその娘夫婦と孫たちの貧しい家庭なんです。日暮れになってもネフタリと小さい孫娘だけだと、ネフタリはいつも狂気に襲われて、孫娘たちがかれから逃げ出さないように親指にひもでつないで、そして古い鶏かごに押しこんで、将来生計を自分で稼げるようにと、かれのいわゆる『声楽』を孫娘たちに教えるんです、――つまりあらんかぎり最高に調子っぱずれの唄を、かれがどこかで聞きかじってきたドイツ語の文句の断片を教えるのです。かれの心の薄明のなかではそれが――プロシアの軍歌かなんかであるらしいのですがね」

実際に、奇妙な音楽がかすかに廊下まで聞こえていた。怖ろしく高く、たえず一本調子に引っ掻かれているバイオリンの音が、ある流行歌を大ざっぱになぞり、ふたりの子供のか細い声がそれに唱和していた。

「ピックのおかみさん
　ホックのおかみさん
クレ――ペ――タルシュのおかみさん
みんな一緒に集まって
いろんなことをお喋りしてる―― ――」

それは狂人の唄のようでもコミックのようでもあった。ぼくは思わず大声で笑いだした。

「娘婿のシャフラーネクは――おかみさんは卵市場（リッター通りにあった野菜や卵などの市）で生徒相手にきゅうりの汁をコップ売りしてるんですがね――婿さんは一日中あちこちの事務所を走りまわって」とカルーゼクは憤激して話しつづけた、「古切手をもらい集めてくるんです。それを種類別にわけて、うまい具合いにスタンプがへりに押されてるのが何枚かあると、それらを重ね合わせて切り、スタンプのない半分ずつを貼り合わせて新品として売るんです。最初その商売は大成功で、一日にほとんど一――グルデンも儲かることがあったんです。だけどけっきょくこのプラハのユダヤ人の大工業家たちがそれを知って――いまじゃ自分たちがそれをやってるんです。かれらはうまい汁はみんな頂戴してしまうんです」

「カルーゼク君、きみはもしかりに余分のかねをあたえられたら、それを、きみの窮乏をやわらげるために使ってくれるだろうか?」ぼくはすばやくたずねた。――ぼくらはヒレルのドアのまえに来ていた。ぼくはドアをノックした。

「あなたは、ぼくがそうしないと思うほど、ぼくを下劣な人間だと思ってるのですか」かれは唖然としてたずねかえした。

ミルヤムの足音が近づいてきた。ぼくは彼女が錠をはずすのを待って、すばやくかれのポケットに紙幣をねじこんだ。「いや、カルーゼク君、そんなふうには思っていない。だけどとにかく、ぼくがこれを引っこめたら、ぼくこそきみに下劣な人間だと思われなきゃならんからね」

かれが返事できないうちに、ぼくはかれの手をとって握手し、玄関に入ってドアを締めた。ミルヤムがぼくに挨拶しているあいだ、ぼくはかれがどうするか耳を澄ましていた。

かれはしばらく立ち止まったままでいたが、やがて小声でしゃくりあげながら、さぐるような足どりで、手すりにつかまりながらでないとおりられないかのように、ゆっくりと階段をおりていった。

ヒレルの書斎に入ったのははじめてだった。

牢獄のように殺風景だった。床はひどく清潔で、白砂が敷かれていた。椅子がふたつ、机がひとつ、たんすがひとつあるきりで、ほかに家具はなにもなかった。壁の隅に左右にひとつずつ木の棚がとりつけられていた。――――――

ミルヤムがぼくのほうを向いて窓辺に坐り、ぼくは蠟の塑像をかたどっていた。

「いったい目のまえに顔を見ていることが、そっくりのものをつくるためにはどうしても必要なものなんでしょうか？」彼女がはにかみながら、ただ静寂を破るためにたずねた。

ぼくらはたがいに内気に視線を避けていた。彼女は部屋のさんたんたるありさまに苦痛と羞恥とを感じていて目のやり場を知らず、ぼくは内心、彼女とその父の暮らしぶりに長いあいだずっと無関心でいたことに呵責を感じて頰を燃えたたせていた。

だけどぼくはなにか答えなければならない！

「そっくりのものをつくるためなら、そうでもないですけど、内面的にも正しく見ていたかどうかを比べてみるのに必要なんです」ぼくはそう話しているあいだに、もうぼくが言っているすべてが根本からまちがっていることを感じていた。

ぼくは長年のあいだ、芸術を創造しうるためには外的自然を学ばねばならないという、あやまった画家の原理を愚かにも金科玉条としてきた。ヒレルがあの夜ぼくを目醒めさせてくれたとき以来、はじめてぼくに内的視覚が開かれたのだ。それは閉じたまぶたの裏で真にものを見る能力であり、目をあければただちに消えてしまうような能力、――だれもがもっていると思いながら、しかし何百万人にひとりさえもっていない能力なのだ。

心の映像というあやまつことのない規範を、実際に目で見るという粗雑な手段で検証しようということは、そもそもそれが可能だということすらぼくには説明できないことではないか！

ミルヤムは、彼女の驚いた表情から推察すると、写生されてると考えているようだ。

「いま言ったこと、どうかあんまり言葉どおりにとらないでください」とぼくは詫びた。

彼女は、ぼくが彫刻刀でかたちを削っていくのを注意ぶかく見つめていた。

「すべてを正確に石に写すのはとてもむつかしいことでしょうね？」

「機械的な仕事にすぎないです。少なくともかなりの部分が」

しばらくふたりとも沈黙していた。

「できあがりましたら、そのゲメ、見せていただけません？」彼女がたずねた。

「いえ、あなたにさしあげるつもりなんですよ、ミルヤムさん」

「いいえ、いいえ、それはいけませんわ、――それは――それは――」――ぼくは彼女の手が落ち着かなくなってくるのに気づいた。

「こんな些細なものも、あなたは受けとってくれないのですか？」とぼくは急いで彼女をさえぎった、「これ以上のことだってさせてもらいたいし、またさせてもらっていいはずですが」

彼女はふいに顔をそらせた。

ぼくはなんということを言ってしまったのか！　彼女をとても深く傷つけたにちがいない。彼女の貧乏をあてこすったように聞こえたことだろう。

なにか言って、言いつくろえるだろうか？　よけい悪いことになりはしないか？

ぼくはとにかく話しはじめた。

「落ち着いて聞いてください、ミルヤムさん！　お願いです。――ぼくはあなたのお父さんに測り知れない恩義を受けてるんです、――あなたにはまったく推測できないほどの――――」

彼女は腑《ふ》に落ちない表情でぼくを見つめた。あきらかに理解していなかった。

「――ええ、そうなんです、測り知れないほどの。ぼくのいのちをかけても償えないほどの恩義を」

「あなたが失神なさったときに父がお助けしたからですか？　そのことでしたら、当然のことをしたまでのことですわ」

ぼくと彼女の父とがどんな絆で結ばれているのかを彼女は知らないのだ。彼女の父が彼女に黙っているものを洩らすことなく、どこまで彼女を納得させることができるか、ぼくは慎重にさぐりを入れた。

「外面の援助よりも、内面の援助のほうをはるかに高く評価すべきだとぼくは思うんです。ある人が他の人に及ぼす精神的影響から、そこから明るく輝き出てくるような援助のことをぼくは言っているのです。――ぼくの言おうとしてること、わかりますか？――人はだれかのからだだけでなくて、心をも救うことができるのです、ミルヤムさん」

「で、そんなことを――　――？」

「ええ、それをあなたのお父さんがぼくにしてくださったのです！」――ぼくは彼女の手を握った――「だからあなたのお父さんでなくとも、あなたのようにお父さんの身近にいるだれかになにか喜んでもらえることをしたいというのが、ぼくの心からの願いなのをわかってくれるでしょうね？――ほんのちょっとぼくのことを気楽に考えてくれればいいのです！――ぼくがかなえてあげられるような願いをあなたはぜんぜんもってないのでしょうか？」

彼女はかぶりを振った、「あなたは、わたしが自分のことを不しあわせだと感じてるとでも思ってらっしゃるのでしょうか？」

「けっしてそんなことはありません。だけどひょっとしたら、ぼくがとり除いてあげられるような心配をおもちになることもときにはあるのじゃないでしょうか？　あなたはそれをぜひぼくに――よく聞いてください！――それをぜひぼくにうちあけ、ぼくに力にならせてくれないといけないのです！　まさかあなたがたおふたりは、好き好んでこんな暗い陰鬱な裏町に住んでおられるわけでもないでしょう？　ミルヤムさん、あなたはまだ若いのだし、そして――　――」

「あなたご自身だってここに住んでらっしゃいますわ、ペルナートさん」彼女が頬笑みながらぼくの言葉をさえぎった、「いったいなにがあなたをこの建物に縛りつけてますの？」

ぼくは口ごもった。――そうだ、そのとおりだ。いったいなぜぼくがここで暮らしているのか、ぼくは自分でもわからない。なにがおまえをこの建物に縛りつけているのか、とぼくは呆然と心のなかでくりかえした。どんな説明も見つけることができず、ぼくは一瞬ぼくがどこにいるのかまったく忘れていた。――そして突然、ぼくはどこかの高みに――ある庭に――恍惚として立ち、満開のにわとこの妖しい花の香を嗅ぎながら――街を見おろしていた――――

「なにか、傷に触れてしまったのでしょうか？　苦痛をお感じになるようなことを言ってしまったのでしょうか？」ミルヤムの声がはるかに、はるかに遠くから聞こえてきた。

彼女がぼくのうえにかがみこみ、不安げに、さぐるようにぼくの顔を覗きこんでいた。

彼女の気づかいようからすると、ぼくはたぶん長いあいだこうしてじっと坐っていたにちがいない。

ぼくの心はしばらく揺れ動いていたが、突然やみくもに血路を開き、ぼくの逡巡を押し流した。ぼくはミルヤムに心の内部をすっかりうちあけた。

ぼくは彼女に、まるで彼女がこれまでずっと一緒に生きてきてなんの隠し隔てもない、古くからの親友であるかのように、ぼくの事情をうちあけた。すなわち、ぼくがかつて何年か気が狂っていたことがあって、そのために過去の記憶が失われているということをツヴァックの話から知ったこと――その過去の日々に根ざしているにちがいないいくつかの光景が最近になってますますひんぱんに心によみがえってくること、そしてすべてが明らかになり、おそらくぼくの心がふたたび引き裂かれてしまう瞬間を考えると戦慄をおぼえることなどを話した。

ただ彼女の父に話さなければならないことだけは――地下の迷路の体験とそれにかかわるすべての

ことは、彼女には黙っていた。

彼女はぼくにぴったりと身を寄せ、息をひそめ、深い同情をこめて耳を傾けていた。ぼくには彼女の同情が口ではとても言い表わせぬほどこころよかった。

ついにぼくは、心の孤独に耐えきれなくなったときに、ぼくの心をうちあけることのできる人を見つけたのだ。――なるほどたしかにヒレルもいるが、かれはぼくにとって雲のかなたの存在にすぎず、ぼくが渇望するときに、ぼくには近寄れない明りのようにやってきて、そしてまた消えていく存在にすぎない。

ぼくがそのことを彼女に話すと、彼女は理解してくれた。彼女は、かれは自分の父だけれども、やはりそう感じると言った。

かれは彼女を、そして彼女はかれをかぎりなく愛している――「しかもわたしは、まるであいだにガラスの壁でもあるかのように、父から隔てられているのです」と彼女はうちあけた、「そのガラスの壁をわたしは突き破ることができません。わたしが思い出せるかぎり、昔からそうだったんです。――子供だったころ父がわたしのベッドのそばに立つ夢をよく見ました。夢のなかの父はいつも高位の僧衣を着て、その胸に、十二個の石のついたモーゼの黄金表をつけていて、こめかみから青く輝く光線を発してましたの。――わたし思うのですが、父の愛情は墓場のかなたに通ずるような愛情で、大きすぎてわたしたちにはつかめないのです。――わたしの母も、わたしたちが陰で父のことを話すとき、いつもそう言ってましたわ」――　――彼女は突然身震いした。全身でおののいていた。ぼくは跳んで立ちあがろうとしたが、彼女が押しとどめた、「心配しないでください、なんでもありません。ちょっと思い出しただけですわ。わたしの母が亡くなったとき、――わたしは父が母をどんなに愛していたかよく知ってます、そのころわたしはまだほんの小娘でしたけど、――そのときわたし、悲しみのために息がつまって死んでしまいそうな気がして、それで父のところに走っていって、父の上着にしがみついたんです。そして泣き叫ぼうとしたら、心のなかのなにもかもが萎えてしまって叫べなかったんです。――そして――そのとき――――それを思い出すといまもまた氷のような戦慄が背筋を走るのですが――父は微笑を浮かべてわたしをじっと見つめ、わたしの額に接吻して、そして手でまぶたのうえをなでてくれました。――――その瞬間からいまにいたるまで、母を失ったことのどんな悲しみもわたしの心のなかから消し去られてしまったままのようなんです。母が埋葬されるときも、ひと粒の涙も流しませんでした。わたしは太陽が、神の輝く手が、空にあるのを眺めながら、人々がなぜ泣くのか不思議に思っていました。わたしと並んで柩のあとを歩いていた父は、わたしが見あげるたびにそっと頬笑んでくれました。そしてわたしは、人々がそれに気づいたとき、人々のあいだを驚愕が走り抜けたのを感じました」

「ミルヤムさん、あなたは幸福ですか？　ほんとに幸福ですか？　あらゆる人間的なものを越えた人をお父さんにもっていると考えるとき、同時にそこにはあなたにとってなにか怖ろしいものがあるのではありませんか？」とぼくは小声でたずねた。

ミルヤムは快活にかぶりを振った。

「わたしは浄福の眠りを眠っているように生きているのです。——ペルナートさん、さっきあなたが心配がありはしないか、好き好んでここに住んでいるのでもないだろうとおたずねになったとき、わたしあやうく笑いだすところでしたわ。いったい自然は美しいでしょうか？　ええ、木々は緑で空はまっさおですわ。だけど目を閉じるなら、わたし、なにもかもをもっともっと美しく心に思い描くことができますわ。だったら、わたしに草原に坐って自然を眺める必要があって？——そしてほんのわずかな窮乏が——そして——そして空腹がなんでしょう？　そんなもの、希望と期待とが千倍も償ってくれてますわ」

「期待？」ぼくはけげんな顔でたずねた。

「奇蹟の期待ですわ。ご存知ないのですか？　ほんとに？　それじゃ、あなたはとてもとても貧しいかたですわ。——期待することを知っているのはごく少数の人間だけなのね⁉　実際また、そのためにわたしは外出もせず、だれともおつきあいしないんですわ。わたしだって昔何人かの友達がありましたけど——もちろんわたしとおなじユダヤの女の子ですけど——だけどわたしたちなにを話してもいつもすれちがいでしたの。彼女たちはわたしの言うことを理解しないし、わたしには彼女たちの言うことがわかりませんでしたの。わたしが奇蹟のことを話すと、みんな最初わたしが冗談を言ってるのだろうと思い、そしてわたしが真剣なのに気がつくと、そしてまたわたしが奇蹟という言葉で、めがねをかけたドイツ人たちがそう呼ぶもののことを、つまり草の規則正しい成長やなんかのことを言ってるのではなくって、むしろその正反対のことを言ってることに気づくと——みんなわたしを気ちがいだと思おうとしましたの。だけど一方で、わたし頭はかなり柔軟なほうで、ヘブライ語もアラム語も知っていてタルグーミム（旧約聖書のアラム語訳、釈義）やミドゥラーシム（律法に関するアラム語の研究書、文学書）を読めたりしたものですから、そんなことどうでもいいことなのですけど、そのために彼女たち、わたしのことを気ちがいだと言うわけにもまいりませんでしたの。で、けっきょく彼女たち、なんにも言い表わしてない言葉を見つけたんです。みんなしてわたしのことを『変人』って呼んだのです。

聖書やそのほかの神聖な書物のなかでわたしにとって大切なのは——本質的なことは——奇蹟で、ただ奇蹟そのものだけで、奇蹟に達するための隠れた道でしかない道徳や倫理の命令じゃないってことをみんなにわからせようとしたら——そしたら彼女たち陳腐なきまり文句でしか応酬することができませんでしたわ。だって彼女たち、自分たちが宗教書のなかの、ただ民法に載っていてもおかしくないようなものだけしか信じてないことを、あからさまに白状することになるのを怖れたからですわ。みんな『奇蹟』という言葉を聞いただけで不愉快そうな顔をして、足もとの地面が消えていきそうって言ったんです。

まるで足もとの地面が消えてなくなることより、もっとすばらしいことがなにかあるみたいに！

世界はわたしたちに思念のうちで破壊されるためにあるんだって、わたしいつか父がそう言うのを聞いたことがあります、——そのとき、そのときはじめて人生がはじまるのだって。——父が『人生』という言葉でなにを言っていたのかは知りませんが、わたしがある日まるで眠りから醒めるように『目醒める』ことがあるだろうってことはときどき感じるのです。それがどんな状態になることなのか、想像できないのですけど。そしてそうなるまえにかならず奇蹟が起こるにちがいないと、いつもそう思っていますの。

『奇蹟をいつも待ってるって言うけど、あなたはほんとに奇蹟を経験したことがあるの』って、わたし何度も友達に聞かれました。わたしが、ないって言うと、みんな急に喜んで勝ちほこったような顔をしましたわ。ねえ、ペルナートさん、そのときの気持ち、あなたにおわかりいただけるかしら？だってわたし奇蹟をほんとに経験してたんです、ほんの——ほんの小さな奇蹟ですけど——」——ミルヤムの目が輝いた——「彼女たちにそれを言いたくなかっただけなんです——　——　——」

彼女は喜びの涙で声をつまらせていた。

「——だけどあなたはわかってくださいますわね、ときどき、何週間も、いや何カ月も」——ミルヤムは声を小さくした——「わたしたち奇蹟だけで生きていたことがあります。家のなかにパンがぜんぜんなくなってしまうと、ほんとにひとかけらもなくなってしまうと、いまこそその時だっていうことがわかるんです。——わたしはここに坐ってじっと待っていて、しまいに胸がどきどきしてきて息ができなくなります。そのとき——そのとき突然なにものかがわたしを引っぱるのです。わたしは階段を駆けおり、あちこちの通りをむちゃくちゃに、できるだけ早足で歩きまわって、父が帰るまえに帰ってくるんです。そしたら——そしたらいつもおかねが見つかるのです。多いことも少ないこともありますが、いつも、どうしても必要なものを買えるだけのおかねが見つかるのです。道のまんなかに一グルデン落ちてることもときどきありました。遠くから光っているのが見えるのです。みんなそれを踏んづけたり足を滑らせたりしているのに、ひとりも気がつかないのです。――そんなことのためにわたしはときどき傲慢になって、外に出かけずに隣の部屋の、台所の床を子供みたいに、おかねかパンが天から降ってきてないか探しまわったりしました」

――ある考えがぼくの頭を走り抜け、ぼくは嬉しくなって思わず微笑していた。――

彼女がそれに気づいた。

「笑わないでください、ペルナートさん」彼女は懇願した、「信じてください。わたしにはわかりますの、この奇蹟がだんだん大きくなって、そしてある日――」

ぼくは彼女を慰めた、「笑ってなんかいませんよ、ミルヤムさん！　なにを言ってるんです！　ぼくはあなたがほかの人々とはちがうことを、つまりほかの人々はどんな事柄の背後にも型どおりの原因を求めながら、いったんちがったことが起こると山羊みたいに跳ねまわるのですが――そんなばあいにぼくらは、ありがたや（原意、神に感謝あれ）って叫ぶのですが――あなたがそんな人々とはちがうことを、とっても喜んでるのです」

彼女はぼくに手をさしのべた。

「ね、ペルナートさん、もうわたしを――あるいはわたしたちを――助けようなんておっしゃらないですわね？　あなたがもしそんなことなさったら、それはわたしが奇蹟を経験する可能性を奪っておしまいになることになるってことが、おわかりいただけましたわね？」

ぼくは、助けようとしないことを約束したが、内心ではある留保をくわえていた。

そのときドアがあいて、ヒレルが入ってきた。

ミルヤムがかれに抱きつき、そしてかれはぼくに挨拶した。かれは心からやさしく挨拶してくれたけれども、こんどもまたぼくのことをよそよそしく「あなた」と呼ぶのだった。

それに、かすかな疲労か不安のようなものがかれを蔽っているように思われた。――それともぼくの思いちがいだったのだろうか？

ひょっとしたら、ただ部屋のなかが薄暗くなっていたせいかもしれなかった。

「きっとわたしに相談にいらしたんでしょう」ミルヤムが部屋を出ていったとき、かれが言った、「あのどこかのご婦人のことで――　――？」

ぼくは驚いて口をはさもうとしたが、かれはぼくをさえぎった。

「学生のカルーゼク君から聞いたんです。あんまり変わったようすをしてるものだから、道で声をかけたところ、なにもかも話してくれたんです。心のなかから溢れてくるように。あなたが――かれにおかねをあたえたことも」かれはなにかを見抜こうとするかのようにぼくをじっと見つめながら、最後の言葉の一語一語をとても奇妙に強調するのだった。ぼくには、かれがなんのつもりで強調するのかわからなかった。

「たしかに、そうすることで、天から幸福の雨が二、三滴よけい降ったのです、――そして――そしてこのばあいは――おそらく害はなかったのでしょう。だけど――」かれはしばらく考えこんでいた――「だけどそうすることが自分をも他人をも傷つけることにしかならないことがときどきあるのです。いいですか、あなた、人を助けるということはあなたが考えておられるような、そんなまやさしいものではけっしてありません！　そうでなければ、世界を救済することなんて、とてもとても簡単なことでしょう。——そうはお思いになりませんか？」

「あなただって貧しい人々に喜捨されるんでしょう？　ときにはあなたのもっているもの全部だって、ヒレルさん？」とぼくはたずねた。

かれは微笑しながらかぶりを振った、「問いにたいして問いで答えられるなんて、あなたは急にタルムード学者になられたみたいですね。もちろんこれじゃ議論になりません」

かれはぼくが返事するのを待つかのように間をおいた。しかしぼくには、そもそもかれがなにを期待しているのか、こんどもまたわからなかった。

「とにかく本題に戻りましょう」とかれは語調を変えてつづけた、「あなたが保護なさってるかたに——あのご婦人のことですが——いま危険が迫っているとは思えません。あなたは、ことが向こうからあなたに近づいてくるのを待っておられたらいいのです。なるほど『賢明な人は予防を講ずる』といいますけど、もっと賢明な人はただじっと待って、すべてを覚悟しているのだとわたしは思います。ひょっとしたらわたしにアーロン・ヴァッサートゥルムと出会う機会が訪れるかもしれません。だけどかれのほうから機会をつくってくるのでなければなりません。——わたしは一歩も動きません、かれがやってこなければならないのです。あなたのところにやってこようと、わたしのところにやってこようと、それはどちらでもおなじことです、——そのときわたしがかれに話しましょう。かれがわたしの忠告に従うかどうか、それはかれがきめることです。わたしはそこまで責任はもちません」

ぼくは不安になって、かれの顔色をうかがった。かれがこんなに冷ややかな、こんなに奇妙な脅迫めいたものの言いかたをしたことはこれまで一度もなかったからだ。だが、かれの黒い奥目のうしろには、ある深淵が眠っていた。

「かれとぼくらのあいだにはガラスの壁のようなものがある」ぼくはミルヤムの言葉を思い出していた。

ぼくはただ無言でかれと握手し――そして立ち去ることしかできなかった。

かれは入口のそとまで送ってくれた。階段をのぼりながらもう一度振り返ると、かれはまだ戸口に立っていて、ぼくにやさしく手を振った。だが、まだなにか言いたいのに、それが言えない、という表情をしていた。

不安

ぼくはオーバーとステッキとをとりに戻って、小さな料亭『アルト・ウンゲルト』に食事に出かけるつもりだった。毎晩、ツヴァックとフリースランダーとプローコプとが、そこに夜ふけまでたむろして、突拍子もない話に花を咲かせているのだ。だがぼくの部屋に足を一歩踏み入れたとたん、その考えは――スカーフかぼくが身につけているなにかがだれかにひったくられたかのように剝ぎとられていた。

うまく言えないが、手でつかめそうな緊迫感が部屋のなかに漂っていた。ぼくはたちまちその緊迫感に強烈に感染し、度を失って、まずなにをすべきかもわからなかった。明りをつけるべきか、うしろを振り向いてドアに錠をおろすべきか、椅子に腰をおろすべきか、あちこち見てまわるべきか。

ぼくの留守中にだれかが忍びこみ、いまどこかに隠れているのではないか？　ぼくに伝わってくるのは、見つけられはしないかというだれかの不安ではないか？　ひょっとしたらヴァッサートゥルム？

ぼくはカーテンのうしろをさぐり、戸棚をあけ、隣室を覗いた。――だれもいなかった。

そして宝石箱も寸分たがわずもとの位置にあった。

だが、こんご手紙のことをいっさい心配しなくていいように、いますぐ焼いてしまうのが一番いいことではないか？

ぼくはすでにチョッキのポケットのなかに鍵をまさぐっていた。――だがいま焼かなければならないだろうか？　あすの朝までぼくには十分時間がある。

まず明りをつけよう。

マッチが見つからなかった。

ドアに錠をおろしたかな？――ぼくは二、三歩あと戻りした。そこでふたたび立ち止まってしまった。

なぜ急に不安をおぼえるのだ。

臆病だぞ、とぼくは自分を叱ろうとしたが――その考えは途中で消え失せた。

ぼくは突然、狂気のような思いつきに襲われていた。急いで、急いでテーブルにのぼり、椅子をつかんでもちあげ、床を這いまわっている「そいつ」が――　――そばに――そばに近寄ったときに脳天めがけて叩きつけるのだ。

「だけどこの部屋にはなにもいないじゃないか」ぼくは大声で腹立たしく自分に言い聞かせた、「おまえはこれまでこんなに臆病じゃなかっただろう」

なんにもならなかった。ぼくが吸っている空気がますます稀薄になり、エーテルのようにひりひりとしてきた。

そいつを見てしまえば、それが想像しうるかぎりのもっとも怖ろしいものであっても、——忽然と恐怖は消え去るかもしれない。

だがなにものも姿を見せなかった。

部屋の隅々を食い入るように見つめた。

なにものもいなかった。

どこを見ても見慣れたものばかりだった。たんすや、長持ちや、ランプや、絵や、壁時計が——生命のない、昔からの、忠実な友人たちが、あるばかりだった。

ぼくは、それらがぼくの目のまえで変貌し、ぼくを絞め殺そうとしている不安の原因が、その緊迫感が、ぼくの幻覚にすぎないと言いうる根拠をあたえてくれるようにと祈った。

しかしそれは起こらなかった。——それらの家具は、忠実におのれのかたちにじっととどまっていた。部屋のなかを閉ざしている薄暗がりからすれば不自然なほど、おのれのかたちを固守していた。

「かれらもおまえとおなじ圧迫感を感じているのだ」とぼくは思った、「かれらも身じろぎひとつできないでいるのだ」

なぜ壁時計は音をたてないのか?——

じっとなにかをうかがっているあたりの気配が、すべての物音を呑みこんでしまうのだ。

ぼくはテーブルをゆすぶってみて、音が聞こえることに驚いた。

それならせめて風が、建物のまわりでひゅうひゅうと鳴ってくれ、——それすらも起こらなかった。それなら暖炉の薪がはぜてくれるだろう、——だが暖炉の火は消えていた。

あいかわらず部屋のなかに、じっとなにかをうかがっている身の毛のよだつ気配が——水の流れのようにたえまなく、隙間なく漂っていた。

ぼくの全感覚がいたずらに緊張し、身構えていた。ぼくはこの緊張を耐えきれそうもなかった。——部屋いっぱいに、ぼくには見えない目が——ぼくにはつかまえられない、漫然とぶらついている手が、ひしめいていた。

「これは、他のなにものからでもなく恐怖そのものから生まれ出てくる恐怖、なにものとしても把握しえぬなにものかが感じさせる、ひたすらぼくらの意気を沮喪させる恐怖、かたちをもたず、想念の境界を食いやぶってくる、なにものでもないなにものかの怖ろしさなのだ」ぼくは漠然とそう思った。

ぼくはからだをこわばらせて立ったまま、じっと待っていた。

十五分ほど待った。たぶん「そいつ」は迂回して背後から忍び寄ろうとしているのだ。——引っつかまえられるか⁉

ぼくはさっと振り返った。やはりなにものもいなかった。

存在することなく、しかもその身の毛もよだつ息吹きを部屋に充満させている「無」が、骨の髄まで食い尽くす「無」があるばかりだった。

部屋から逃げ出したら？　なにもぼくを引き止めるものはないではないか？

「そいつはぼくについてくる」ぼくはただちに、拒みようのないたしかさで知るのだった。灯をともしたところでなんにもならないことも予測できた、――にもかかわらずぼくは長いあいだマッチを探した。そしてやっと見つけることができた。

しかしろうそくの芯がうまく燃えようとしなかった。いつまでも微光のままで、ぱっと燃えあがらないのだ。小さな焔が、しばらく生きることも死ぬこともできずにいたが、しまいにやっと肺病やみのようにか細いいのちをかちとった。だがやはり、黄色くきたないブリキのように、輝きを欠いていた。だめだ、これなら暗闇のほうがましだ。

ぼくはろうそくを消して服を着たままベッドにからだを投げた。そして鼓動を数えた。ひとつ、ふたつ、みっつ、よっつ……、千までくるとまた最初から数えなおした。――何時間も、何日も、何週間もそうしているように思われた。しまいに唇が乾き、髪の毛が逆立ってきた。気の休まるあいまはなかった。

一秒としてなかった。

ぼくは舌にのぼるがままに、ひとりごとを言いはじめた。「王子」、「木」、「子供」、「本」――ひきつれる舌でいつまでもくりかえした。しまいにそれらの単語が突然意味を失い、野蛮な原始時代の、不気味な赤裸の音となってぼくに向かってきた。ぼくは思考力を総動員して、それらの語の意味をとり戻す道を探した。お――う――じ――？――ほ――ん――？

ぼくはすでに狂気におちいっているのだろうか？　それとも死んでいるのか？——ぼくはからだをまさぐってみた。

起きよう！

椅子に坐ろう！

ぼくは肘掛け椅子にからだを沈めた。

いま死がやってきてくれないものか！

この血の通わぬ怖ろしい、じっとうかがう気配さえ感じなくてすむなら！「呼んだ——おぼえはないぞ——呼んだ——おぼえは——ないぞ」——ぼくは叫んだ、「おまえたち、聞こえないのか⁉」

ぼくは悄然とふたたび肘掛け椅子に沈みこんだ。

ぼくがまだ生きているのかどうか、わからなかった。

なにかを考えたり行なったりすることができなくなり、ぼくはぼんやりとぼくの目のまえを見つめていた。

「どうしてかれはぼくに粒ばかりをこんなに執拗にさし出すのだろう？」という思いがぼくの心のなかに潮のように満ちてき、そして退《ひ》いていく。ふたたび満ちてきて、また退いていく。そしてまた満ちてくる。

ぼくのまえに奇妙なものが立っていて——たぶんぼくがここに坐ったときからそこに立っていたの

だろう——そして手をさしのべている、ということが徐々にわかってくる。

ずんぐりした人間ぐらいの大きさの、肩幅の広い、灰色のなにものかが、螺旋状にねじれた、節くれだった白い木の杖を突いて立っている。

頭があるはずのところには、ぼんやりとした暗闇から、霧の球が見分けられるだけだ。

白檀と濡れたスレートの臭いが、その幽霊からどんよりと臭ってくる。

まったく完全に無防備だという気持ちが、ぼくの意識をほとんど喪失させてしまう。長いあいだずっとぼくの神経をさいなんできた苦悩が、いま死の恐怖に凝縮し、この妖怪にかたちをとって凝固したのだ。

もし妖怪の顔を見たら、驚愕と恐怖のために狂気におちいってしまうだろう、とぼくの自己保存本能がぼくに告げ、——そんなことをしてはならないと大声でぼくの耳に警告を叫びかける。——しかしぼくはまるで磁石に吸い寄せられるように、視線をその曖昧な霧の球からそらすことができず、そこに目を、鼻を、口を探すことをやめることができない。

だが、じっと見つめているにもかかわらず、その霧は動く気配を感じさせない。なるほどぼくは、胴体のうえにあらゆる種類の首をつぎつぎに見るのだが、そのいずれもがぼくの想像にすぎないことを知っているのだ。

事実またそれらの首は、どれもこれもそれらが生じたほとんどその瞬間に——溶け失せてしまう。

エジプトのイービス（トキ属の鳥。エジプトのトート神はイービスの頭を持つ）の頭のかたちだけは、それでもかなり長く持続していた。

妖怪の輪郭は、暗闇のなかで影のようにヴェールに包まれ、よく見ていると、ゆっくりと呼吸しているのか、その呼吸が全身に行き渡るのか、ほとんど目につかぬほどだがかすかに伸び縮みしていた。それが気づきうる唯一の動きだった。足のかわりに、骨の切株で床に立っていた。そのまわりの肉は――灰色の、血の気のないふくらみは――床から二十糎ほど吊りあがっていた。

この化け物がぼくにじっと手をさし出しているのだった。

掌にいくつかの小さな粒が載っていた。豆粒ほどの大きさの、黒い斑点のある赤い穀粒だった。

これをどうしろと言うのだろう⁉

いまぼくが的確な行為を選ばなければ――途方もなく大きな責任が――地上のすべてのものをはるかに越える大きな責任がぼくにかかってくるのだ、ということを漠然と感じた。

それぞれ全宇宙の半分の重みを載せたふたつの秤皿が、どこか、原因の国に浮かんでいるのが仄かに感じられた。――ひとつの小さな穀粒をそのどちらに載せるにしても、それを載せたほうに傾いてしまう。

こ、れ、な、ん、だ、あたりの、じっとなにかをうかがうような怖ろしい気配は！　とぼくは思った。「かかわってはいけない！」とぼくの分別がぼくに忠告した――「この苦痛から救われるために死を招こうとするのでなければ」――

かかわらないにしたところで、おまえはおまえの選択を選んだのだ、おまえは穀粒を拒、ん、だ、の、だ、とぼくの心のなかでささやくものがあった。ここには留保はありえない。

助けを求めて、ぼくは周囲を見まわした。どうすべきか、どこかに合図はないだろうか。

なにもなかった。

ぼくの内部にも、なんの考えも、なんの思いつきもなかった、——なにもかも死にたえていた。

無数の人間の生命が、いまこの怖ろしい瞬間に、一枚の羽毛のように軽いものになっているのを、ぼくは知っていた。——

すでに深夜にちがいなかった。ぼくの部屋のどの壁も、もはや見分けがつかなかった。

隣のアトリエに足音がした。だれかが戸棚をずらし、引き出しを乱暴に引きあけ、大きな音をたてて床に投げ出しているのが聞こえた。喉を鳴らすような低音《バス》で狂暴に悪態をついていた。ぼくはヴァッサートゥルムの声にちがいないと思ったが、聴き耳をたてはしなかった。その物音は、ぼくにとって、一匹のねずみがたてる物音のように無意味だった。——ぼくは目を閉じた。

人間の顔の長い行列がぼくのそばを通り過ぎていく。まぶたを閉じた——凝固したデスマスク。——それはぼく自身の一族の、ぼく自身の先祖たちの顔だった。

タイプはちがって見えても、つねにおなじ頭蓋をした頭が墓穴から起きあがり、その幾世紀にもわたる顔が——きれいに髪を分けた顔、短く刈ったちぢれ毛の顔、総かつらをつけた顔、輪で髪を束ねた顔が——連綿とつづいてやってくる。しまいにだんだんぼくの知っている顔だちになってきて、最後のひとつに収斂する。——ゴーレムの顔だ。それをしんがりにぼくの先祖たちの行列はとだえた。

そのとき漆黒の闇がやってきて、ぼくの部屋を空虚な無限の空間に溶解し、ぼくはその果てしない空間のまっただなかに、ぼくが肘掛け椅子に坐っているのを知っていた。そして灰色の影がふたたびぼくのまえに腕を伸ばしていた。

目をあけると、ぼくのまわりに、異様な人々のふたつの輪が8の字を描いて立っていた。

一方の輪の人々はすみれ色の微光を発する服を、もう一方の輪の人々は赤みを帯びた黒い微光を発する服を着ていた。それは、背の高い、不自然にやせた姿かたちをした、見知らぬ人種の人間たちで、顔は輝く布ぎれで隠されていた。

胸の動悸が、決断の時がやってきたことをぼくに告げていた。——ぼくの指が穀粒にのびた、——そのとき赤みを帯びた人々の輪に戦慄が走った。——

穀粒をとらないほうがいいのか？　すみれ色の輪を戦慄が襲った。——ぼくは顔のない影を鋭く見つめた。影はじっとそこに立っていた。——これまでとおなじ姿勢で、身じろぎもせずに立っていた。

呼吸さえもやめていた。

ぼくは腕をあげた。どうすべきなのか、あいかわらずわかっていなかった。そして——妖怪のさし出している手に振りおろした。穀粒が床に転がり落ちた。

その一瞬ぼくは感電したかのように意識を失い、そのあと無限の深みに墜落していくのを感じていた、——ついに底に達し両足でしっかりと立った。

灰色の妖怪は消えていた。赤みを帯びた人々の輪も消えていた。だが、すみれ色の人々がぼくのまわりに輪を描いていた。かれらは胸に金色の象形文字の文章をつけ、そしてぼくが首のない妖怪の手から叩き落とした赤い穀粒を親指と人さし指の先につまんで――それは誓約のように見えた――無言で高くかかげていた。

外では、雹《ひょう》が激しく窓を叩き、轟々たる雷鳴が大気を引き裂いていた。

冬の嵐が、狂気におちいったかのように街のうえを吹き荒れていた。疾風の唸りをとおしてモルダウ河のほうから、リズムをとるような間をおいては、大砲の発射音のような轟音が鈍く響いてきた。川面を蔽っていた氷が割れているのだ。たてつづけに閃きつづける稲妻のために、部屋のなかは燃えているかのようだった。突然ぼくは全身の力が抜けるのを感じた。膝が震え、腰をおろさずにはいられなかった。

「静かにして休んでろ」と、ぼくのそばで、ある声がはっきりと言った、「静かにしてじっと休んでろ、きょうはレールシムリール、守護の夜（過越節の最初の二夜）なのだから」――

嵐はしだいに収まっていった。耳を聾していた轟音も、屋根を叩く単調な降雹の音にかわっていった。

ぼくの五体の無力感はますます大きくなり、ぼくはただ鈍い感覚で、なかば夢見ごこちで、ぼくの周囲に起こることを知覚しているにすぎなかった。

輪のなかのだれかが言った。
「おまえたちが探している者はここにはいない」
ほかの者たちが、ぼくの知らないよその言葉でなにかを答えた。最初に言った人がふたたびなにごとか小声で言った。その言葉のなかに
「ヘーノホ」（聖書のエノクと同語。エノクは三百年間神とともに歩み、神との完全な交わりのために死すことなく天に移された）
という名前が聞きとれた。ほかのことは聞きとれなかった。風が川面から運んでくる、大きな呻きがかれの言葉を掻き消したのだ。
そのとき列のひとりがぼくのまえに歩み出て、胸の象形文字をさし――それは他の人々の胸の文字とおなじだった――それが読めるかとぼくにたずねた。
そしてぼくが――疲労のためにまわらぬ舌で――読めないというと、かれはぼくに掌をさしのべた。するとその文章がぼくの胸のうえに輝く文字となって現われた。最初はラテン文字だった。
CHABRAT ZEREH AUR BOCHER（ハブラート ツェレー オール ボーヘール。部屋の友は若者の光。ヘブライ語）
そしてゆっくりとぼくの知らない文字に変貌していった。――――――ぼくは夢のない深い眠りに落ちた。ヒレルが舌の硬直を弛《ゆる》めてくれたあの夜以来ぼくの知らなかった深い眠りに。

芽生え

この数日、毎時間毎時間が飛ぶように過ぎ去った。ぼくは食事をとるひまさえ惜しんでいた。外的活動へのやみがたい衝動が、ぼくを朝から晩まで仕事机に釘づけにしていたのだ。ゲメもできあがった。ミルヤムは子供のようにそれを喜んでくれた。

『イップール』の本の「J」の文字も修理できた。

ぼくは椅子に背を沈めて、ここ数日の小さな出来事のすべてを、ゆったりとした気分で思い返した。雷雨の夜の翌朝、雑用を頼んでいる老婆がぼくの部屋に駆けこんできて、夜中に石橋が崩れ落ちたことを知らせてくれた。――

それにしても奇妙だな――崩れ落ちるとは！　ひょっとしたらちょうどあの時刻のことではないか、ぼくが穀粒を――――いや、いや、そのことは考えないでおこう。もしそうだとすれば、あのときの出来事が厳粛な色合いを帯びるかもしれないが、しかしあのことは、それがひとりでに目を醒ますまでは、胸のなかに埋もれたままにしておこうとぼくはすでに決心したのだ。――ぼくのほうからは絶対に触れないでおこう。

このまえぼくがその石橋を渡り、石像の群れを見てから、もうどれくらいたつだろう、――いまその石橋は、数百年来かかっていたその橋は、瓦礫に帰してしまっているのだ。

もはやけっしてぼくの足がその石橋を踏むことはないのだと考えると、ぼくはほとんどもの悲しい気持ちになった。たとえ復旧されたとしても、それはもはやもとの神秘的な石橋ではない。

この知らせを聞いたあと、ぼくは、ゲメを彫りながら何時間も何時間もこの石橋のことを考えていた。そして、そのときぼくは、ぼくが子供のころに、そして大きくなってからも、何回となく、いまは奔流の底に沈んでしまった聖ルーイトガルドやそのほかの像を見あげたことを、まるでそのことを一度も忘れたことがなかったかのように、まったく自明のこととして、心のなかに生き生きと思い浮かべていたのだ。

そして少年時代にぼくだけのものと呼んで大事にしていた数多くの些細なものを――そしてぼくの父や母やたくさんの級友を、ぼくはふたたび心のなかに見たのだった。だがぼくが住んでいた家だけは思い出せなかった。

ぼくの家は、ある日突然、そのことをもっとも期待していない瞬間に、ぼくの目のまえに浮かびあがってくるだろうということをぼくは知っている。ぼくはそれを楽しみにして待っているのだ。

ふいにぼくの心のなかのなにもかもが自然にあっけなく氷解していく感覚は、なんとも気持ちのいいものだろう、とぼくは思う。

おととい『イッブール』の本を宝石箱からとり出したとき、ぼくにはその本がごくあたりまえのものに思えた。――そしてその本が高価な頭文字の装飾がある羊皮紙の古書であり、それ以外のなにものにも見えないことに、ぼくはなんの驚きも感じなかった。

ぼくにはむしろ、この本がかつて幽霊のようにぼくに話しかけてきたことが理解できなかった。

その本はヘブライ語で書かれていて、ぼくにはさっぱり読めなかった。

あの見知らぬ男はいったいいつこれをとりにくるのだろうか？

ぼくの背後から、ふたたび夜の想念が襲いかかろうとしたが、しかし仕事をしているあいだじゅうひそかにぼくの心をひたしていたあの生の喜びが、いまあらたにまったくさわやかな新鮮さをもって目醒め、それを追い払ってくれた。

ぼくはすばやくアンジェリーナの写真を手にとり――写真の下の献辞はすでに切り捨ててあった――それに接吻した。

こんなことはおよそ愚にもつかぬばかげたことかもしれないが、だけど一度ぐらい――幸福を夢見ることが、きらめく現在をしっかりとつかみとり、シャボン玉を楽しむように現在を楽しむことがどうしていけないことだろう？

ぼくの心の憧憬が手品のようにぼくに見せていることが、ひょっとして実現するということは絶対にありえないことだろうか？　一夜にしてぼくが有名な人間になるということは、そんなにまったく考えられないことだろうか？　氏素姓はともかくとしても、彼女に価いする人間になれないとでもいうのだろうか？　少なくともドクター・サヴィオリに匹敵する人間に？　ぼくはミルヤムのゲメのことを考えた。いつもこれぐらいうまくできれば。――疑いもなく、あらゆる時代のどんな一流の芸術家たちもこれ以上のものをつくったことはないのだ。

アンジェリーナの夫が急死するという偶然が起こりさえすれば？

ぼくは上気したり、寒気をおぼえたりするのだった。そのほんの小さな偶然が起こりさえすれば――そうすればぼくの希望が、厚顔無恥な希望が実現する。いつ切れてもおかしくない細い糸が切れるだけで、ぼくに幸福が転がりこんでくるのだ。

その千倍も奇蹟だといえることが、すでにぼくの身に起こっていはしないか？　そんなことがそもそもありうるとは、だれひとりとして予感もしえないことが？

わずか二、三週間のあいだにぼくの内部に芸術的才能が目醒め、ぼくをいますでに一般の標準をはるかに抜きん出た芸術家にしたのは、奇蹟ではないのか？

しかもぼくは、まだその道の第一歩を踏み出したばかりなのだ！

どうしてぼくに幸福を求める資格がないだろう？

神秘的なものを信ずることは、同時に現世に願望をもたぬことを意味しなければならないだろうか？

ぼくは、ぼくの心のなかの「そうだ」という声を強く打ち消した、――一時間でも――一分間でも――このつかのまの人生を夢見て過ごすことだ！

ぼくは目をあけたまま夢を見た。

机のうえのいくつもの宝石がだんだん大きくなり、色とりどりの瀑布となってぼくを四方八方からとり囲む。オパールの木々があちこちに群生し、熱帯の巨大な蝶の羽根のように青く玉虫色に輝く天空の光波を、夏の熱い香に満ちた見渡すかぎりの草原にふり注ぎ、まるで火花の飛沫《しぶき》の雨だ。ぼくは喉に渇きをおぼえ、仄かに輝く螺鈿に蔽われた岩塊のうえをざわざわと流れる、氷のように冷たい小川の泡立ちのなかで手足を冷やす。なま暖かい微風が花々で蔽われた斜面を渡り、ジャスミン、ヒヤシンス、水仙、鬼縛りの芳香がぼくを酔わせる。──────

たまらない！　たまらない！　ぼくはその情景を掻き消した。──喉が渇いていた。

それは楽園の苦痛だった。

ぼくは窓を大きく開き、額をそよ風になぶらせた。

もうそこまで来ている春の匂いがしていた。──────

ミルヤム！

ぼくはミルヤムのことを考えずにはおれなかった。奇蹟が起こったことを、ほんとうの奇蹟が起こったことをぼくに話しにきたとき、彼女は、昂奮のあまり倒れそうになるのを、壁にもたれてようやく耐えていた。パン屋が廊下から台所の格子窓においていったパンのなかに金貨が入っていたことを言いにきたのだった。──────

ぼくは財布を手にとった。――きょうも時機を逸さずに、彼女に魔法の一ドゥカーテン金貨を渡せますように！

彼女はこのところ毎日、彼女の言葉によればぼくのお相手をしにやってきた。しかし彼女はほとんど口をきかなかった。それほど『奇蹟』に心を奪われているのだ。彼女はその体験に心の奥底まで震撼されていて、何度も、突然なんの外的理由もなしに――ただそのことを思い出して――唇までまっさおにして蒼ざめるのだった。ぼくはそのようすを思い浮かべるたびに、うっかり、測り知れない影響を及ぼす大それたことをしてしまったのではないかと思われて、目まいをおぼえる。

そしてヒレルがこのまえ言っていた、意味の不分明だった言葉を記憶に呼び戻し、これに関連づけるとき、氷のように冷たいものがからだを走り抜ける。

動機の純粋はなんの言いわけにもならない、――目的は手段を神聖化しないことをぼくは知ったのだ。

それに「助けたい」という動機が見かけだけ「純粋」であるにすぎないのではないか？　ひょっとしてその背後にひそかな嘘が隠されているのではないか？　救済者の役割りを満喫したいという無意識のうぬぼれた願望が隠されていはしないか？

自分自身が疑わしく思われはじめた。

ミルヤムのことをあまりにも表面的に判断しすぎたことは明白だ。

ヒレルの娘というだけでも、彼女はほかの女の子たちとはちがうはずなのだ。

たぶんぼくなどとは天と地ほどもかけ離れた彼女の内面生活に、こんなばかげた方法で干渉するなんて、なんと不遜なことをしでかしたのだろう！

ぼくら知的人間の時代よりも、エジプトの第六王朝時代に百倍もふさわしく、その時代にとってすら霊的にすぎる彼女の目鼻だちからして、すでにぼくに警告していたはずなのだ。

「外見を信じないのはほんとうのばか者だけだ」という言葉をいつかどこかで読んだことがあるが――そのとおりだ、そのとおりなのだ！

ミルヤムとぼくとはいまでは仲良しの友達なのだから、ぼくが毎日パンのなかに金貨をこっそり忍ばせてきたのだと、告白すべきだろうか？

打撃があまりにも急激すぎて、彼女は失神してしまうだろう。

そんなことをあえてしてはならない。ことはもっと慎重に運ばなければいけない。

なんらかの方法で『奇蹟』をだんだん弱めていったら？　まず金貨をパンのなかに挿しこむかわりに階段に置いて、彼女がドアをあけたら見つかるようにしておき、そしてつぎには、といった具合いにすればどうか？　つぎつぎにあたらしいことを、より自然なことを、きっと思いつくだろう、そして彼女を奇蹟から徐々に日常に連れ戻すことができるだろう、と考えてぼくはみずからを慰めた。

そうだ！　そうすることだ。

いやそれともいっきに解決すべきか？　彼女の父にうちあけて相談すべきか？　恥ずかしくて顔が赤くなった。この方法をとるのは、ほかの手段がことごとく失敗したあとでもけっして遅くない。

すぐに実行することだ、ぐずついてるひまはない！

いいことを思いついた。なにか変わったことに誘うのがいい。彼女を二、三時間いつもの生活環境のそとに連れ出して、気分を一変させることだ。

馬車を一台借りてきて、遠乗りしよう。ユダヤ人街を避ければ、だれもぼくたちを知ってる人はいないだろう。

崩落した橋を見ることも、ひょっとしたら彼女には興味のあることかもしれない。

あるいはツヴァックか彼女の昔の友達をだれか一緒に誘えばいいだろう、もし彼女がぼくとふたりで遠出するのをとんでもないことだと思うなら。

反対なんかさせないぞ、とぼくはかたく決心した。――――――――


ドアをあけて出ようとしたとき、ぼくはあやうくだれかを突き倒すところだった。

ヴァッサートゥルム！

ぶつかったとき、かれは身をかがめていたから、きっと鍵穴からなかを覗いていたにちがいない。

「ぼくを探しているのですか」ぼくはつっけんどんに言った。

かれはわけのわからぬ詫びの言葉をふたことみことどもったあとで、そうだと言った。

ぼくは、なかに入って腰かけるようにとすすめた。だがかれは、テーブルのそばまで来ると、立ち止まったまま痙攣的に帽子のつばをねじっていた。隠そうとしているにもかかわらず、深い敵意が、かれの顔に、そしてすべての動作に現われていた。

これまでぼくは、この男をこんなにすぐ目のまえで見たことはなかった。かれが人に極度の嫌悪感をあたえるのは、そのぞっとするような醜さではなく（その醜さにはぼくはむしろ同情を感じた。まるで自然そのものが、かれが生まれたときに憤怒と嫌悪にかられてかれの顔を踏み潰したのではないかと思われるような容貌なのだ）――ほかのなにか、かれが発散している名状しがたいなにかのせいだった。

カルーゼクの的確な表現によればその「血」のせいなのだ。

かれを迎え入れたときにかれと握手した手を、ぼくは思わず知らず拭《ぬぐ》っていた。

目立たぬようにそうしていたのだが、突然かれが憎悪の焔が燃えたつのを無理やり抑えつけている表情になったところを見ると、かれはそれに気づいたらしかった。

「ええお部屋だね」とかれは、ぼくがぼくのほうから口をきくような好意など見せぬことを知ったとき、ようやく口ごもりながら喋りだした。

言葉とは裏腹に、そう言いながらかれは目を閉じた。たぶんぼくの視線を避けるためだろう。あるいは、そうするほうが無邪気な表情になると思ったからだろうか？

かれがたいへん苦労して標準ドイツ語を話そうとしていることがよくわかった。

ぼくは返事しなければならぬ義務を感じなかった。それでかれが話しつづけるのを待っていた。

かれは困惑して、カルーゼクが来たときから――どうしてだかわからないが――ずっとテーブルのうえにおいたままになっていたやすりに手をのばした。だがそのとたん、蛇に噛まれたかのように、思わず手を引っこめた。ぼくはひそかに、かれの意識下の鋭敏さに驚いた。

「もちろん、当然」とかれは気をとりなおして口をついだ、「お仕事柄――あんな高貴なお客があるのは結構なことだが」かれはぼくがその言葉を聞いてどんな顔をするか見ようとして、目をあけようとした。しかしあきらかに、まだ早すぎたと思って、すばやくもとどおりに閉じた。

ぼくはかれを困らせてやろうと思った、「このあいだここに馬車を乗りつけてきた女性のことですか？　だからどうだっていうのか、はっきり言ってください！」

かれは一瞬ためらってから、ぼくの手首を激しくつかみ、ぼくを窓辺に引っぱっていった。その異様な、ぶっきらぼうなやりかたが、数日まえかれが聾啞のヤロミールを店のなかに引きずりこんだ光景を思い出させた。

まがった指につかんで、かれはぴかぴか光るものをぼくに突き出した。

「まだなんとかなるかな、ペルナートさん」

それはだれかがわざと叩き潰したかのように蓋がひどくゆがんだ金時計だった。

ぼくは拡大鏡をとってきた。蝶番《ちようつがい》は半分引きちぎられていた。そして内部は――。なにか彫ってある？　もうほとんど読みとれないほどの彫りで、しかもごくあたらしい引っ掻き傷がいっぱいつけられていた。徐々に読みとれてきた。

カー――ル・ツォット――マン

ツォットマン？　ツォットマン？——どこかで読んだ名前だが？　ツォットマン？　思い出せなかった。ツォットマン？

ヴァッサートゥルムはぼくの手から拡大鏡を引ったくった。

「機械はなんともない、それは自分で見ておいた。だけど側《がわ》がひどいので」

「叩いて伸ばすだけでなおりますよ——それとせいぜい二、三個所鑞《ろう》づけしなおせば。こんなことぐらいどこの金細工師でもじょうずになおしてくれますよ、ヴァッサートゥルムさん」

「それにしても手がたい仕事がしてほしいのでな。いわゆる、芸術的な」かれはあわててぼくの言葉をさえぎった。ほとんどおびえたようなようすだった。

「じゃ、いいです、そんなことがそんなに気になるなら——」

「ええ、とても気になるんで！」かれの声は熱望のあまりうわずっていた、「自分で使うつもりなんだ、この時計を。そして人に見せては、見てみろ、これはペルナート旦那の細工なんだぞって言ってやりたいのさ」

ぼくは吐気をもよおした。かれはあきらかに唾を吐きかけるように、敵意にみちたお世辞をぼくの顔に吐きかけているのだ。

「一時間ほどしてまた来られたら、すっかりなおしておきます」

ヴァッサートゥルムはうろたえた、「それはいかん。そんなに急いでもらうつもりはない。三日。四日。一週間後で結構だ。あんたに無理をお願いしたんじゃ、一生、気がとがめるのでな」

こんなにあわてるとは、いったいかれはなにをもくろんでいるのだろう？――ぼくは隣室に一歩入って、時計を宝石箱に収めた。一番うえにアンジェリーナの写真があった。ぼくは急いで蓋をしめた、――ヴァッサートゥルムがひょっとしてうしろから見るといけないと思ったのだ。

席に戻ったとき、かれが顔色を変えているのに気づいた。

ぼくはかれを鋭くうかがい見た。しかし疑いはすぐに消えた。そんなばかな！　かれになにも見えたはずがない。

「それでは、たぶん来週ということで」ぼくはもうかれを退散させようと思ってそう言った。

かれはふいに急ぐ必要がなくなったようすで、肘掛け椅子に腰をおろした。

こんどはいままでとは逆に、喋っているあいだ魚のような目を大きくあけて、ぼくのチョッキの一番うえのボタンをじっと見つめていた。――

しばらく話がとぎれた。

「ドゥクゼル（公爵夫人を意味するデュシェスの誤り）はもちろんあんたに喋っただろうが、なにを知っても知らん顔しとらんとためにならんぞ、ええ？」かれは突然、藪から棒にぼくをどなりつけ、こぶしでテーブルを叩いた。

話しぶりを急変させる唐突さ――へつらいから電光のごとく残忍な調子に跳び移る唐突さに、なにか驚くべき不気味さがあった。ぼくは、なるほどこれならたいていの人々は、とくに女性は、かれにごく些細な弱みを握られただけで、あっというまにかれの暴力にとらえられてしまうにちがいないと思った。

さっと立ちあがり、かれの首筋をつかんでドアのそとにほうり出してやろうと、とっさに考えたが、なによりも一度徹底的に聞き出すことが賢明ではないかと考えなおした。

「なにを言っているのかさっぱりわからんね、ヴァッサートゥルムさん」——ぼくはできるだけ間抜けた顔つきをしようと努めた、「ドゥクゼル？　なんですか、ドゥクゼルって？」

「わしはあんたにドイツ語を教えんならんのか！」かれは粗暴にぼくをどなりつけた、「黒白をつける段になりゃあ、あんたも裁判所で宣誓の手をあげんならんのだぞ。わかるか⁉　ようおぼえとけ」かれは叫びはじめた、「そのときゃ、まさかわしに、誓って嘘だとはよう言うまいて、『彼女』があそこから」——かれは親指でアトリエのほうをさした——「あんたのところに布ぎれを引っかけて駆けこんできたことを。——このことさ、わしが言うてるのは！」

怒りがぼくの目のなかにこみあげてきた。ぼくはならず者の胸ぐらをつかんでゆすぶった。

「もうひとことでもいまの調子で言ってみろ、背骨をふたつにへし折るぞ！　わかったか！」

かれは灰のように蒼ざめて椅子にからだを沈め、どもりながら言った。

「なんで？　なんで？　なにをするんだ？　ただ口で言っただけじゃないか」

ぼくは気分を落ち着かせるために、二、三度部屋のなかを行ったり来たりした。かれが唾を飛ばしながら言っている言いわけはなにも聞いていなかった。

アンジェリーナにかんすることをこのさいすっかり片づけてしまおうと、そしてもし平穏にことが運ばないなら、かれが戦端を開くようにしむけ、かれのなけなしの無力な矢を早いところ射つくさせてしまおうとかたく決意して、ぼくはかれのすぐ目のまえに面と向かって腰をおろした。

かれが何度も口をはさもうとするのにはぜんぜん意を介さずに、ぼくは頭ごなしに言った。どんな種類の恐喝も――ぼくはこの言葉に力を入れた――成功しはしないぞ。なぜなら、おまえは唯一のネタもその証拠を固めることができないのだし、それにぼくは（そんな事態になることがかりにありうると仮定してのことだが）――証言を絶対にまぬがれてみせるから。そしてアンジェリーナはぼくのきわめて親しい人だから、彼女が苦境におちいっているときには、ぼくはどんなことをしてでも、たとえ偽証をしてでも彼女を救わずにはいないぞ！

かれは顔面のすべての筋肉をぴくつかせ、兎唇《みつくち》のくちびるを鼻まで裂き広げていた。そして歯をむき出し、七面鳥のようにごろごろ鳴る声でくりかえし口をはさんでいた、「わしがドゥクゼルになんかしようとしてるとでも言うのか？　まあ聞いてくれ！」――かれはぼくが断固として喋りつづけるのに、ひどくいらだってきた。――「わしにはサヴィオリが問題なんだ、あのいまいましい犬めが――あの――あの――」突然吼えるような声でかれが言った。

かれは口をぱくつかせて喘いでいた。ぼくは急いで、喋るのをうち切った。ついにかれは、ぼくの意図するところまで引きずり出されたのだ。しかしかれはすぐにわれに帰り、ふたたびぼくのチョッキをじっと見つめていた。

「まあ聞いてくれよ、ペルナートさん」かれは商人の冷静な慎重な話しかたをまねようと骨折っていた、「あんたはドゥク――　――あのご婦人のことばかりおっしゃるが、かまわんさ、彼女が結婚してたって！　かまわんさ、あの男と――あの青二才と関係してたって！　わしになんの関係があるかね？」かれはまるで塩でもつまんでいるかのように指先を合わせた手をぼくの鼻先で動かした――「彼女が自分で始末をつけることだ、ドゥクゼルが。――わしは世慣れた人間だ、あんたもそうだ。おたがいにそれはよくわかってる。ええかね？　わしはわしのかねをとり返したいだけさ。わかるかね、ペルナートさん⁉」

ぼくは驚いて聴き耳をたてた。

「なんのかねを？　ドクター・サヴィオリはあなたに借金があるんですか？」

ヴァッサートゥルムはその返事は避けた。

「やつとの貸し借りを清算するのさ。行きつくところはひとつだが」

「かれを殺すつもりだな！」とぼくは叫んでいた。

かれは跳びあがり、よろめき、二、三度喉を鳴らした。

「そうだろ！　殺すつもりだろ！　いつまでわたしに芝居をしてるつもりだ！」ぼくはドアを指さして言った、「さっさと出ていけ！」

かれはゆっくりと帽子に手をのばし、それをかぶり、そして歩きだした。そこでもう一度立ち止まり、かれにそんなまねができるとは思ってもいなかったことだが、泰然として言った。

「それもええだろう。あんたは大目に見るつもりだったが。まあええさ。その気がないならしかたがない。情けぶかい外科医は傷を悪化させるってこともあるしな、もう容赦はせん。あんたはもっとものわかりのええ男だと思うてたが。——サヴィオリはあんたにとっても邪魔なんだろ!?　——だけど——これからは——あんたら——三人とも——わしは」——かれは絞め殺す身振りをして、言わんとするところを示した——「首輪で締めつけてやる」

かれは顔に悪魔の残忍さを現わし、言っていることに自信をもってるように思われた。ぼくがぜんぜん気づいていない、そしてカルーゼクも知らない武器を手にしているにちがいない。ぼくは、足もとの床が揺れ動くのを感じた。

「やすり！　やすり！」ぼくの脳裏にささやきが聞こえた。ぼくは距離を測った。テーブルまで一歩——ヴァッサートゥルムまで二歩。——　——跳びかかろうとした——　——そのとき床から生え出たかのようにヒレルが入口に立っていた。

部屋のなかがもうろうとしてきた。

ぼくにはただ——霧をとおして見るように——ヒレルが身じろぎもせず立っており、ヴァッサートゥルムがじりじりと壁ぎわまで後退していくようすだけが見えていた。

ヒレルの声が聞こえた。

「アーロン、おまえは、すべてのユダヤ人はたがいの保証人だという言葉を知ってるだろうか？　あまり人を苦しめてはいかん」——かれはぼくにはわからないヘブライ語をふたことみことつけくわえた。

「入口まできて盗み聞きなんかしやがって！」アーロン・ヴァッサートゥルムが震える唇で毒づいた。

「立ち聞きしようとすまいとわたしの勝手だ！」ヒレルはそう言って、ふたたびヘブライ語をつけくわえたが、こんどはそれは威嚇のように聞こえた。ぼくは口論がはじまるだろうと思った。しかしヴァッサートゥルムはひとことも答えず、しばらくなにか考えていたあとで、すねた態度で部屋を出ていった。

ぼくは息を呑んでヒレルを見つめた。かれは、黙っていろ、と目くばせし、廊下のほうにじっと聴き耳をたてていた。あきらかに、かれはなにごとかを待っていた。ぼくがドアを締めにいこうとすると、すばやく手を振ってぼくを押しとどめた。

一分あまりたったとき、ヴァッサートゥルムの引きずるような足音が階段をのぼってくるのが聞こえてきた。ヒレルは無言のまま出ていき、かれに場所をゆずった。

ヴァッサートゥルムは、ヒレルが声の聞こえないところまで遠ざかるのを待って、腹立たしげに、唸りかかるようにぼくに言った。

「わしの時計をけえしてくれ」

それにしてもカルーゼクはどこに行ったのだろう？

合図を出してからもう二十四時間にもなろうというのに、いっこうに姿を見せない。

ぼくらがとりきめておいた合図を忘れてしまったのだろうか？　ひょっとしたら合図が見えないのだろうか？

ぼくは窓辺に歩み寄り、鏡を、太陽の反射光がちょうどかれの地下室の格子のついた覗き窓にあたるようにおきなおした。

ヒレルが――きのう――関与してくれたことがぼくの気持ちをかなり落ち着かせていた。もし危険がさし迫っているのなら、ヒレルはきっとそう言ってくれただろう。

そしてヴァッサートゥルムは、あれからは大したことはなにも企てていないはずだ。かれはぼくの部屋を出たあとまっすぐかれの店に帰っていき、そして――。ぼくは窓の下に視線を投げた。よろしい、けさ早く見たときとまったくおなじように、かまど板のうしろでじっと壁にもたれている。

―――

たまらない、いつまでもこうしてじっと待っているのは！

隣室の開いた窓から流れこむ柔らかな春風が、ぼくの心を狂わんばかりにやるせなくする。

屋根屋根から雪どけの雫《しずく》が滴り落ちていた。陽光を浴びて輝く、その繊細な水滴の連らなり！

ぼくは目に見えぬ糸に引きまわされていた。焦躁にかられて部屋のなかをあちこち歩きまわり、肘掛け椅子に身を投げ、そしてまた立ちあがった。

ぼくの胸のなかのさだかならぬ恋情の、その放埓な芽生えがいつまでも消え去ろうとしないのだ。

ぼくは一晩中それに苦しめられていたのだった。最初アンジェリーナがぼくにしなだれかかり、つぎにぼくは一見まったく無邪気にミルヤムと話していた。その光景をたち切るやいなや、ふたたびアンジェリーナが現われて、ぼくに接吻するのだった。彼女の髪がかぐわしく匂い、柔らかな黒貂《てん》の毛皮がぼくの首をくすぐり、そして彼女のあらわな肩から滑り落ち——すると彼女はロジーナになって、酔ったまなこをなかば閉じて踊っているのだった、——燕尾服をはおり——素裸で。——
——それらすべてをぼくは半睡のなかで見たのだが、その半睡は醒めているのと少しも変わりなかった。甘美な、身も心も溶かす、仄かな覚醒状態だった。

夜明けちかくにぼくの分身が、ヒレルの言っていたあの幻影ハバル・ガルミーンつまり『骨の息吹き』がベッドのそばに立っていた、——ぼくはその目をじっと見つめた。かれはぼくの支配下にあって、ぼくがたずねるなら、現世のことにしろ彼岸のことにしろ、そのすべてに答えなければならないことになっていた。かれもただその問いを待っていた。しかし神秘的なものへの渇望は、ぼくの血の重苦しさに圧倒され、そしてぼくの思慮の、水涸《が》れた地上にすっかり吸いとられてしまった。——ぼくは、用はないからアンジェリーナの鏡像になれ、とその幻影に命じた。幻影は徐々に収縮して「アーレフ」の文字になり、そしてふたたび膨張すると、いつか『イップール』の本のなかに見た、あの地震のような脈搏をした、一糸まとわぬ巨大な女になってぼくのうえにかがみこんできた。ぼくは彼女の熱っぽい肉体の、気の遠くなるような匂いを吸いこむのだった。

カルーゼクはまだ来ないのだろうか？——あちこちの教会の塔から鐘の音が聞こえていた。

あと十五分待とう、——それでも来なかったら出かけよう！

祭日の晴れ着を着た人々で溢れかえる、活気にみちた街をぶらつき、金持ちたちの地区の嬉々とした雑踏に身を投じ、なまめかしい顔をした、ほっそりとした手足の美人たちを眺めよう。

そこで偶然カルーゼクに出会えるかもしれない、とぼくは自分に言いわけした。

時間をはやくたたせるために、本棚から古風なタロックをとり出してきた。——

ひょっとしたらタロックの絵からカメオの図柄のヒントがえられるかもしれない。

ぼくはパガートを探した。

見つからなかった。どこへ行ったのだろう？

もう一度カードを調べながら、ぼくはタロックのもつ隠れた意味について考えた。とりわけ『吊るされた男』が気になった、——この男はいったいなにを意味しているのだろう？

ひとりの男が、一本のロープで天と地のあいだにまっさかさまにぶらさげられ、両手を背中に縛られ、右足のふくらはぎを左足のすねに交差させている。逆三角形のうえに十の字が載っているようには見えないか？

わけのわからぬ比喩。

そら！　やっと！　カルーゼクが来た。

いや、ちがうかな？

嬉しいことに、そして驚いたことに、ミルヤムだった。

「ミルヤム、あなたにはわかったんですか、ぼくがいまあなたのところにおりていって、遠乗りにつきあってほしいと頼もうと思っていたのが」それはあまりほんとうのことではなかったが、ぼくは気にしなかった――「いいだろ、まさか断わらないだろうね!?　ぼくはきょうはとっても楽しくて、あなたが、まさにあなたが、ミルヤム、ぼくの喜びに錦上花を添えてくれなくちゃいけないんです」

「――遠乗りに？」彼女が呆れて言い、ぼくは大声で笑いださずにはいられなかった。

「そんなに奇蹟みたいなことだろうか、この誘いが？」

「いえ、いえ、ですけど――　――」彼女は言葉を探していた、「前代未聞の驚くべきことですわ、遠乗りなんて！」

「ちっとも驚くべきことじゃないですよ、何十万の人たちが遠乗りしてることを――それも一生それ以外にはべつになんにもしてないことを考えたら」

「ええ、ほかの人々はね！」彼女はいぜんとしてまったくあっけにとられたまま答えた。

ぼくは彼女の両手をとった。

「ほかの人々が味わうことを許されている喜びを、ぼくはあなたに、ミルヤム、ほかの人々よりももっともっとたくさん味わってほしいのです」

彼女は突然まっさおになった。ぼくは彼女の凝視した視線のうつろさから、彼女がなにを考えているのかわかった。

それはぼくの心を刺した。

「しょっちゅう考えつづけてるのはよくないね、ミルヤム」ぼくは彼女に語りかけた、「あの――あの奇蹟のことを。もうあまり考えないと、ひとつぼくに約束してくれないかね、――ぼくへの――ぼくへの友情から」

彼女はぼくの言葉のなかに不安を聞きとり、驚いてぼくを見つめた。

「あなたがあのことをこんなに考えなくなれば、ぼくにはとても嬉しいことなんだけどね。わかるかね、ぼくはとてもあなたのことが心配なんです、ミルヤム。――あなたの――あなたの――なんて言ったらいいのか――あなたの心の健康のことが！　言葉どおりとってもらったら困るけど、だけど――ぼくはあなたに奇蹟が起こらなかったほうがよかったと思うのです」

ぼくは彼女が反論するだろうと予期していた。しかし彼女は考えに沈んで、ただうなずくだけだった。

「憔悴してしまうよ。そうだろ、ミルヤム？」

彼女は気をとりなおして言った、「わたしだってときどき、起こらなかったほうがよかったと思うことがありますわ」

ぼくにはそれが一条の希望の光のように聞こえた。――「こんな奇蹟なしに」と彼女はきわめてゆっくり、夢うつつのように言った、「生きなければならないときが来るだろうと考えますと――――」

「あなたが急に金持ちになることだってあるんだし、そうなればもう――――」ぼくは軽率に口をはさんだが、彼女の顔の驚愕に気づいてあわてて言葉を呑んだ――「ぼくが言いたいのは、あなたが突然自然な方法で日々の心配から解放されることがありうるということで、そうなればあなたが体験する奇蹟は、精神的な種類のものに――内的な体験に変わるだろうっていうことです」

彼女はかぶりを振り、頑として言った、「内的な体験は奇蹟なんかじゃありません。それすらもたない人々がいるらしいことはとても驚くべきことですけど。――内的な体験ならわたしは子供のころから、毎日、毎晩、ずっと体験しています――」(彼女はふいに言葉を切った。ぼくは、彼女の心のなかに、彼女がぼくに一度も語ったことのないもっとべつのことが浮かんでいるのだろうと、ひょっとしたらぼくの体験に似た、目に見えぬ出来事がうごめいているのだろうと思った)――「ですけどそれは奇蹟に入りません。だれかが現われて、手をおくだけで病人をなおしたとしても、わたしはそれを奇蹟と呼ぶことはできません。生命のない素材が――土くれが――精霊によって魂をあたえられ、自然法則が破られるとき、そのときはじめて奇蹟が起こったのであって、わたしがもの心ついてからずっと渇望してきたのはそれなんです。――父がいつかこんなことを言ってましたわ、カバラには魔術的な面と抽象的な面との二面があって、それらはけっして重なりあわないんですって。なるほど魔術的な面は抽象的な面を吸収できるけれども、その逆はけっしてありえないのだそうです。魔術的な面は授かるもので、もう一方は、指導者の助けがいるとはいえ、努力によって得ることができるんですって」——彼女は話をもとに戻した、「わたしが渇望するのは授かるものなんです。努力して得られるものは、わたしにはどうでもいい、塵みたいに無価値なものですわ。さっきも言いましたように、こんな奇蹟なしに生きなければならないときがまた来るかもしれないと考えると」——ぼくは彼女の指先が痙攣しているのに気づき、後悔と悲嘆とに心がずたずたに引き裂かれた——「わたし、ただそういうときが来るかもしれないと考えただけで、すぐにも死んでしまいそうな気がするんです」

「奇蹟が起こらなかったほうがよかったとあなたも考えると言われたのはそのためですか?」とぼくはたずねた。

「ごく一部はね。だけどもっとべつのことのためですわ。わたし——わたし——」彼女は一瞬考えこんだ、「こんなかたちの奇蹟を体験するだけ、まだ成熟してなかったんです。そのためなんです。どう説明したらいいかしら? たとえばの話ですけれども、わたしが何年もまえから毎晩おなじ夢のつづきを見つづけていると考えてください。で、その夢のなかである人が——別世界の住人とでも言いましょうか——そのある人がわたしを教育してくれるのですが、その人がわたし自身の鏡像や、そしてその徐々の変化をわたしに見せてくれて、そうすることでわたしが『奇蹟』を体験しうる魔術的成熟からまだほど遠いことを教えてくれるのです。そしてそれだけではなくて、わたしがときには一日中かかずらっていることもある、分別をつけなきゃならないいろんな日常の問題にかんしても開示をあたえてくれて、わたしはそのためにいつも問題をよく吟味することができるのです。わかっていただけると思いますが、そういう人が存在してくれるってことはこの世で考えうるすべての幸福にかわりうるものですわ。その人はわたしにとって、わたしを『彼岸』に結びつけてくれる橋、日常の暗闇を越えて明るみにわたしを導いてくれるヤコブのはしご（ヤコブが夢に見た天に通ずるはしご。聖書）なんです、――わたしの指導者であり友人なのです。わたしは『その人』に全幅の信頼を寄せていて、わたしの心が歩む暗闇の道で、わたし、狂気や漆黒に迷いこむことはありえないと信じておりますの。だってその人は一度もわたしをだましたことがありませんもの。――ところが突然、その人がわたしに言ってたことに反して『奇蹟』がわたしの生活に入りこんできたのです――いまわたしはだれを信じたらいいのでしょう？　長年ずっとわたしの心を満たしてくれていたものが虚妄だったのでしょうか？　もしそうなら、わたしは底無しの奈落にまっさかさまに墜落してしまいますわ。――だけど奇蹟は起こったのです！　わたしは跳びあがって喜ぶことでしょう、もしそれが――」

「もしそれが――　――　――？」ぼくは息をひそめて口をはさんだ。ひょっとしたらいま彼女自身の口から、ぼくの救いとなる言葉が聞かれ、そしてぼくは彼女にすべてを告白することができるかもしれない。

「――もしそれがわたしの思いちがいだとわかったなら、――それがぜんぜん奇蹟なんかじゃなかったとわかったら！　でもそうなればそうなったで、わたし、そのために滅んでしまいますわ。わたしはそのことを、わたしがいまここにいるのを知っているのとおなじように、よく知ってますの」（ぼくは心臓が止まる思いだった）――「だって引きずりおろされなきゃならないんでしょ、天国からまたこの地上に。そんなことが人間に耐えられるとお思いになって？」

「お父さんに助けてもらったら」ぼくは不安のあまり途方にくれてそう言った。

「父に？　助けてもらえって？」――彼女はけげんそうにぼくを見つめた――「わたしにふたつの道しかないときに、父に第三の道が見つけられるでしょうか？――わたしに唯一の救いがあるとすればなんだとお思いになって？　あなたの身に起こったことが、わたしの身に起こることですわ。いまこの瞬間に、わたしの過去のすべてを、わたしのきょうまでの全生涯を――すっかり忘れてしまえたら、どんなに嬉しいでしょう。――あなたが不幸だとお感じになってることがわたしには最高の幸福だなんて、変ですわね！」

ふたりとも長いあいだ沈黙していた。そのあとで、彼女は突然ぼくの手をとって頰笑んだ。嬉しそうに、と言ってもよかった。

「わたしのことであなたまでお悩ませするつもりはありませんわ」――（彼女がぼくを慰めた――ぼくを！）――「さっきあなたは外の春をとっても喜んでおられ、とっても幸福そうでしたわ。なのにいまは憂愁そのものみたいですわ。お話しすべきじゃありませんでした。もうこんなことはさっと忘れて、またさっきのように朗らかになってくださいい！――わたしはとっても楽しいですわ――」

「楽しい？　あなたが？　ミルヤム」ぼくは陰鬱に口をはさんだ。

彼女は自信にあふれた顔で言った、「ええ――ほんとうですわ！　とても楽しいわ！　あなたのところにあがってきたとき、なんだか口では言えない不安でいっぱいでしたの、――なぜだかわからないけど、あなたがたいへんな危険のなかを漂ってらっしゃるっていう気がしてならなかったものですから」――ぼくは耳を澄ました――「なのに、あなたがお元気でご無事なのを見て喜ぶかわりに、いやなことばかりお聞かせしてしまって――　――」

ぼくは無理にも快活になろうとした、「――そうだよ、だからその罪ほろぼしに、一緒に遠出に出かけてくれなきゃいけないよ」（ぼくはできるだけはしゃいだ声を出そうと苦心した）「ミルヤム、ぼくはあなたの憂鬱な考えをうまく追い払えないものかどうか一度ためしてみたいのです。してほしいことがあったら、なんでも言ってください。あなたはエジプトの魔法遣いになるにはまだまだ早いのだし、当分は、春風にいろんないたずらをしかけられるただの若い女の子なんだから」

彼女は突然まったく快活になった。

「ほんとにきょうはどうかなさったの、ペルナートさん？　こんなあなたを見たのははじめてですわ！――そう、『春風』っておっしゃったわね、わたしたちユダヤの娘たちには、ご存じのように、春風は両親が管理してますのよ。わたしたち、それに従わなければなりません。もちろん実際にみんなそれに従ってますわ。そうすることがもうわたしたちの血のなかにひそんでますの。――わたしはちがいますけど」彼女はまじめな顔でつけくわえた、「わたしの母は、あのぞっとするアーロン・ヴアッサートゥルムと結婚させられかかったとき、すごいストライキを起こしたんです」

「なんだって？　あなたのお母さんが？　この下のヴァッサートゥルムと？」

ミルヤムはうなずいた、「ありがたいことに、そうはならなかったんですけど。――もちろんあのかわいそうな人にとっては、たいへんな打撃だったそうですが」

「かわいそうな人だって？」ぼくは跳びあがった、「あいつはごろつきですよ」

彼女はものおもわしげに首を振った、「たしかにそうだわ、かれはごろつきですわ。だけどあんな皮膚に生まれついてごろつきにならない人は、予言者以外にありませんわ」

ぼくは興味をそそられ、思わず膝をのりだした。

「かれのこと、くわしいことを知ってるのですか？　関心があるんです。ある特別の理由から――」

「もし一度かれの店のなかをご覧になったら、ペルナートさん、すぐにかれの心のようすがおわかりになりますわ。わたし、子供のころよく店のなかで遊んだものですから、そう言うのです。――どうしてそんなに驚いた顔でご覧になるの？　そんなに変なことかしら？――わたしには、かれ、いつも親切でやさしかったわ。そう、思い出しますわ、一度わたしにきらきら光る大きな石をくれたことさえありました。その石、かれの店の品物のなかで、わたし、特別に気に入ってたんです。母が、ダイヤモンドだと言いました。もちろんすぐに返しにいかされました。

はじめかれはなかなか受けとろうとしませんでしたけど、しまいにわたしの手から引ったくって、怒りにまかせて遠くに投げつけたんです。だけどわたし、そのときかれの目から涙がこぼれるのを見たんです。そのころもうヘブライ語を少し知ってたもんですから、かれが『おれの手の触れるものはみんな呪われてしまう』ってつぶやくのがわかりました。――それが最後でしたわ、かれの店に遊びにいったの。それ以来二度とふたたび、かれは店に入れなんて言いませんでしたの。わたし、その理由も知ってます。わたしがかれを慰めようなんてしなかったら、すべてもとのままだったはずなんです。だけどかれがとっても気の毒だったものだから、かれに慰めを言ったんです。だからかれはわたしを二度と見たくなかったんです。――おわかりにならないかしら、ペルナートさん？　とても単純なことですの。かれは猜疑にとり憑かれた人なんです、――だれかがかれの心に触れるとただちに邪推してしまうんです。そしてもうあとには戻らないのです。かれは実際よりもずっとずっと自分のことを醜悪だと思ってるのですね、――もしほんとにそうだとしたら――かれの考えることとすることとみんなそこに根があるんですわ。奥さんはかれのことを愛してたって、人はそう言ってます。ひょっとしたらそれは愛情というよりむしろ同情だったかもしれないけど、とにかくたくさんの人がそう言ってますの。ところがかれひとり、その反対のことを深く確信してたんです。かれはいたるところに裏切りと憎しみを嗅ぎつけるのです。

息子さんのことだけは例外でした。それは、かれが息子さんの成長を赤ちゃんのときから見てきて、あらゆる性質が子供のなかに芽生えるそもそもの最初のところからいわば一緒に体験してきたので、猜疑をもちうる余地がまったくなかったせいかもしれません。それとも、かれが愛しうるかぎりのすべての愛情を自分の子供に注いだのは、ユダヤ人の血のせいなのかもしれません、――つまりわたしたちは滅亡するかもしれない、そして使命を、それは忘れられてはいても無意識のうちにわたしたちのなかに生きつづけてるのですけど、その使命を果たせなくなるかもしれないっていう、わたしたちの民族のあの本能的な恐怖のせいなのかもしれません――――ほんとのところはだれにもわからないことですけど。

こんなことかれのように学問をしたことのない人にはとてもめずらしいことですけど、かれは息子さんの教育を自分で、賢明にと言ってよいほど思慮深く行なったのです。心理学者のような俊敏さで、息子さんに、将来、心の悩みを感じないですむように、良心の成長を助長するようないっさいの体験を許さなかったんです。

息子さんにたいしては、かれは教師として、動物に感情はない、動物の苦痛の表現は機械的反射にすぎないっていう見解を断固として主張する大学者だったんです。

どんなものからも自分の喜びと享楽とをできるだけたくさん絞りとること、殻は無用なものとして即刻捨て去ること、というのがかれの、将来を見通した教育体系の基本でしたの。

そこではおかねが、旗印として、『力』への鍵として、主役を演じたことはあなたも想像がつかれますわね、ペルナートさん。で、かれ自身、自分の勢力がどこまで及んでいるかを暗闇に包み隠しておくために、自分が金持ちなのを慎重に秘密にしてますけど、息子さんにもおなじようにさせ、そして同時にその外見的に見すぼらしい生活を苦痛に感じないようにさせるために、かれはひとつの手段を考え出したのです。と言いますのは、つまり『美』が悪魔的ないつわりであるということを徹底的に息子さんに叩きこんだのです。『美』の外側と内側のふたつの顔を教え、野に咲く百合は外部には美しく装っているけれども、内部では腐肉を食らう禿鷹だと教えたのです。

もちろんこの『美』についての教えがすっかりかれの独創だったとはとても考えられません、——おそらくだれか学問のある人がかれにあたえた知識の『改訂版』だったのでしょうね。

のちに息子さんは、できさえすれば、なにごとにつけかれを否定してばかりいましたけど、かれはけっしてそれを悪いことだとは思わなかったんです。逆でしたわ。それを息子さんの義務だとしてたんです。と言うのも、かれの愛情は無私で、いつかわたしの父のことで言ったことがありますけど——墓場のかなたに通ずるような、そういう種類の愛情だったんです」

ミルヤムはしばらく黙りこみ、ぼくは彼女を見つめていた。彼女は無言で想念を紡ぎつづけていた。それは彼女がふたたび口を開いたとき、声の響きが変わっていたことにも察せられた。

「ユダヤの木には妙な実がなるもんですわね」

「ミルヤム」とぼくはたずねた、「ヴァッサートゥルムが店に蠟人形をひとつおいてるっていう話を聞いたことはないですか？　だれに聞いたんだったかもう忘れてしまったけど、——ひょっとしたら夢で見たことかもしれないのだけど——　——」

「いえ、いえ、ほんとうですわ、ペルナートさん。実物大の蠟人形が店の隅に立ってますわ。かれはその隅っこの、すごいがらくたのあいだに藁布団を敷いて寝てるのです。噂では、昔かれの恋人だったことのある女の子に——キリスト教徒だったそうですが——その子に似てるので、ただそれだけ

の理由で、もう何年もまえのことですけど、その蠟人形をある見せ物小屋の主人から高利のかたに引きとったんだそうです」

「カルーゼクの母親だ!」とぼくは思った。「ミルヤム、その人形の名前を知らないかしら?」

ミルヤムはかぶりを振った、「必要でしたら――だれかにたずねてみましょうか?」

「いや、とんでもない、ミルヤム。まったくどうでもいいことなんです」(ぼくは彼女のきらきら輝く目に、彼女が嫉妬して言っているのを知った。彼女を冷静に戻らせてはならない、とぼくは考えた)「さっきあなたがちょっと言ってたことのほうが、ぼくにはだんぜん興味があるな。『春風』のことですよ。――――あなたのお父さんは、まさかだれと結婚しろなんて命令なさらないでしょうね?」

彼女はおかしそうに大声で笑った。

「わたしの父が? なにを考えてらっしゃるの!」

「だったら、ぼくはとてもありがたいのだけれど」

「どうして?」彼女は無邪気にたずねた。

「それなら、ぼくにもチャンスがあるからですよ」

それは冗談にすぎなかった。彼女も冗談としかとらなかった。しかし彼女はあわてて立ちあがり、赤くなったのを見られないように窓辺に歩み寄った。

彼女が困惑から抜け出す手助けに、ぼくは話をもとに戻して言った。

「仲のいい友達としてぜひこれだけはお願いしておきたいのだけど、いつか結婚することになったらぼくに教えてくれないといけないよ。――それともずっと独身でいるつもりですか?」

「いいえ! いいえ! いいえ!――」彼女があまりきっぱりと否定するので、ぼくは思わず微笑した――「わたし、いつかは結婚しなきゃなりません」

「もちろんですとも! 当然のことです!」

彼女はおてんば娘のように、きっとして言った。

「ペルナートさん、一分間もまじめにしていらっしゃれないのですか?」――ぼくは従順に教師のような顔をつくり、そして彼女は椅子に戻った――「つまり、いつか結婚しなければならないとわたしが言うのはこういうことなんです。わたしはこれまでたしかに身辺のいろんなことには頭を悩ませてきましたけど、ですけど人生のほんとうの意味は、もしわたしが女としてこの世に生まれてきながらいつまでも子供をもたずにいるとすれば、きっとわからないだろうということなんです」

彼女を知って以来はじめて、ぼくは彼女の容貌に女性を感じた。

「わたしの夢のひとつなんですが」と彼女は小声でつづけた、「究極の目的はふたつの存在がひとつに溶けあって――なんて言うのかしら――あなたは古代エジプトのオシリス崇拝のことをお聞きになったことはありません?――つまり『ヘルマフロディート』が象徴しているようなものになることだって、わたしそんなふうに考えてるのです」

ぼくは緊張して身をのりだした、「ヘルマフロディート――?」

「わたしが言うのは、人間の男女が魔術的に融合して半神になることですわ。それが究極の目的なの！　いいえ、究極の目的ではなくって、永遠につづく――終りのないあらたな道の発端ですわ」

「で、あなたが求めている人が」ぼくは心をゆすぶられてたずねた、「いつか見つかると信じてるのですか？――その人はどこか遠く離れた国にいるとか、ひょっとしたらこの世にはいないとか、そんなことはありえないのですか？」

「それはわたしにもわかりません」彼女はあっさりと言った、「わたしにできることは待つことだけです。もしその人が時間や空間によってわたしから遠く隔てられているのなら――わたしはそうは思いませんが、それならわたしはどうしてこのゲットーにつなぎとめられているのかしら？――それともおたがいに気がつかないために隔てられていて――そしてその人が見つからなかったら、わたしの人生はなんの目的もなかったんだし、白痴の悪魔のなんの考えもない戯れだったことになるんですわ。――だけど、どうかお願いです、もうこんな話はおしまいにしましょう」と彼女は頼んだ、「こんなこと、口に出して言ったら、もうすぐにいやな、俗っぽい色合いを帯びて、それでわたし、あんまり――」

彼女は突然言葉を切った。

「それであまり、どうしたのですか、ミルヤム？」

彼女は片手をあげ、急いで立ちあがって言った。

「お客さまですわ、ペルナートさん！」

廊下にきぬずれの音が聞こえた。

猛烈なノック。そしてつぎの瞬間――

アンジェリーナが立っていた！

ミルヤムは帰ろうとした。ぼくは彼女を引きとめた。

「紹介しましょう。ぼくの親しい友人の娘さんです。――こちら伯爵夫人――」

「馬車がぜんぜん入れませんでしたのよ、どこもかしこも舗石が掘り返されてて。いつ人間らしい場所にお引っ越しなさるつもりなの、ペルナートさん？　外では雪が溶けて空は嬉々として晴れわたり、みんな胸をときめかしているというのに、あなたはこんな鍾乳洞に老いぼれたガマみたいにうずくまってらっしゃるのね。――――それはそうと、あの、わたしきのう行きつけの宝石店でこんなこと聞きましたわ。あなたはとってもすばらしい芸術家なんですってね。あらゆる時代をとおして最大の宝石細工師のひとりとまではいかないにしても、いま生きてる人のなかでは一番すぐれた宝石細工師なんですってね⁉」――アンジェリーナは滝のようにとうとうと喋り、ぼくは狐につままれたように、ただ彼女のきらきら光る青い目を、かわいらしいエナメルのブーツをはいた小さな足を、そして毛皮のコートから輝き出ている移り気な顔を、その薔薇色の耳たぶを眺めているばかりだった。

彼女は息もつがずに喋りつづけた。

「かどに馬車を止めてますの。お留守だったらって心配してましたのよ。昼食はまだおすみじゃないでしょうね？　まず馬車でどこかに出かけませんこと――そう、どこがいいかしら？　最初にちょっと――そうですわね―― ――そう、果樹園はいかがかしら。とにかくどこか、木の芽の息吹きが、ひそかな芽生えが空気中にとってもよく感じられるような郊外がいいわ。行きましょう、さあ行きましょう、帽子をおもちになって。そのあとでわたしのうちで食事なさいますわね。――それから夕方までお喋りしましょう。帽子をおもちになって！　なにを待ってらっしゃるの？――馬車に暖かいふわふわの毛布がありますわ。それに耳までくるまって、ぴったりくっつきあってたら、うだるほど熱くなりますわ」

なんて言ったらいいのだろう⁉――「ぼくはたったいま、ここにいるぼくの友人の娘さんと遠乗りする約束をしたところなので――」

そう言おうとしたとき、ミルヤムが急いでアンジェリーナに、帰る挨拶をした。

彼女はやさしく断わったけれども、ぼくは彼女を戸口のそとまで送って出た。

「聞いてほしいんです、ミルヤム。こんな階段のところで言うとなんだけど――ぼくはあなたと一緒に出かけるほうが千倍も――」

「あのかたをお待たせなさってはいけませんわ、ペルナートさん」彼女がせきたてた、「さよなら、うんと楽しんでいらしてね！」

彼女はまごころから、お世辞でなく純粋にそう言ったのだが、ぼくは彼女の目の輝きが消えてしまっているのに気づいた。

彼女は階段を急ぎ足でおりていき、悲しみがぼくの喉もとを締めつけた。

ひとつの世界を失った、とでもいうような気持ちだった。

ぼくは陶酔したように彼女の隣に腰かけていた。ぼくらは人で溢れた街路を驀進していった。ぼくのまわりに生が波うち、しぶきをあげていた。ぼくはなかば意識を失って、両側を飛び去っていく光景も、ただ光り輝く断片だけしか目に入らなかった。イヤリングやマフの鎖にきらめく宝石、ぴかぴかのシルクハット、女性の純白の手袋、きゃんきゃん吠えたてながら車輪に嚙みつこうとする、薔薇色の首飾りをした一匹のむく犬、向こうから泡をふきながら疾駆してくる銀色の馬具の黒馬たち、ショーウィンドー、そのなかの、真珠の首飾りやきらきら光る金銀の装身具で飾りたてられた、仄かに輝く衣裳、――娘たちのほっそりとした腰を包んでいる絹の光沢。

鋭く顔を切りつけてくる風が、ぼくの感覚を攪乱してくるアンジェリーナの体温をいっそう強烈に感じさせた。ぼくらが駆け抜けると、十字路に立つ巡査たちが、敬意を表して跳びのいた。

そして、馬車が数珠つなぎになった河岸通りを徐行し、呆然とした顔をしてひしめきあっている人人に妨げられながら、崩落した石橋のたもとを通り過ぎた。

ぼくは川面にはほとんど目をくれなかった。――アンジェリーナの口からこぼれるほんの些細な言葉、彼女のまばたき、彼女の唇の敏捷な戯れ――それらのことが、それらのすべてが、ぶつかりあう氷塊の下で肩を突っ張りあっている石材の堆積を眺めることよりも、ぼくにははるかに、はるかに大切なことだった。――

公園に入る。――踏み固められた、弾力のある地面。そして馬蹄の踏む枯れ葉の音、湿潤な空気、巨大な裸木の群れと数多くの鳥の巣、消え残った雪が白く点在する枯れた草原、それらのすべてが夢のようにあとへあとへと流れ去った。

アンジェリーナは、ドクター・サヴィオリのことには、ほとんどどうでもいいことのように、簡単に触れただけだった。

「危険が去って」彼女は愛らしい、子供のような無邪気さで言った、「それにかれがふたたび元気になったいまになってみると、わたしの体験したすべてのことが、怖ろしく退屈なことだったように思えますの。――ほんとに一度また喜びを味わいたいと思いますわ、目を閉じて、人生のきらめくあぶくのなかに身を沈めたいって。女はみんなそうだと思いますの。みんなは、ただ口に出して言わないだけのことなんです。それとも、自分でそれに気がつかないほど愚かなんですわ。そうお思いになりません？」彼女はぼくがそれに答えた言葉を、まったく聞いていなかった、「どっちにしたって、わたし、女性にはぜんぜん興味がありませんの。もちろん、お世辞だとおとりになってはいけませんわ。だって――ほんとなんですもの。どんなに気のきいた女の人とどんなにおもしろい話をしているよりも、気の合った男性とただ一緒にいるだけで、わたしはほかの人とちがってずっとそのほうが楽しいんです。女どうしで喋る話なんて、けっきょくみんなくだらないことばかりですわ。――ちょっとしたおめかしの話がいいとこですわ――そうでしょ！　流行なんてそんなにしばしば変わるものでもないのにね。―― ――わたし浮気な女なのね？」彼女が突然なまめかしくたずね、ぼくは彼女の魅力にすっかり心を奪われ、彼女の頭を両手に包んでうなじに接吻したくなるのを、必死にこらえていた――「浮気な女だと言ってちょうだい！」

彼女はからだをいっそうすり寄せ、ぼくにもたれかかった。

ぼくらは並木道を抜け、植込みにそって馬車を走らせていた。その藁で包まれた灌木の群れは、手足と首を切り落とされた怪物の胴体のように見えていた。

陽なたのベンチに人々が腰かけていて、ぼくらを目で追いながら、頭を寄せてなにごとかささやいていた。

ぼくらはしばらく黙りこんで、それぞれ考えにふけっていた。アンジェリーナはこれまでぼくが想像していた女性とはまったくちがう！――まるできょうはじめて現実にぼくのまえに現われたかのようだ！

あのとき大聖堂でぼくが慰めたのは、ほんとにこの女性だったのだろうか？

ぼくはなかば開いた彼女の口から目をそらすことができなかった。

彼女はまだ黙りつづけていた。心のなかで、ある光景を眺めているように思われた。

馬車はカーブして、濡れた草原に出た。

息吹きはじめた大地の匂いがしていた。

「ご存知でしょうか――――奥さま――――？」

「アンジェリーナって呼んでちょうだい」と彼女が小声で口をはさんだ。

「知ってますか、アンジェリーナ、ゆうべ——ゆうべ一晩中ぼくがあなたの夢を見ていたのを？」ぼくは抑えた声で言った。

彼女はすばやく、腕をぼくの腕から抜こうとするかのように、からだをちょっと動かして、目を大きくしてぼくを見た、「信じられないわ！　わたしもあなたの夢を見てたのよ！——そしていまもそのことを考えてましたのよ」

ふたたび話がとぎれた。ふたりとも、それはまたおなじ夢だったのだろうということを考えているのだった。

ぼくはそれを彼女の血のおののきから知っていた。ぼくの胸におかれた彼女の腕がかすかに震えていた。彼女は発作的にぼくから目をそらし、馬車のそとを眺めた。——

ぼくはゆっくりと彼女の手をぼくの唇にもっていき、いい匂いのする白手袋をめくった。彼女の息づかいが荒くなるのが聞こえ、ぼくは狂おしい愛情にかられて彼女の掌のふくらみを噛んだ。

——数時間後、ぼくは酔っぱらったような気分で、夕霧のなかを市中に向けて歩いていた。でたらめに通りを選び、長いあいだ、輪を描いて歩いているのにも気づかなかった。

やがて河岸に出ると、鉄柵から身をのり出して奔流を見つめた。

いぜんとしてぼくはアンジェリーナの両腕をぼくのうなじに感じ、底に楡の朽葉を沈めた石造りの噴水の水盤を目のまえに見ていた。それはかつてずいぶん昔にぼくらがそこで別れたあの噴水だったのだ。だが、いま彼女は、ついさっきまでそうしていたように、彼女の館の寒い薄暗い庭園をぼくと一緒に、ぼくの肩に頭をもたせかけて、黙って歩いているのだった。

ぼくはベンチに腰をおろし、夢を見つづけるために帽子をまぶかに引きおろした。

水流が轟々と堰《せき》を越え、そのざわめきに、眠りにつこうとしている街の遠雷のような最後の喧噪が入り混じっていた。

ときどきオーバーをしっかりとかき合わせ、視線をあげた。流れはそのたびにかげりを深くしていた。ついに重い夜にのしかかられて、河は暗灰色の流れとなり、堰の泡立ちだけが一条の白いまばゆい線となって向こう岸まで走っていた。

ぼくの住むあの憂鬱な建物のなかに戻っていかなければならないと考えると、ぼくは身震いをおぼえた。

つかのまのきょうの午後の輝きが、ぼくを永遠に、ぼくの裏街のよそ者にしてしまっていた。二、三週間もすれば、おそらくわずか数日もすれば、この幸福も過去のものになっているにちがいない、――あとには悲しく美しい思い出以外にはなにも残らないだろう。

そしてそのとき?

そのときぼくは、ここでも向こうでも、河のこちら側でも向こう側でも、故郷のない人間になっていることだろう。

ぼくは立ちあがった。暗黒のゲットーに帰っていくまえに、庭園の格子越しに、もう一度彼女の館に、そのどこかの窓の向こうに彼女が眠る館に、視線を投げておきたいと思ったのだ。――――ぼくはいまやってきた方角に道をとり、濃霧のなかを、家並みにそって、あるいはまどろみに落ちている広場を横切って、手探りするように歩いていった。黒々とした記念碑が威嚇するように浮かびあがってくるのが、そして孤独な番小屋や、バロック風建築の正面の渦巻装飾などが見えた。ある街燈の鈍い輝きが、色あせた虹色の巨大な幻想的な輪となって、靄のなかからだんだん広がり出てきて、やがて鈍い黄色の、刺すような一点の目が現われ、そしてぼくの背後に消えていった。

ぼくの足が、砂利の載った幅広の石段に触れていた。ここはどこだろう？　高みに急勾配で通ずる切り通しの道なのか？

両側になめらかにつづいているのは庭園の塀なのだろうか？　一本の樹木の裸の枝が、蔽いかぶさるように広がっていた。それは、いわば空から垂れ、幹は霧の壁に隠されていた。――

ぼくの帽子がふれると、数本の朽ちた小枝がぽきぽきと折れ、オーバーにあたりながら、ぼくの足もとを隠している灰色の霧の深淵のなかに落ちていった。

そのとき遠くに――天と地のあいだに――どこか謎めいたところに――ぽつんと一点の輝きが、ひとつの明りが見えた。――――――

道をまちがえたにちがいない。フュルステンベルク宮殿の庭園が広がる斜面のわきの『アルトシュロス坂』としか考えられない。――――――

そのあとかなり長いあいだ、粘土質の地面がつづいた。――そして舗装された道に出た。

先のとがった黒い帽子を頭にかぶった、どっしりとした影が高く聳えている。『ダリボルカ』だ、――かつて眼下の『ヒルシュグラーベン』で国王たちが野獣を狩りたてながら、このなかで人々を餓死させた飢餓の塔。

銃眼のある、細いまがりくねった裏道を、やっと肩が通るぐらいの螺旋状の露路を行く。――すると小屋が並んでいるところに出た。どの小屋もぼくの背丈よりも高くはなかった。

腕をのばすと、屋根をつかむことができそうだ。

ぼくは『錬金術小路』（プラハ城に勤務する人々が、ことに射手が住んでいた。そのなかに金細工師が混じっていたことからこの地名と伝説とが生じたと言われる）に入りこんでいた。中世にここで錬金術師たちが賢者の石（万物を金と化しまた万病を治癒する力をもつと信じられ、錬金術師たちが探し求めた物質）を灼熱させ、月光を毒していたのだ。

ぼくがやってきた道以外に、この町から出る道はないのだった。

それなのに、ぼくがそこから入りこんできた石塀の隙間が見つからなかった。――木の柵にぶつかった。

柵ではしかたがない。だれかを起こして、道を教えてもらわなければならないのだから、とぼくは考えた。おや、へんだぞ、こんなところに家があって行き止まりになっている。――ほかの小屋よりも大きくて、人が住めそうだが？　いままでこの家には気づいていなかったと思うが？

霧のなかからこんなに明るく輝いているところを見ると、きっと白く漆喰が塗られているにちがいない。

ぼくは柵を抜け、細長い庭を横切って、窓ガラスに顔を押しつけた。――まっ暗だった。窓を叩いた。――そのときすごく年とった老人が手にろうそくをともして部屋の入口に現われ、よぼよぼの足どりで部屋のまんなかまで来て立ち止まった。そして壁ぎわの、埃をかぶった錬金術のレトルトやフラスコのほうにゆっくりと頭をめぐらし、隅々の大きな蜘蛛の巣をものおもわしげに凝視した。そのあと、じっとぼくのほうにまなこを向けていた。

まなこと言っても、そこには頬骨の影が落ち、まるでミイラの眼窩のようにうつろに見えていた。かれはあきらかにぼくを見ていなかった。

ぼくは窓ガラスを叩いた。

かれは、それが聞こえないらしく、夢遊病者のようにふたたび音もなく部屋を出ていった。

しばらくじっと待っていたが、なんにもならなかった。

玄関のドアを叩いた。しかしだれもあけてくれなかった。

ぼくはほかに方法がなかったので、いま来た道を長いあいだ探した。そしてようやく見つけることができた。

これからまだ、人々のいるところに出かけるのが一番いいのではないか、とぼくは考えた。――ぼくの友人たち、ツヴァックとプロークプとフリースランダーとがきっといる『アルト・ウンゲルト』に出かけよう。そうすれば、アンジェリーナと接吻したいという灼けつくような渇きを少なくとも二、三時間のあいだまぎらわすことができるだろう。すぐに行くことだ。

かれらは虫の食った古いテーブルを囲んで、まるで三人ひと組の死体のようにうずくまっていた。三人とも細い柄の、白い陶器のパイプを歯のあいだにくわえていた。部屋は煙でいっぱいだった。かれらの顔だちがよく見えないほど部屋のなかは暗かった。古風な吊りランプの乏しい光を、暗褐色の壁が飲みとっていた。

片隅で、やせこけた、無口なウェートレスの老婆が、色艶のない目と黄色い鴨のくちばしのような鼻をして、果てしなく毛糸の長靴下を編んでいた。

閉じたドアのまえに鈍い赤色の垂れ幕がぶらさがっていて、隣室の客たちの話し声は、ただ蜜蜂の群れの低い唸りのように聞こえてくるばかりだった。

あごひげと鼻に八字ひげをはやし、目の下に傷あとのある、銀灰色の顔色をしたフリースランダーは、つばのまっすぐについた円錐形の帽子を頭にのせ、古い世紀の酔いどれのオランダ人を思わせた。

ヨーズア・プローコプは、音楽家らしい巻毛の髪にフォークをさし、不気味に長い、骨ばった指をたえずぱちぱち鳴らしながら、ツヴァックが腹のふくらんだアラック酒の瓶に、人形の緋色のマントをまとわせているのを感心した顔で眺めていた。

「バビンスキーができるんですよ」フリースランダーが大まじめにぼくに説明してくれた、「バビンスキーというのがなにものかご存知ないですか？　ツヴァック、おまえさん、ペルナートさんにバビンスキーのことを話してあげろよ、いますぐに」

「バビンスキーというのはだね」ツヴァックが手先から一瞬も目をあげることなく、ただちに語りはじめた、「昔プラハで有名だった強盗殺人犯なんだ。――そいつは長年だれにも気づかれずに、その恥知らずな仕事をつづけてたんだがね、だけどだんだんと、あちこちの上流家庭で、会食のさいに一族のだれかれが姿を現わさん、そしてその後もぜんぜん姿を見せん、てなことが目立ちはじめたんだな。それでも最初のうちは、それにはいわばいい面もあったんで、つまりだな、それだけ料理が少なくてすむってわけだから、だれもなんにも言わなかったんだけど、一方じゃ上流社会での名望に傷がついたり、人の噂にもなりかねんということを無視もしとれんようになった。

年頃の娘が跡かたなく失踪したようなときにゃ、とくにそういうわけだ。

それに自分で自分たちのことを偉いなんて思うてるもんだから、ブルジョワの家庭生活なんてのは、そんな世間体が大事にならざるをえんのだな。

そこで、『帰れ、万事許す』なんていう新聞広告がだんだんふえてきて、――たいていの殺人常習犯がそうなんだが、バビンスキーもうかつにもこれを計算に入れておらんかったんだな、――それでしまいに社会全体が注目しはじめた。

プラハの近くにこざっぱりしたクルチュという小さな村があるけど、バビンスキーってやつ、内面はとっても牧歌的な性格の男でな、そこに、時がたつうちに自分で根気よく働いて、一軒の小さいけど大切なわが家をつくってたんだな。ちっぽけな家だったけど、よく手入れされてぴかぴかしてて、家のまえには小さな庭まであってゼラニウムが咲いていた。だけどそいつの収入からいってそれ以上地所をふやすわけにもいかなんだから、そいつは、犠牲者の死体を人目につかんように埋める必要から——見るのが大好きだった花壇をやめにして——草を生えっぱなしにした、なんにも植えたりせん塚を、と言ってもそいつの暮らしに合った、つまり有用な目的をもった塚をつくらにゃならなんだ。そういう塚だと、仕事が忙しい書き入れどきなんかにも、かんたんに拡張できたわけだ。

夕方になって、一日の労苦や厄介もおわると、バビンスキーはいつもその墓のうえに坐って、夕陽を浴びながら、憂愁に沈んだいろんな曲をフリュートで吹いたもんだ」——

「ちょっと待った!」ヨズーア・プローコプが無遠慮にさえぎり、ポケットから家の鍵をとり出し、それをクラリネットのように口にあてて唄った。

「ツィムツェルリム　ツァムブスラー——デー」

「そんなによくメロディーを知ってるなんて、おまえさんその場にいたのかね?」フリースランダーが驚いてたずねた。

プローコプはひどく気を悪くした視線をかれに投げて言った、「いいや。だいたいバビンスキーがいたのはもっと昔のことだよ。だけどかれがなにを吹いたかぐらい、ぼくは作曲家だからとてもよくわかるのさ。あんたにとやかく言う資格はないね、音楽の才能がないのだから。——　——ツィムツェルリム——ツァムブスラー——ブスラー——デー」

ツヴァックは感動したおももちで聞いていたが、プロコプが鍵をポケットにしまうと話をつづけた。

「塚がしょっちゅう大きくなっていくことにだんだん隣近所の人が疑いをもちだしたところで、郊外のジシュコフの、ある警官が、偶然バビンスキーがちょうど上流社会の老婦人を絞殺するところを遠くから目撃したもんで、この悪人の身勝手な犯行にやっと終止符を打たせることができたようなわけだ。

バビンスキーはかれの家で逮捕された。

裁判所は、ほかのことでは評判がよかったことを酌量減刑すべき情状として認めてだな、絞首刑の判決をくだして、そして同時にライペン兄弟商会に、——ロープ類の卸しと小売りの会社だがね、——その商会が扱ってるかぎりの、絞首刑に必要な用具を、つまり適正な値段で領収書ひきかえに国庫に納入するように命じたんだ。

ところが綱が切れて、バビンスキーは終身刑に一等を減じられることになった。

かれは二十年間、聖パンクラーツの刑務所で罪を償ったんだが、一度もかれの唇から不平が洩れたりしたことはなかったそうだ。——いまだにその刑務所の幹部連中は、かれの模範的な服役ぶりを称讃してるそうだ。それどころか、国王陛下の誕生日にはフリュートを吹くことを許されたこともあったんだそうだ——」

プロコプがただちにまた家の鍵をとり出そうとした。しかしツヴァックがかれを制止した。

「特赦が行なわれたときに、バビンスキーも残りの刑を減じられて、『慈悲の友会修道女』の尼僧院に門番の職を得ることになった。

かれがついでに見ることになってた軽い庭仕事も、かつての仕事をしているあいだに身についた、鋤《すき》の使いかたのたいへんな熟練のおかげで、さっさと片づけることができたので、かれには、立派な、入念に選ばれた本を読んで、心や魂を純化する十分なひまがあったわけだ。

そこから得られた結果はたいへんに喜ばしいものだった。

尼僧院長が土曜日の夕方、少し気晴らしになるよう酒場に行かせてやっても、いつも日暮れまえにきちんと帰ってくるんだ。つまり、世間一般の道徳が頽廃していて悲しくもなるし、最悪の種類の、明るいところの嫌いなならず者がたくさんいて、国道が物騒になるので、静穏を愛する者には適当な時間に足を家路に向けることが思慮の命ずるところでもあるって言ったもんだそうだ。

ところでそのころ、プラハのろうそく職人のあいだで、赤いマントを着せた強盗殺人犯バビンスキーの小さな人形をつくって売る悪習が流行した。

きっと犠牲者を出したどこの家庭でもそれを買ったんだろうがね。

その人形はたいていガラスの蓋のついた小箱に入ってたんだけど、バビンスキーはその蠟人形を見たときほど腹を立てたことはなかったそうだ。

『若いころの過ちをいつまでも目のまえに突きつけることは、最高に品位を欠いたことで、特別に心根の野卑なことを示すもんだ』と、バビンスキーはそんなときいつも言ってたそうだ、『そしてこんな露骨な不正に当局がなんの手も打たんのは、たいへん遺憾なことだ』ってな。臨終の床《とこ》でも似た意味のことを言ったそうだ。

それも無駄にはならなんだ。というのは、その後まもなく監督官庁が、人々に憤激を呼び醒ますバビンスキー人形の発売を中止させたのでな」――――――――――

――――ツヴァックはグログ酒のグラスをとって大口でひとくち飲み、そして三人とも悪魔のように口をゆがめて笑っていた。ツヴァックはそっと頭を、色艶の悪いウェートレスに向けた。ぼくは彼女がうっすらと浮かべた涙を目のなかで押し潰しているのに気づいた。

――「ところで、あなたはなにもしてくださらんのですか、ペルナートさん？　いや――もちろん――長たらしかった芸術鑑賞のお礼にここの勘定をもってくれなんて言ってるんじゃないですよ」しばらくしてフリースランダーがみんなの沈思黙考から抜け出して言った。

そこでぼくは、霧のなかの彷徨をかれらに話した。

話が白い家のところにくると、三人とも興味をみなぎらせてパイプを口から離した。話しおわると、プローコプがこぶしでテーブルを叩いて叫んだ。

「まったくそのとおりだ！――――いろんな伝説に言われてることを、そっくりそのまま、このペルナートさんは自分の生身で体験したんだ。――ところで、このあいだのゴーレム、――ご存じでしょうか、すっかり解決しましたよ」

「解決したとは？」ぼくはびっくりしてたずねた。

「気ちがいのユダヤ人で、『ハシレ』という乞食をご存じでしょう？　ご存じじゃない？　つまり、そのハシレがゴーレムだったんですよ」

「乞食がゴーレムだった？」

「ええ、ハシレがゴーレムだったんです。きょうの午後、幽霊がまっ昼間の陽ざしのなかを満足そうに散歩してたんです、十七世紀の、あの悪評たかい古めかしい服を着て、サルニター通りをね。そしたら皮剝ぎ屋が、犬とりのわなでそいつをうまいことつかまえたんです」

「どういうことなんですか、さっぱりわからないけど」ぼくは驚いて言った。

「いや、それがハシレだったってわけですよ！　ぼくが聞いたところじゃ、かれはしばらくまえにある建物の入口でその服を見つけたんだそうです。――それはそうと、クラインザイテ（名区）の白い家のことに戻りますけど、とっても興味ぶかいことですね。つまり古い伝説にね、あの高みの錬金術師の裏町に、霧がかかってるときしか見えない家が一軒立ってるって言われてるんです。そのときだって、『幸運児』にしか見えないのだけど。その家は『最後の灯の塀』って呼ばれてるんだけど、昼間のぼってみると、そこには大きな灰色の石がひとつあるだけなんです、――そのうしろは切り立った断崖で、ヒルシュグラーベンに深く落ちこんでるんです。ペルナートさん、幸運でしたよ、そこから一歩もまえに出られなかったのは。そうでなきゃ、あなたは確実に墜落してて、いまごろ全身の骨が粉々になってたところでしょう。

で、その石の下には莫大な財宝が埋められてるって言われてるんです。プラハの最初の基礎をおいたと言われてる『アジアの兄弟』という結社が、建物の礎石としてその石をおいたんだそうで、その建物にはいつか世のおわりに、ひとりの人が——もっと正確に言えばヘルマフロディートが——つまり男と女とからできた人間が住むことになるって言われてるんです。そしてその人の紋章は一羽の兎《うさぎ》の絵なんです。——ついでですが、兎はオシリスのシンボルで、そしてきっと復活祭の兎の風習もここからきてるんです。

そのときが来るまで、メトゥーザレム（ノアの祖父、九六九歳まで生きた）がみずからそこで番をしていて、悪魔《サタン》がその石と交合して息子を、いわゆるアルミルス（世のおわりに現われ、メシアに反抗し征服される王、一説ではサタンと石との交合から生まれる。ユダヤの伝説）を生まさないように見張ってるのだそうです。——このアルミルスのことも聞かれたことありませんか？——どんな姿で生まれてくるかということだってわかってるんです。——つまり年寄りのラビたちがそれを知っているのですが、——この世に生まれてくるとしたら、黄金でできた髪をうしろで束ねて、そして頭に分け目がふたつあって、三日月型の眼をし、両腕を足まで垂らした姿で生まれてくるんです」

「その尊敬すべきしゃれ者、ちょっとスケッチしてみようか」フリースランダーがつぶやいて、鉛筆を探した。

「それでですね、ペルナートさん、あなたがいつか運よくヘルマフロディートになって、ついでに埋められた財宝を見つけるようなことがあったら」とプローコプは話を結んだ、「そのときにゃ、わたしがいつもあなたの親友だったたってことを忘れないでくださいよ！」

——ぼくは冗談の言える気分ではなかった。心にひそかな苦痛を感じていた。

ツヴァックは、理由まではわからないにしろ、それを見てとったのだろう、すばやく助け舟を出してくれた。

「どっちにしたって、ペルナートさんが大昔の伝説がぴたっと結びついてるあの場所で、ちょうどその幻想を見たのはとっても不思議なことだな、不気味でさえあるな。——目に見えんいろんなつながりがあってだね、触覚にとっては存在せんものを見る能力のある人は、そのつながりからのがれることができんのだと、わしにはそんなふうに思えるね。——わしにはどうしても、超感覚的なものが一番魅力があるんだが！——おまえさんたちはどうかね？」

フリースランダーもプロコプも真剣な顔つきになった。そしてぼくらはみんな、それに答えるのは余計なことだと思っていた。

「あんたはどう思う、オイラーリア？」とツヴァックが振り返って問いをくりかえした、「超感覚的なことが一番魅力のあることじゃないかね？」

年老いたウェートレスは編み針で頭を掻いて、溜息をつき、そして赤くなりながら言った。

「なにをばかなことをお言いだね！　人の悪い」

「きょうは一日中いやぁな緊迫感が空気中に漂ってたみたいだな」とフリースランダーが、ぼくらの爆笑がおさまってから言った、「きょうはひと筆もかけなかった。燕尾服を着て踊ってたロジーナのことが、ずっと頭から離れなくてね」

「ロジーナが見つかったんですか？」とぼくはたずねた。

「『見つかった』とはよかったね。彼女は風紀警察にかなり長いあいだつかまってたんですよ。ひょっとしたら——あのとき『ロイジチェク』で警部の目にとまったのかもしれないな。いずれにしても、彼女はいま——熱病にかかったみたいにご活躍中で、ユダヤ人街の振興に、つまりたくさんの人間をこの街に出入りさせるのに、欠かせない存在ってわけなんですよ。それにしても彼女、このしばらくのあいだに、すごくむっちりとした女になったもんだね」

「だけど女は、男を惚れこませるだけで、ただそれだけで、男をずいぶんと変わらせてしまうもんだな。考えてみると、ほんとに驚くべきことだ」ツヴァックが感に耐えたように言った、「彼女のところに行くかねをつくるために、あのあわれなヤロミールが、まさに一夜にして芸術家になったんだからな。ヤロミールはいま酒場をうろついては、客に影絵を切り抜いて売ってるんだ、つまり客の肖像をな」

しまいのほうを聞いていなかったプロコプが、唇で接吻の音をたて、そして言った。

「ほんとですか？　彼女がそんなに魅力的になったんですか、あのロジーナが？——フリースランダー、おまえさんもう彼女とキッスをしたかね？」

ウェートレスがそのときさっと立ちあがり、怒ったように部屋を出ていった。

「あのあま！　おしっこでもしたくなったんかね——急に淑女ぶって！　ほんとに！」プロコプが腹立たしそうに彼女を見送りながら毒づいた。

「なにを言ってるのだ、彼女はちょうど悪いときに席を立っただけじゃないか。靴下がちょうど編みあがったんだよ」ツヴァックがかれをなだめた。

酒場の主人が、あらたにグログ酒をもってきた。話はしだいにきわどい方向をとりはじめた。ぼくはもともと熱に浮かされたような気分だったので、そのあまりにきわどい話に血がわきたってきた。ぼくはそれを抑えようとした。しかしうちに閉じこもり、そしてアンジェリーナのことを考えればえるほど、ぼくの耳に、かれらの話がいっそう熱っぽく聞こえてくるのだった。

ぼくはかなり唐突に別れを告げた。

霧は少し薄らいでいたが、細氷《さいひょう》（寒冷地に見られる、極小の氷晶が空中に浮遊する現象）が顔にあたり、いぜんとして街路標識が読めぬほどの濃霧だった。ぼくは帰路を少しそれてしまった。ある露路に入りこんで、ちょうど引き返そうとしたとき、ぼくの名前を呼ぶ声が聞こえた。

「ペルナートさん！　ペルナートさん！」

あたりを見まわし、そして上を見た。

だれもいない！

すぐそばの建物に小さな赤い街燈がひっそりとともっていて、その下に、入口が、大きなあくびをしているようにあいていた。その奥に明るい——とぼくには思われたのだが——人影が立っていた。

「ペルナートさん！　ペルナートさん！」ふたたび声がした。ささやくような声だった。

ぼくはいぶかりながら廊下に入っていった。――ふいに暖かな女の腕がぼくの首にまきついてきた。ゆっくりと開かれていくドアのあいだから流れ出る光線のなかで見ると、ぼくに熱っぽくからだを押しつけてくるのはロジーナだった。

奸計

灰色の曇り日。

ぼくは朝も遅くになって、夢も見ない、意識もない、仮死状態のような眠りからようやく醒めた。

手伝いの老婆はまだ来ていなかった。それとも火を燃やし忘れたのだろうか。

暖炉には冷たい灰があるばかりだった。

だが家具も埃が載ったままだった。

床も掃いてなかった。

ぼくは震えながら歩きまわった。

ぼくの吐く息の、安ブランデーのいやな臭いが、部屋のなかにこもっていた。オーバーからも服からも、しみこんだ煙草の煙が悪臭を放っていた。

ぼくは窓を引きあけ、そしてまた締めた、――冷たい、ごみっぽい街路の息吹きがたまらなかった。

あちこちの屋根の樋に、雀がぐっしょりと羽根を濡らしてうずくまっていた。

どこを見ても、不快な憂鬱。ぼくの心のなかのなにもかもが、ずたずたに、ぼろぼろに引き裂かれていた。

肘掛け椅子のクッション、――それはなんとすり切れているのだ！　ふちから馬の毛がはみ出している。

家具屋に出さないといけない――　――いや、そのままにしておくべきだ――　――荒涼たる人生のおわりまで、すっかり壊れてがらくたになるまで！

あそこには、なんと悪趣味な、不便なぼろが、撚《よ》り糸のぼろが、窓にぶらさがっているのだろう！

なぜぼくはそれを一本のひもに撚り合わせて、首をくくってしまわないのか――⁉

そうすれば、この目ざわりなものたちを、少なくともこんご二度と見ないですむのだ。灰色の、憂鬱きわまりない苦悩は――それっきり消え失せてしまうのだ。

そうだ！　そうするのが一番いい！　もうおしまいにするのだ。

きょうのうちに。

いまのうちに――午前中に。朝食に出かけるのは愚の骨頂だ。――胃の腑をいっぱいにしてこの世をおさらばするなんて、考えただけでも吐気がする！　濡れた土のなかに横たわって、そしてからだのなかに、未消化の、だんだん腐っていく食べものをかかえこんでるなんて。

太陽が輝き出ないように、そしてぼくの心にこの世に存在することの喜びなどという破廉恥な嘘をもう二度ときらめかすことが絶対にないように！

そうだ！　おれはもうばかにされないぞ。おれをもちあげておいて水溜りに突き落とす、愚劣で無益な運命にもてあそばれるボールであるのはもうやめだ。それは、地上のもろもろの移ろいゆくものを、かつておれの知っていたもの、どんな子供でも、街路をうろつくどんな犬でも知っているものを、おれに見せてくれるのがせいぜいなのだ。

かわいそうな、かわいそうなミルヤム！　せめて彼女だけは助けておきたかったが。

決心することだ、あと戻りのない固い決意をすることだ、現世へのいまいましい執着がふたたびおれの心に目醒めて、おれにあらたな幻覚を見せないうちに。

そんな幻覚が、不壊《ふえ》なるものの国からやってくるこの使者たちのすべてが、いったいこれまで、このおれのなんの役に立ったことだろう？

なんの、まったくなんの役にも立たなかった。

ひょっとしたら、おれがひとつの輪をよろめきながら堂々めぐりし、いまこの地上をかぎりない苦悩として感じていることには役立ったのかもしれない。

ひとつだけまだしておかなければならないことがある。

ぼくは、頭のなかで、銀行にどれだけかねがあるかを計算した。

そうだ、そうしておこう——これはぼくの生涯の愚にもつかぬことばかりのなかで、ささやかだがなんらかの価値をもちうる唯一のことなのだ！

ぼくの全財産をすべて束ねて——引き出しのなかの若干の宝石も添えて——小包にしてミルヤムに送ろう。少なくとも数年間は、彼女は日常生活の心配をしないですむだろう。そしてヒレルに手紙を書いて、彼女の『奇蹟』のことをうちあけておこう。

彼女を助けることができるのはかれだけだ。

そうだ、かれなら彼女になんらかの方策を講じてくれるだろう、とぼくは思った。

ぼくは宝石を集めて、ポケットにしまい、時計を見あげた。いま銀行に行けば——一時間後にはなにもかも片づいているだろう。

それからもうひとつ、アンジェリーナに赤い薔薇の花束を買おう！——————ぼくの心のなかで痛苦と狂おしい憧憬とが叫んでいた。——もう一日だけ、たった一日だけでいいから生きていたい！

そしてもう一度、いまとおなじ、首を絞めつけてくる絶望感を味わおうというのか？

いや、もう一秒も待てない！　ぼくは、自分に屈しなかった、という満足感に似た気持ちに襲われた。

ぼくはまわりを見まわした。なにかまだしなければならないことが残っていないか？

そうだ、そこのやすり。ぼくはそれをポケットに突っこんだ。——このあいだから考えていたように、通りのどこかで投げ捨てよう。

おれはやすりが憎い！　すんでのところで、こいつのおかげで人殺しになるところだった。

またおれの邪魔をしにきたのはいったいだれだ？

アーロン・ヴァッサートゥルムだった。

「ほんのちょっと、ペルナート旦那」とかれは、ぼくがひまがないというそぶりを見せたので、狼狽して頼んだ、「ほんの、ほんのちょっとだけ。ほんのふたことみこと」

かれの顔を汗がしたたり、緊張のためにかれは震えていた。

「ここで、だれにも邪魔されんとあんたと話できるかな、ペルナート旦那？　また——またヒレルが入ってくると困るんでな。ドアに錠をおろすか、それとも隣の部屋に入れてもらえるとありがたいがな」——かれはいつもの強引さで、先に立ってぼくを隣室に引っぱっていった。

そしてかれは臆病に二、三度うしろを振り返ってから、しわがれ声でささやいた。

「よう考えたんだが、ええかな——こないだのあれ。こうするのがええ。喧嘩したってはじまらんのだから。ええとも。すんだことはすんだことさ」

ぼくはかれの目のなかに、その意味を読みとろうとした。

かれはぼくの視線を耐えていたが、椅子の背に押しつけられた手が痙攣していた。なにかがかれをそれほど緊張させているのだった。

「それは嬉しいことです、ヴァッサートゥルムさん」ぼくはできるだけやさしく言った、「人生はとても悲しいものなんだから、おたがいに憎みあっていっそう不愉快なものにするのはいけないことですね」

「ほんまに、印刷した本を読んで聞かせてもろうてるみたいだな」かれは安堵してぶつくさ言いながら、ズボンのポケットをまさぐり、あの蓋のゆがんだ金時計を引っぱり出した、「わしの誠意を知ってもらうために、あんたにこのつまらんものを受けとってもらわにゃならん。贈物としてな」

「いったいなにを考えついたんです」ぼくは相手にしなかった、「あなたはたぶん――　――」そのときぼくはミルヤムが言っていたことを思い出して、かれを怒らせないように手をさし出した。

だが、かれはそれには目もくれず、突然漆喰のように顔色を失って耳を澄まし、そして喉を鳴らすような声で言った。

「ほら！　ほら！　思うてたとおりだ。きっとまたヒレルだ！　ノックしてる」

ぼくは耳を澄まし、もうひとつの部屋に戻っていった。かれを安心させるために、あいだのドアを半分締めておいた。

こんどはヒレルではなかった。カ、ル、ー、ゼ、ク、が入ってきて、隣室にだ、れ、が、いるのか知っているという合図なのだろう、唇に指をあてた。そしてつぎの瞬間、ぼくの言葉を待ちもせずに、とうとうとまくしたてはじめた。

「おお、ぼくの尊敬する親愛なるペルナートさん、おひとりでお達者にご在宅のところをお目にかかれる喜びを、どう表現したらいいか、言葉もありません」――　――かれは俳優のように喋った。そしてその大げさな、不自然な喋りかたと、かれのゆがめた顔とが著しい対照を示していて、ぼくはかれに深い戦慄をおぼえた。

「ペルナートさん、あなたがこれまでしばしば街頭でご覧になったような、あんなぼろをいまもまとっていなければならなかったら、ぼくはあなたのところになどけっしてよう来ませんでした。――いいえ、ご覧になったなどと言ってはなりません。あなたはしばしば親切に握手してくださったのです。きょうあなたのまえに、白い襟《カラー》をして、清潔な身なりで来ることができましたのは――だれのおかげか、あなたはおわかりでしょうか？　ぼくらの街のもっとも高貴な、そして残念ながら――ああ――もっとも誤解されてる人のおかげなんです。その人のことを思うと、ぼくは感動にうちのめされてしまいます。

その人は、自分ではつつましく暮らしながら、貧しい人、困っている人にはとても慈悲ぶかい人なんです。ぼくは昔から、その人がその人の店先に悲しそうに立っているのを見かけるたびに、歩み寄って黙って手を握りたいと、心の奥底からそんな衝動を感じてました。

数日まえのことですが、ぼくが通りかかると、その人が声をかけ、ぼくにおかねをくれたんです。それでぼくは、分割払いで服を一着買えるようなふところ具合いになったようなわけです。

ペルナートさん、ぼくの恩人がだれだかおわかりでしょうか？――

ぼくは誇りをもって言います、ぼくはかれの胸のなかにどんなに立派な心が波うっているかを昔から知っていた唯一のものなんですから。それは――アーロン・ヴァッサートゥルム氏です！」――

――ぼくはむろん、カルーゼクがその芝居を、隣の部屋で聴き耳をたてているヴァッサートゥルムに聞かせているのを知っていた。しかしかれがそれでなにをもくろんでいるのかはわからなかった。だがそのあまりにもへたな追従は、猜疑ぶかいヴァッサートゥルムを欺くにはけっして有効だとは思えなかった。カルーゼクは、あきらかにその思いをぼくの考えこんだ顔つきから読みとり、にやにや笑いながら首を振った。そしてまた、おそらくかれのつぎの言葉は、ヴァッサートゥルムの人柄をよく知っているから、どれだけ誇張したらいいか心得ているということを、ぼくに言っていたのだろう。

「そうなんです！　アーロン――ヴァッサートゥルム氏なんです！　ぼくがどんなにかぎりなく感謝しているかを、かれに面と向かって言えなくて、それで胸が張り裂けそうなんです。だけどぜひお願いしますが、ペルナートさん、ぼくがここに来て、なにもかも話したことを、かれにけっして言わないでください。――人々の利己心がかれを怒らせ、深い、もはやなおることのない――ああ、残念なことですけど、あまりにも当然の不信感をかれの心に植えつけたのを、ぼくは知っています。

ぼくは人の心まで癒やすべき医者です。だけどまた、ぼくの感じがぼくにこう教えるのです、ヴァッサートゥルム氏は、ぼくがかれをどんなに高く評価しているかを――ぼくの口からにしても――知らないでいるのが一番いいのだと。――それをかれに知らせることは、かれの不幸な心に疑いの種子をまくことになるからです。それはぼくの本意ではありません。だからぼくは、むしろ、かれに忘恩の徒だと思われていたいのです。

ペルナートさん！　ぼく自身不幸な人間です。だから世のなかにひとり見捨てられているということがなにを意味するか、幼いころからよく知っています！　ぼくは父の名前すら知りません。母親の顔も一度も見たことがありません。母は早く死んだにちがいないのです――」カルーゼクの声が奇妙にいわくありげな、心に迫る声になってきた——「母は自分が人をどんなにかぎりなく愛しているかということをけっして自分の口からは言えないような、つまりアーロン・ヴァッサートゥルム氏もそのひとりであるような、そんな心の深い人々のひとりだったと、ぼくは固く信じています。

ぼくは母の日記の、ちぎれた一頁をもっているのです、——その紙ぎれをいつもこの胸のところに肌身離さずもっています。——それには母が、ぼくの父は醜かったそうですが、それにもかかわらずこの世の生身の女性がひとりの男をそんなにはけっして愛したことがないほど、父を愛していたということが書かれています。

だけど母は、それを父に一度も言ったことがないらしいのです。——ひょっとしたら、たとえばぼくがヴァッサートゥルム氏に、ぼくが感じてる感謝の気持ちを——たとえそのために心が張り裂けようとも——どうしても口に出してはならないのと似たような理由があったのかもしれませんが。

だがもうひとつ日記からわかることがあります。ぼくの推測にすぎないのかもしれないのですが、つまりそこのところの文章は、涙の跡でほとんど読めないのです。それにしてもどうやらぼくの父は、——かれがだれであったにせよ、そのあらゆる追慕の情が天国においてもこの世においても消え失せますように！——どうやらぼくの父は母に残忍な仕打ちをしたにちがいないのです」

——カルーゼクは突然床を鳴り響かせてひざまずき、骨の髄まで戦慄させる声音で叫びだした。ぼくには、かれがまだ芝居を演じているのか、それとも気が狂ったのかわからなかった。

「そなた、全能なる者よ、その御名をわれら人間が口にしてはならぬ者よ、ぼくはここにそなたのまえにひざまずきます。ぼくの父が永遠に呪われて、呪われて、呪われていますように！」

かれはこの最後の言葉をまぎれもなく嚙みちぎるようにして言い、一瞬目を大きく見開いて、聴き耳をたてた。

そのあとでかれは悪魔のようににやにやしていた。隣室でヴァッサートゥルムが低く呻いたように思われた。

「失礼しました、ペルナートさん」カルーゼクは短い沈黙のあとで、ものまねしてるように押し殺した声で言った、「失礼しました、すっかりとり乱してしまって。だけどこれがぼくの朝夕の祈りなんです。ぼくの父が、たとえだれであろうと、いつか、考えうるもっとも非業の死をとげるように全能なる者にその摂理を願うことが」

ぼくは思わず、なにか答えようとした。しかしカルーゼクがすばやくぼくをさえぎった。

「だけどいま、ペルナートさん、あなたにぜひお願いしたいことがあるんです。

ヴァッサートゥルム氏は、ある男の面倒を見てました。その男にけたはずれに惚れこんでたのです。――かれの甥だったのかもしれません。いや、息子だったという噂さえあります。だけど、ぼくには息子だったとは思えません。だってもしそうなら、おなじ名前だったはずでしょう。だけど事実は、かれはヴァッソリ、医師《ドクター》テーオドール・ヴァッソリという名前でした。

かれの姿を心に思い浮かべると、いつも目に涙が溢れてきます。ぼくはかれが心の底から好きでした。まるで血縁の愛情という直接的な絆で結びつけられているみたいに」

カルーゼクはすすり泣き、感動のあまり話しつづけることができないのではないかとさえ思われた。

「ああ、あんな貴人がこの世を去っていかなければならないなんて！——ああ！ ああ！ どんな原因があったのか知りませんが——その原因はまだ一度も聞いたことがありません——かれは自殺したんです。手当てに駆けつけたもののなかにぼくもいたんです。——ああ、ああ、そのときは——もう——もう——手遅れでした！ そのあとでひとりで死者の臥床《ふしど》のそばに立って、その冷たい、蒼白い手を接吻で蔽ったとき、そのとき——ペルナートさん、どうして告白してはならないことがあるでしょうか——ええ、実際泥棒ではなかったんですから。——そのとき、ぼくは亡骸《なきがら》の胸から一輪の薔薇をとり、そして小瓶を貰ったんです。かれが不幸にも、その花咲ける人生に、それでもって思いがけず終止符を打った液体の入った小瓶を」

カルーゼクは薬瓶をとり出し、震え声で話しつづけた。

「両方とも——ここに——あなたの——机のうえに——おきます、萎れた薔薇と小瓶とを。これらは、ぼくにとって亡き友人の形見だったんです。

ぼくの心の淋しさや死んだ母への思慕のために死を望む気持ちになったときに、心のなかにそんな寂寞を感ずるときに、ぼくはよくこの小瓶をもて遊んだものです。それはぼくに至福の慰めをあたえてくれました。この液体を布に注いで、息を吸いこみさえしたらいいのだ、そしたらぼくの大好きな親友テーオドールがぼくらの悲哀の谷（この世。聖書）の苦しみから解放されてやすらっている楽園に、苦痛もなく漂って行けるのだ、と。

そこでお願いがあるんです、尊敬すべきペルナートさん、――そのためにこうしてうかがったのです。――このふたつの品を預かってくださって、そしてヴァッサートゥルム氏に渡していただきたいのです。

ドクター・ヴァッソリの身近にいた人から預かったと、そして名前は絶対に言わないと約束したのだと、そうおっしゃっといてください、――ある女性から預かったとでも。

かれはそれを信ずるでしょう。そしてぼくにとって貴重な形見だったように、かれにとっても記念の品になることでしょう。

これが、ぼくがかれに表するひそかな感謝なのです。ぼくは貧乏ですし、これはぼくのもっているすべてだと言ってもいいのです。だけど、これがいまかれのものになるのだと思うと、とっても嬉しいのです。しかもかれは、ぼくが贈り主だとは気がつかない。

そこのところも、同時に、ぼくにはとても甘美なわけですが。

それじゃこれで失礼します、敬愛するペルナートさん。あなたには、まえもって、厚く厚くお礼申しておきます」

かれはぼくの手をしっかりとつかみ、そして目くばせした。だがぼくになにひとつ通じなかったので、かれはほとんど聞きとれないほどの小声でささやいた。

「待ってくれたまえ、カルーゼク君、ちょっと下まで送りましょう」ぼくは、かれの唇に読みとった言葉をそのままねして言って、かれと一緒に部屋を出た。

ぼくらは二階の暗い踊り場で立ち止まり、ぼくはカルーゼクとそこで別れようと思った。

「きみがなんのためにあんな芝居をしたのかわかったよ。——きみは——きみは、ヴァッサートゥルムにあの小瓶の毒で自殺させようとしてるのだ！」ぼくはかれの顔をまともに見据えて言った。

「もちろん」かれは上機嫌で認めた。

「そんなことに、い、い、ぼくが手を貸すと思ってるのかね？」

「手なんかぜんぜん貸してもらう必要はありません」

「だけど、ヴァッサートゥルムに小瓶を渡してほしいと、さっききみは言ったじゃないか！」

カルーゼクはかぶりを振った。

「部屋に戻られたら、かれはもうその小瓶をポケットに突っこんでますよ」

「そんなことが考えられるだろうか？」ぼくは呆れてたずねた、「ヴァッサートゥルムのような人間はけっして自殺なんかしない、——臆病すぎてとてもそんなまねはできないよ。——とっさの衝動に従って行動するなんてありえないことだ」

「いや、あなたは暗示という潜行性の毒をご存知ないのですよ」カルーゼクは真剣に言い返した、「もしぼくが平凡な表現で語っていたとしたら、たぶんあなたのおっしゃるとおりでしょう。だけどぼくのせりふは抑揚の細部にいたるまでちゃんと計算がしてあったんです。あんなごろつき野郎に効くのは、へどの出そうな悲壮だけなんです！　信じてください！　ぼくのせりふのひとつひとつにかれがどんな表情をしてたか、まねして見せることだってできますよ。——画家たちのいわゆる『お涙頂戴作』が、そのどんなに下劣なものでも、骨の髄まで大嘘つきの人々の目に涙を引き出すのです、――かれらの心を打つんです！　そうでなきゃ、芝居小屋なんかもとっくに全部、火と剣でこの世から抹殺されてしまってるはずだとは思われませんか？　感傷が、よた者たちの目印なんです。何千という貧乏人が餓死しても泣きはしないけど、舞台のうえでドーランを塗ったうすのろが、田舎っぺに扮装して白眼をむいたら、やつらは泣き叫ぶのです。――　――ぼくのおやじは、ヴァッサートゥルムは、たったいま――糞尿みたいなかれの心を動かしたものを、ひょっとしてあしたになったらもう忘れてるかもしれません。だけど機が熟して、自分がとことんあわれな人間に思えるときが来たら、ぼくの言った一語一語がまたかれの心に生き生きとよみがえってくるんです。そういう大仰な吐糞《ミゼレーレ》の瞬間には、ほんのちょっと手引きがあれば――それもぼくがするんですがね――かれの手がどんなに臆病でも毒にのびるんですよ、それが手のとどくところにありさえすれば！　で、たぶんあのテーオドールも、ぼくがあんなにそうしやすくしてやらなかったら、毒の小瓶をつかみはしなかったでしょうね」

「カルーゼク君、きみは怖ろしい男だな」ぼくは驚いて叫んだ、「きみはぜんぜん――　――　――」

かれがすばやくぼくの口を塞《ふさ》ぎ、壁の陰にぼくを引っぱっていった。

「しっ！　かれだ！」

壁にすがりながら、よろめく足どりで、ヴァッサートゥルムが階段をおりてきて、ぼくらのまえをよろよろと通り過ぎていった。

カルーゼクはあわただしくぼくの手をとって握手し、足音を忍ばせてかれのあとを追った。——ぼくが部屋に戻ると、テーブルから薔薇と小瓶が姿を消し、そのあとにヴァッサートゥルムの潰れた金時計がおかれていた。

ぼくは銀行で、一週間後でないとかねは出せない、それが解約予告期間の通例なのだと言われたのだった。

支配人に会いたい、たいへん急いでいるのだから、とぼくは言い、一時間後に旅に出発するつもりなのだと理屈をつけた。

支配人と面談するにはおよばない、支配人も銀行の慣例を変えることはできないのだから、と係の人が言った。ぼくと同時に窓口にやってきていた、片目が義眼の男が、それを聞いて大声で笑っていた。

とすると、死を待ちながら、灰色の、怖ろしい一週間を過ごさなければならない！

ぼくにはそれが無限の時間のように思われた————

ぼくはひどくがっかりして、もうどれくらいそうしているのかもまったく自覚することなく、いつまでも、ある喫茶店のまえを行ったり来たりしていた。

しまいにぼくは、ただ不快な義眼の男からのがれるために、その喫茶店に入った。その男は銀行からぼくのあとをつけてき、終始ぼくの近くを離れなかった。ぼくが目をやるたびに、男はあわてて、落とし物でも探しているかのように地面を見まわした。

男は、はでな市松模様の、とても窮屈そうな上着を着、ずだ袋のようにだぶだぶの、脂あかでてかてかの黒ズボンをはいていた。長靴の左の爪先に、卵型の、盛りあがった継ぎ革が縫いつけられていて、まるでその下の足指に印形つき指輪をはめているかのように見えていた。

ぼくがテーブルにつくかつかないうちに、その男も入ってきて、隣のテーブルに席をとった。かれはぼくからかねをせしめたいのだろう、とぼくは思った。そしてすでに財布に手をのばしたとき、かれの屠畜屋のように丸々とした指に、大きなダイヤモンドが光っているのが見えた。

何時間も何時間も、ぼくは喫茶店に坐りつづけていた。神経がひどくいらだち、このままでは発狂してしまうにちがいない、と思われた。——それでは、どこへ行けばいいのか？　家に帰るのか？そこらをぶらつくのか？　どれもこれもひどく厭わしいことに思えた。

息でよごれた空気。いつまでもつづく、ビリヤードのばかばかしい玉の音。隣の席で飽くことなく新聞を読みつづける片目の男の、たえまない乾いた咳ばらい。足のひょろ長いひとりの税関吏が、鼻をほじってはポケットから鏡をとり出し、煙草のやにで黄色くなった指で口ひげを梳《す》きなおしている。褐色のビロードの服を着た不快なイタリア人たちが、汗を流し、ぺちゃくちゃ喋りながら、隅のカード用テーブルをとり囲んで、こぶしの先につかんだ切札をかんだかい叫びとともに叩きつけたり、げっと吐くような身振りで床に唾を吐きちらしたりして、たえず沸きかえっている。それらのすべてがいくつもの壁鏡に映り、ぼくはそれらを二重、三重に見なければならない！　血の気が徐々に退《ひ》いていく。――

しだいに日が暮れてきた。疲れきったようすの、偏平足のボーイが、竿の先でガス燈のシャンデリアをまさぐっていたが、どうしても火がつかないので、首を振り振りついにあきらめてしまった。

ぼくが振り向くたびに、ぼくの視線は義眼の男のじっと横目でうかがう、狼のような視線にぶつかった。そのたびに、かれはあわてて新聞のうしろに隠れたり、とっくに飲みほしたコーヒー茶碗を、きたない口ひげにもっていったりした。

かれは山高帽子を、耳が水平に押しつけられているほど深々とかぶっているのに、いっこうに出ていこうとする気配をみせなかった。

もはや我慢できなかった。

ぼくは勘定をすませて、席をたった。

店を出て、ガラスのドアをうしろ手に締めようとしたとき、ぼくの手からノッブが奪われた。――ぼくは振り返った。

また、あいつだ！

ぼくは腹立ちをおぼえながら、左に、ユダヤ人街の方角に道をとろうとした。そのとき、男がぼくのまえに躍り出て、それを妨げた。

「いいかげんにしないか！」ぼくは大声でどなりつけた。

「右に行くんだ」即座にかれが言った。

「どういう意味だ？」

かれは不敵にぼくを見据えていた。

「ペルナート（デア・ペルナート）だな！」

「たぶん、ペルナートさん（ヘア・ペルナート）って言うつもりじゃないのかね？」

かれはただ陰険に笑い、そして言った。

「しらばくれるのはよせ！　一緒に来るんだ！」

「気でもちがったのか？　いったいおまえはだれだ？」ぼくは激昂して言った。

かれはそれには答えずに、上着を広げ、裏地にとめてある古びた金属製の鷲のバッジをそっと指さした。

ぼくは理解した、このならず者は私服の刑事で、ぼくは逮捕されたのだ。

「いやはや、これは、いったいどういうことですか？」

「すぐにわかるさ、署まで来れば」かれは粗暴に答えた、「さあ、行くんだ！」

ぼくは馬車で行きたいと言った。

「だめだ！」

ぼくらは警察署まで歩いていった。


ひとりの武装警官がぼくを、あるドアのまえに連れていった。陶器の札にと書かれていた。

「なかに入れ」と武装警官が言った。

高さ一メートルほどの遮蔽物を載せた、ひどくよごれたふたつの事務机が、向かいあわせに離しておかれていた。

警視正 アーロイス・オチン

そのあいだに、数個の折り重ねられた椅子があった。

壁に皇帝《カイザー》の写真がかかっていた。

窓には金魚鉢がひとつおかれていた。

その部屋には、それ以外にはなにもなかった。

左の机の下に、内反足の片足がぼろぼろの灰色のズボンから覗いているのが見え、そのそばにぶ厚いフェルトの室内履きが見えていた。

紙の音が聞こえた。だれかがわけのわからぬ言葉をふたことみことつぶやいた。すると右の事務机の陰から警視正が現われ、ぼくに歩み寄った。

かれは、先のとがった灰色の口ひげをはやした小柄な男で、喋るまえに、まばゆい陽光を眺める人がよくするような、歯をむき出す奇妙な癖をもっていた。

そのさいかれはめがねの奥で両目をぐっと細めた。すると人を怖れさせずにはおかない悪辣な男の表情になった。

「きみはアタナージウス・ペルナートで、そして」――かれはなにも記入されていない一枚の書類を見た――「宝石細工師だね」

ただちに、左の机の下の内反足の足が活気づき、椅子の脚をこすった。そしてペンを走らせる音が聞こえた。

ぼくは肯定した、「ペルナート、宝石細工師です」

「さて、たちまち意見の一致をみたわけだが、ええと――――――ペルナート――そうだ、ペルナート――そうだ、そうだ」警視正は突如として、まるでこの世で一番嬉しい知らせを受けとったとでもいうように、驚くほどやさしそうな男になり、ぼくに両手をさしのべ、滑稽にも愚直ものの顔つきをしようと骨折っていた。

「それじゃペルナートさん、きょう一日なにをしてたか、ちょっと話してくれんかな?」

「あなたにはなんの関係もないことだと思いますが」とぼくは冷ややかに答えた。

かれは両目を細め、しばらく待っていたが、やがて電撃のごとく襲いかかった。

「あの伯爵夫人はいつからサヴィオリと関係してたのか?」

ぼくはそんなことだろうと予期していたので、まつげひとつ動かさなかった。

かれは巧みにあれこれとたずねて、ぼくの供述に矛盾を見いだそうとした。しかしぼくは、どれほどぎょっとし、どれほど動悸が喉もとで高鳴ろうとも、秘密を洩らしはしなかった。ぼくは何度も、サヴィオリなどという名前は聞いたことがない、そしてアンジェリーナはぼくの父を通じての知人で、なんどもカメオなどの注文をもらったことがある、という供述をくりかえした。

しかしぼくは、警視正がぼくの嘘を見抜き、内心ではぼくがいっさい口を割らないことに怒りをたぎらせていることを、よく知っていた。

かれはしばらく考えこんでいたあとで、ぼくの上着を引っぱってかれのすぐそばに引き寄せ、あっちの男には内緒だぞというように親指で左の机をさし、そしてぼくの耳にささやいた。

「アタナージウス！　きみの亡くなった父さんは、わしの親友だったんだ。アタナージウス、わしはきみを救いたいのだ！　だけど伯爵夫人のことはすっかり話さなきゃいかん。——いいかね、すっかりだよ」

ぼくはそれがどういう意味なのかわからなかった、「わたしを救いたいというのはどういうことですか?」とぼくは大声でたずねた。

内反足の足が腹立たしげに床を踏み鳴らした。警視正は憎々しさのあまり顔を灰色にし、唇を吊りあげ、そして待っていた。——ぼくも、かれがすぐにまた襲いかかってくるのを知っていて（かれが唐突に威嚇に転じるやり口はヴァッサートゥルムを思い出させた）、黙ってそれを待っていた。——その机のうしろから、内反足の男が強情そうな顔を突き出して、じっとぼくをうかがっていた。

とき警視正がふいに語気鋭くぼくをどなりつけた。

「人殺し！」

ぼくは唖然として、言うべき言葉も知らず黙りつづけていた。

不服の色を見せながら、強情そうな顔がふたたび机の陰に引っこんだ。

警視正も、ぼくの沈黙にかなり困惑していたようすだったが、それを巧みに隠そうとして、椅子を引き寄せ、ぼくに坐れと命じた。

「拒むつもりかね、ペルナート、さっきから言ってる伯爵夫人にかんする供述を？」

「それはできない相談です。少なくともあなたが望んでるような意味では。第一わたしはサヴィオリなんて名前の人をひとりも知らないし、それに伯爵夫人が夫を裏切ってるという陰口が言われてるのなら、ぼくはそれを絶対に中傷だと断言することができます」

「きみはそれを宣誓して言えるかね？」

ぼくは息がつまった、「ええ、いつでも！」

「結構だ。ふむ」

かなり長い沈黙がつづいた。警視正はそのかん、なにごとか真剣に考えこんでいるようすだった。

ふたたびぼくを見つめたとき、かれは顔をしかめ、喜劇役者の悲痛な表情をつくっていた。かれが涙で声をつまらせながら喋りはじめたとき、ぼくは思わずカルーゼクを思い出した。

「アタナージウス、わたしにだけは言えるな、――きみの父さんの親友だったわたしにだけは、

――きみをこの腕に抱いたこともあるこのわたしにだけは――」ぼくはあやうく笑いを嚙み殺した。かれはぼくより十も年上ではないのだ――「いいかな、アタナージウス、正当防衛だったんだろう?」強情そうな顔がふたたび机のうしろから覗いていた。

「正当防衛とはなんのことですか?」ぼくはさっぱりわけがわからずにたずねた。

「つまりその――――ツォットマンのことだ!」警視正がひとつの名前をまともにぼくの顔に叫びかけた。

その名前は、匕首《あいくち》のようにぼくの心に突き刺さった。ツォットマン! ツォットマン! あの時計! あの時計にはたしかにツォットマンという名前が刻まれていた！

ぼくは、すべての血が心臓に逆流するのを感じた。あのヴァッサートゥルムは、残忍にも、ぼくに殺人の嫌疑をかけるためにあの時計をくれたのだ!

警視正はただちに仮面を脱ぎ捨て、歯をむき出し、目をぐっと細めた。

「じゃ、殺人を認めるのだな、ペルナート?」

「誤解です! なにもかも怖ろしい誤解です! とんでもない、まあ聞いてください。わたしは釈明できる――――!」とぼくは叫んだ。

「それじゃ、伯爵夫人にかんすることをなにもかも白状するんだな」警視正が急いで口をはさんだ、「そうすればおまえの立場はよくなるんだ、そのことをよく考えるんだな」

「そのことは、もう言うことはなにもありません、すでに言ったとおりです、伯爵夫人は潔白です」

かれは歯ぎしりし、強情そうな男のほうを振り向いた。

「書きたまえ、――つまり、ペルナートは生命保険会社の取締役カール・ツォットマンの殺害を自供した」

ぼくは猛烈な憤怒に襲われた。

「この、ごろつき警察め！」ぼくは吼えたてていた、「よくもそんなことが言えるな!?」

ぼくは重いものを探していた。

だがつぎの瞬間、ふたりの警官がぼくに襲いかかり手錠をかけた。

警視正が、ごみ溜めの雄鶏のように尊大になった。

「そら、この時計はどうした？」かれはいつのまにか、あの潰れた時計を手に握っていた――「これをとったとき、被害者のツォットマンはまだ生きてたのか、それとも死んでたのか？」

ぼくは完全に落ち着きをとり戻し、調書に書きとらせるためにはっきりとした声で言った。

「その時計は、きょうの午後、古道具屋のアーロン・ヴァッサートゥルムが、ぼくに――くれたものです」

哄笑が爆発した。内反足の足とフェルトのスリッパとが机の下で歓喜の舞踏を踊っているのが見えていた。

苦悩

手錠をかけられ、うしろから銃剣をもった武装警官に追いたてられて、ぼくは灯のともった日暮れの街を歩いて行かされた。

腕白小僧たちが群れをなして、がやがや騒ぎながらぼくの両側をついてきた。女たちが窓を引きあけ、おたまを威嚇するように振りおろし、そしてぼくの背中に罵声を浴びせた。

すでに遠くから、裁判所の、どっしりとした立方形の、石造りの建物が見えていた。ぼくらはそれに徐々に近づいていった。裁判所の破風には銘が刻まれていた。

『正義にもとづく処罰が
　　正直な万民を護る』

巨大な入口をくぐると、料理の臭いの漂う控え室に入れられた。

制帽と制服の上着とサーベルをつけ、下半身はくるぶしのところをひもで結ぶズボン下に裸足といういでたちの、口ひげをはやした男が立ちあがり、膝にはさんでいたコーヒーひきをわきにおいて、ぼくに脱げと命じた。

そしてぼくのポケットを検査し、なかに入っているものをすべて出してから——南京虫をもっていないかとたずねた。

ぼくがもっていないと答えると、かれはぼくの指から指輪をはずし、よし、服を着ろ、と言った。

そのあとで、ぼくは何階もの階段をのぼらされ、いくつもの廊下を歩かされた。廊下にはところどころ張り出し窓に、大きな、灰色の、錠のかかる木箱がおかれていた。

壁にそって、閂《かんぬき》と小さな格子窓のついた鉄扉の列が間断なくつづいていた。どの小窓のうえにもガス燈の焔が燃えていた。巨大な、兵士のように見える看守が——この数時間ではじめて見る誠実な顔をした男だったが——鉄扉のひとつの閂を抜いて、悪臭を放っている、戸棚のような、暗い入口にぼくを押しこみ、そして閂をかけた。

ぼくはまっ暗闇のなかに立たされ、足でさぐってみた。

膝がブリキのバケツにあたった。

ついに——そこはひじょうに狭くてほとんどからだの向きを変えることはできなかった——ぼくはノッブをつかんだ。そして——監房のなかに立っていた。

藁布団を敷いた木の寝台が、両側の壁にひっつけてふたつずつおかれていた。

そのあいだの通路は一歩ほどの幅しかなかった。

奥の壁の高みにある一メートル四方ほどの格子窓から、夜空の鈍い輝きが落ちていた。

耐えがたい熱気と、古びたズックの悪臭とが部屋に充満していた。

目が暗闇に慣れてきたとき、三つの寝台に灰色の囚人服を着た人影が坐っているのが見えてきた、——四つめはあいていた。——かれらは膝に肘をついて両手に顔を埋めていた。

だれもひとことも喋らなかった。

ぼくはあいている寝台に腰をおろし、そして待った。ただひたすらに待っていた。

一時間。

二時間——三時間！

廊下に足音が聞こえたと思うたびに、ぼくは跳び起きた。

やっと、やっと予審判事のまえに連れ出しにきた、とぼくは思った。

しかしそれはいつも、ぬか喜びだった。そのたびに足音は廊下のどこかに消えていった。

ぼくは襟を開いた、——息がつまってしまいそうな気がしたからだ。

同房の囚人たちがかわるがわる伸びをして唸っているのが聞こえていた。

「そこの窓をあけたらいけないかな？」ぼくはひどく絶望的な気分に襲われ、大声で暗闇に向かってたずねた。そして自分の声にびくっとした。

「いかん」藁布団のひとつから不機嫌そうな声が答えた。

にもかかわらず、ぼくは奥の壁を手でまさぐった。胸の高さに板の棚がとりつけられていて、——

——水差しがふたつと—— —— ——パンのかけらがいくつか載っていた。ぼくはやっとその棚によじのぼり、格子の棒につかまって、せめて新鮮な空気を吸おうとして格子のあいだに顔を押しつけた。

そうして立っていると、しまいに膝が震えてきた。単調な、黒灰色の夜霧だけが目のまえにあった。

冷たい鉄格子は汗をかいていた。

まもなく真夜中だろう。

うしろでいびきが聞こえていた。ひとりだけ眠れないものがいるらしく、転々と寝返りをうち、ときどき低い声で呻いているのが聞こえていた。

朝はいつになったらやってくるのだろう⁉ そら、また時計が時刻を打ちだした!

ぼくは唇を震わせながら数えた。

ひとつ、ふたつ、みっつ!——ありがたい、あと二、三時間で夜があける。と思ったとき、時計はなおも打ちつづけた。

よっつ? いつつ?——額に汗が吹き出てきた。——むっつ!——ななつ!—— —— ——十一時だった。

さっき時刻を打つのを聞いてから、やっと一時間たっただけだった。

しだいに気持ちが落ち着いてきた。
ヴァッサートゥルムは、ぼくに殺人の嫌疑をかけるために、行方不明のツォットマンの時計を押しつけたのだ。とすると、かれ自身が犯人にちがいない。そうでないとしたら、かれはどのようにしてあの時計を手に入れることができたのだろうか？　死体をどこかで発見し、そのとき奪ったのなら、発見者に出すと公示された賞金の千グルデンをかれはかならず貰いにいっているはずだ。――だがそんなことは起こっていない。ぼくはここに護送されてくる途中、街角にあいかわらず貼紙が貼られているのをはっきりと見ていた。――――――

ヴァッサートゥルムがぼくを密告したことは疑う余地がなかった。

そして少なくともアンジェリーナのことを警視正に通じたことも、明らかだった。そうでなければどうしてサヴィオリのことを訊問されるだろう？

一方そのことから、ヴァッサートゥルムがアンジェリーナの手紙をまだ手に入れていないことが推測された。

ぼくはあれこれ考えつづけた――――――

突然すべてのことが、まるでぼくがその場にいあわせたかのように、驚くほど鮮明にぼくの目のまえに浮かんできた。

そうだ、きっとそうにちがいない。ヴァッサートゥルムはぼくの鉄製の宝石箱を、そのなかに証拠品が入っているのを嗅ぎつけて、かれとぐるの警察がぼくの部屋を家宅捜索したときにこっそり盗み出し――そして鍵はぼくがもっているのですぐにはあけることができなかったのだ。――――そしてひょっとしたらちょうどいま、かれの穴蔵でそれをこじあけようとしているところかもしれない。

ぼくは、狂わんばかりの絶望に襲われ、鉄格子をゆさぶった。そしてヴァッサートゥルムがアンジェリーナの手紙を掻きまわしているのを心のなかに見据えていた。――――

カルーゼクに知らせたい、そしてかれにせめて手遅れにならないうちにサヴィオリに忠告させてやりたい！

一瞬ぼくは、ぼくの逮捕がすでに野火のようにユダヤ人街に知れ渡っているにちがいないという希望にすがりつき、そしてカルーゼクに救いの天使のように期待をかけた。かれの怖ろしい狡知にはヴァッサートゥルムも歯が立たない。カルーゼクはいつか「ぼくは、かれがドクター・サヴィオリの首に手をかけるまさにそのときに、かれの喉もとに襲いかかる」と言っていたのだ。

だがつぎの瞬間には、ぼくはその考えをすべて投げ捨て、怖ろしい不安に襲われていた。カルーゼクが間にあわなかったとしたら？

そのときアンジェリーナは破滅してしまう。――――――――

ぼくは血がにじむほど唇を噛み、そしてあのときなぜすぐに手紙を焼いてしまわなかったのかと後悔に胸を掻きむしられた。――――――釈放されたらその足でヴァッサートゥルムをこの世からほうむり去ってやるぞ、とぼくは固く心に誓った。

どうせ自殺するのなら——絞首台に送られたっておなじことなのだ！

予審判事にあの時計の事情を説明し、ヴァッサートゥルムの脅迫のことを話せば、予審判事はぼくの言葉を信ずるにちがいない、——ぼくはそのことを一瞬も疑わなかった。

きっとあすにも釈放されるにちがいない。少なくとも裁判所はヴァッサートゥルムを殺人の容疑で逮捕させるだろう。

ぼくは時間を数え、時間がすみやかにたつことを祈りながら、黒ずんだ靄に見入っていた。

口ではとても言い表わせない長い時間ののちに、ようやく夜がしらみはじめた。はじめ黒いしみのように見えていたものが、徐々にはっきりしてき、ついに靄のなかから銅製の大きな顔が浮かんできた。古い塔の時計の文字盤だった。しかしそれには針が欠けていて——ぼくをあらたに苦しめた。

やがて五時を打った。

同房の囚人たちが目を醒まし、あくびをしながら、わけのわからぬボヘミア語で言葉をかわしているのが聞こえた。

そのなかに聞きおぼえのある声が混じっているように思われ、ぼくは振り返って棚からおりた。すると——あばたづらのロイザが、ぼくと向かいあわせの寝台に坐っていて、ぼくを不思議そうに見つめた。

他のふたりは横着な顔つきの若者で、ぼくを小馬鹿にしたようにじろじろ眺めていた。

「詐欺師かな？　ええっ？」ひとりが低い声で仲間にたずね、肘で突いた。

たずねられた若者は、軽蔑するようになにごとかをつぶやき、そしてかれの藁布団に手を突っこんで、一枚の黒い紙をとり出し、床に敷いた。

そして水差しの水を少しそのうえに注ぎ、両膝をついてそれを鏡にして、指で髪を梳き、前髪を額にかけた。

そのあとで、かれは愛情をこめた入念さで紙の水を捨ててきて、ふたたび寝台に紙をさしこんだ。

「ペルナート旦那が、ペルナート旦那が」そのかんロイザは幽霊でも見ているかのように大きく見開いた目を呆然と前方に向けて、たえまなくつぶやいていた。

「旦那がたお知りあいのようで」それに気づいた、髪を梳いてないほうの若者が、チェコ系ウィーン人の仰々しい訛《なま》りでぼくに言い、そして嘲るようにちょっと頭をさげた、「紹介させてもらうぜ、おれはフォサトゥカ、黒いフォサトゥカって言うんだ――――放火なんだ」かれは声を一オクターブさげて誇らしそうにつけくわえた。

髪を梳いた若者は、歯のあいだから唾を飛ばしながら、しばらく軽蔑の視線でぼくを見つめていたが、やがて自分の胸をさして短く言った。

「押しこみ強盗」

ぼくは黙っていた。

「ところで、なんの容疑でここに入れられたんかね、旦那?」ウィーン訛りの若者がひと呼吸おいてたずねた。

ぼくはしばらく考えてから悠然と言った、「強盗殺人」

ふたりは驚いて立ちあがった。かれらの顔から嘲笑の表情が消え、かぎりない尊敬の顔つきが現われていた。そしてほとんど声をそろえて叫んだ。

「どうもお見それしやした」

ぼくがかれらのことをまったく無視していることに気づいたとき、かれらは隅に引きさがり、そしてなにごとか声をひそめて話しあっていた。

ただ一度、髪を梳いた若者が立ちあがり、ぼくのところにやってきて、黙ってぼくの上膊部をしげしげと眺めた。そして首を振り振り仲間のところに戻っていった。

「きみもツォットマン殺しの容疑でここに入れられてるのかね？」とぼくはさりげなくロイザにたずねた。

かれはうなずいた、「ええ、もうずっとまえから」
二、三時間たった。
ぼくは目を閉じて、眠っているふりをしていた。

「ペルナートさん、ペルナートさん！」ふいにロイザの押し殺した声が聞こえた。

「ええっ？」——　——ぼくは、いま目を醒ましたふりをした。

「ペルナートさん、すみません——ちょっと——すみません、ロジーナはどうしてるかご存知じゃないですか？——家にいるんですか？」あわれにもロイザは口ごもりながらたずねた。かれが心を奪われた目でぼくの唇を覗きこみ、緊張のために手をわなわな震わせているのを見て、ぼくはかれがかぎりなくあわれに思えた。

「元気にしているよ。彼女は――彼女はいま――　――『アルト・ウンゲルト』でウェートレスをしてる」ぼくは嘘を言った。

かれはほっとしたように、大きく息をついた。

ふたりの囚人が、いくつものブリキの椀を載せた一枚の盆をもって入ってきた。椀には熱い腸詰めの煮出し汁が入っていた。かれらはそのうちの三つを部屋において出ていった。それから二、三時間して、ふたたび閂を抜く音がした。そして看守がぼくを予審判事のまえに連れていった。

階段をあがりおりするとき、期待のあまり膝ががくがく震えた。

「ぼくがきょうのうちに釈放される可能性もあるでしょうか」とぼくは胸を締めつけられる思いで看守にたずねた。

かれは憐れみから微笑を押し殺していた、「ふむ、きょうのうちにね？　ふむ――　――いや――どんな可能性だってあるさ」――

冷水を浴びせられた気持ちだった。

やはりドアのところに陶器の札がかかっていた。

予審判事
男爵カール・フォン・ライゼトゥレーター

そして内部も、やはり高さ一メートルほどの遮蔽物を載せた、ふたつの事務机がおかれた飾りけのない部屋だった。

予審判事は、赤い厚い唇のうえにふたつにわかれた白い口ひげをはやした大柄な男で、黒いフロックコートを着てい、歩くと長靴がきゅっきゅっと鳴った。

「きみがペルナートだね？」

「そうです」

「宝石細工師だね？」

「そうです」

「七十号監房だね？」

「そうです」

「ツォットマン殺しの容疑だね？」

「いいえ、ちがうんです、判事さん――――」

「ツォットマン殺しのいいいい容疑だね？」

「たぶん。少なくともわたしの察するところでは。だけど――　――」

「自白したんだね！」

「わたしがなにを自白しなけりゃならんのです、判事さん、冤罪です！」

「自、白、し、た、ん、だね？」

「してません」

「それじゃ未決勾留を課す。――看守、この男を連れていけ」

「お願いです、判事さん、まあ聞いてください。――ぼくはどうしてもきょうじゅうに家に帰らなければなりません。人に頼まなきゃならない大事なことがあるんです――　――」

机のうしろでだれかが山羊の鳴くような声で笑った。

判事もにやっと笑った。――　――

「看守、この男を連れていけ」


何日も、そして何週間も過ぎ去っていった。そしてぼくはあいかわらず監房に入れられていた。ぼくらは毎日十二時に広場におり、他の未決囚や受刑囚と一緒にふたりずつ組になって、四十分間濡れた地面を踏んで広場を何周も歩くことを許されていた。

喋りあうことは禁じられていた。

広場のまんなかに、残らず葉を落とした、枯れかけた樹木が一本立っていた。その樹皮に楕円形のガラスの聖母像が埋まりこんでいた。

塀ぎわには、見すぼらしいイボタの木が何本か立っていた。葉は媒煙でほとんどまっ黒だった。まわりの監房の格子窓から、ときどき血の気のない唇をした、パテのように灰色をした顔が見おろしていることもあった。

そのあと、墓穴のような監房に戻って、パンと水と腸詰めの煮出し汁に、日曜日には腐りかけたレンズ豆に、ありつくのだった。

ぼくは、あれからもう一度訊問されたことがあった。

ヴァッサートゥルム「氏」からその時計を贈られたということだが、その証人はあるのかとたずねられた。

「ええ、シェマーヤー・ヒレルさんが――つまり――いや、ちがいました」（ぼくはかれがその場にはいなかったことを思い出した）――「そうではなくて、カルーゼク君が――いや、かれもその場にいなかった」

「要するに、だれもいなかったわけだな？」

「はい、だれもいませんでした」

そのときも机のうしろから山羊の鳴くような笑い声が起こり、そして予審判事が言った。

「看守、この男を連れていけ！」――

ぼくのアンジェリーナへの心配は、うつろな諦念に変わっていた。彼女のことを考えておののいた時期は過ぎ去っていた。

ヴァッサートゥルムの復讐計画がとっくに成功したか、それともカルーゼクが機先を制したかのどちらかさ、とぼくは思っていた。

だが、いまはミルヤムの心配で気も狂わんばかりなのだった。

ぼくは、彼女が何時間も何時間もふたたび奇蹟が起こるのを待っているありさまを、——彼女が早朝パン屋が来ると走り出て、震える手でパンを調べるありさまを、——彼女がぼくのせいでひょっとすると不安のために衰弱していくありさまを、心のなかに思い描くのだった。

夜中に鞭打たれたように眠りから醒めることもしばしばだった。そんなときぼくは壁の棚にのぼって、塔の時計の銅製の顔をじっと見あげながら、ぼくの想念がヒレルにとどき、かれの耳に、ミルヤムを助けてくれ、奇蹟を待つ苦悩から彼女を救ってくれ、と叫びかけるようにという切願に身を灼きこがすのだった。

そしてふたたび藁布団にからだを投げ出し、胸が張り裂けそうになるまでじっと息をとめて——ぼくの分身のあの幻影を彼女のところに慰めにやるために、その幻影の出現を念ずるのだった。

一度ほんとに、その幻影がぼくの寝台のそばに、CHABRAT ZEREH AUR BOCHERという文章の鏡字（左右が逆で鏡に映すとまともになる字）を胸につけて現われた。ぼくは、これでまたすべてがうまくいくという嬉しさのあまり叫び声をたてようとした。しかし幻影はすぐに床のなかに消えてしまい、ミルヤムのところに現われるように命令することはできなかった。——

ぼくの友人たちから、こんなにまったくなんの知らせもないとは！

ぼくらに手紙を出すことは禁じられてるのだろうか、とぼくは同房の仲間にたずねた。

かれらはなにも知らなかった。

そんなものを受けとったことはない——もっとも手紙をくれるような人はいないのだが、とかれらは言った。

看守が、なにかのついでにきいておいてやろうと約束してくれた。——　——

爪は、ぼくが噛むためにひどく割れ、髪は、はさみも櫛もブラシもないのでぼうぼうだった。からだを洗う水もなかった。

ぼくはほとんどたえまなく吐気とたたかっていた。腸詰めの煮出し汁が塩のかわりにソーダで味つけされているからだ。——　——「性的衝動の増大抑止」のための刑務所規則——　——

時間は、灰色の、怖ろしい単調さのうちに過ぎていった。

苦悩の車輪（輪廻をさすのだろう）のように輪を描いて回転していた。

だれかが突然跳び起き、何時間も野獣のようにあちこち駆けまわることがあった。ぼくらのだれひとりそんなおぼえのないものはなかった。そしてふたたび打ちひしがれて寝台に倒れこみ、ふたたび鈍重に待ち——待ち——待ちつづけるのだった。

晩になると、南京虫が蟻のように群れをなして壁を這った。ぼくは、ズボン下をはいてサーベルをつけた男がなぜあんなにものがたく、南京虫をもっていないかとたずねたのだろうかと、呆れて思い返した。

ひょっとしたら、異種の南京虫が交配し、新種が生ずるのを、最高裁判所の連中は怖れているのだろうか？

水曜日の午前中には、つば広のソフト帽をかぶり、ズボンの脚部をぴくぴく震わせている『豚の頭』が、すなわち刑務所医のドクター・ローゼンブラットがやってくるのがきまりで、かれはいつも、全員健康にはちきれとると太鼓判を押した。

だれかが苦痛を訴えると、それがなんであれ、――かれは胸にすりこむ亜鉛華軟膏を処方した。

一度、最高裁判所の長官が――もっとも卑劣な悪業が顔にはっきりと現われている、背の高い、香水をつけた、「上流階級」のよた者が――一緒にやってきて、万事順調かどうか視察したことがあった、――水鏡で髪を梳くあの若者の表現によれば、「だれもあいかわらず首を吊ってないかどうか」を見にきたのだ。

ぼくがひとつの願いを申し出ようと思って、かれに歩み寄ったとたん、かれは看守のうしろに跳びしさって、ぼくに拳銃を擬した。――「なにをするのだ」とかれはぼくをどなりつけた。

ぼくは、ぼくに手紙が来ているかどうか丁寧にたずねた。返事のかわりに、ドクター・ローゼンブラットがぼくの胸に一撃をくわして、さっさと逃げ出した。長官も退却し、ドアの小窓から、――それより殺人を自白しろ、一生手紙なんか受けとれないがいい、と嘲った。

ぼくはもうとうの昔に悪い空気にも熱気にも慣れ、そしていまではたえず寒さに震えていた。陽が照っているときもそうだった。

同房の囚人のふたりはすでに数度入れ替わっていた。だがぼくはそのことに無関心だった。今週はすりと追剝ぎかと思うと、つぎには貨幣偽造者とか贓物《ぞうぶつ》隠匿者とかが入ってきた。

ぼくはきのうのことを、きょうはもう忘れていた。

ミルヤムのことをあれこれ心配することに比べて、すべての外的事件は色あせて見えた。

ただひとつの出来事だけが心に深く刻まれ、ときどきゆがんだ像となって夢のなかまでぼくを追いかけてきた。

壁の棚に立って、空をじっと見あげていたときのことだった。ぼくは突然、先のとがったものが尻に刺さるのを感じた、調べてみるとやすりだった。上着のポケットを突き抜けて裏地のあいだに入りこんでいたのだ。それはずっとまえからそこに隠れていたのだろう、さもなくば控え室できっとあの男に発見されていたはずなのだから。

ぼくはやすりを引っぱり出して、なにげなくぼくの藁布団のうえに投げた。

棚をおりたとき、やすりが消えていた。ぼくは、それをとったのがロイザでしかありえないことを、一瞬も疑わなかった。

その数日後、ロイザは一階下に移され、ぼくの房を出ていった。

かれとぼくとのように、おなじ犯罪容疑のふたりの未決囚が同一の監房に収容されることは許されないのだ、と看守が言っていた。
ぼくは心の奥底から、あわれな少年がやすりを使って脱走に成功することを祈った。

五月

太陽が盛夏のような暑熱をふり注ぎ、広場のまんなかのあの疲弊した木にも新芽が二、三ふき出ていた。――きょうは何日だろうかというぼくの問いに、看守ははじめ黙っていたが、五月十五日だとあとでささやいてくれた。ほんとは教えてはいけないのだ、囚人と喋ることは禁じられているのだから、――とくにまだ自白しない被疑者には日時について不明にしておかねばならないのだ、と看守は言った。

とすると、ぼくが拘禁されてからもうまる三カ月たつ。あいかわらず外の世界からはなんの便りもなかった。

夕方になると、いまでは暖かい日にはあけてある格子窓から、ピアノの音がかすかに聞こえてきた。下で守衛の娘が弾いているのだとひとりの囚人が言っていた。――

昼も夜も、ぼくはミルヤムの夢を見ていた。

彼女は元気にしているのだろうか⁉

ときどきぼくは、ぼくの想念が彼女のところまで漂っていき、その想念が、眠っている彼女のベッドのそばに立って、彼女の額にそっと手をおいているかのような、そんな気持ちを味わい、慰めをおぼえた。

しかしまた、同房の仲間たちがつぎつぎ訊問に呼び出されていくようなとき――ぼくだけが呼び出されないのだ――そんな絶望のときには、ひょっとしたら彼女はもうとっくに死んでいるのではないかという重苦しい不安に、ぼくは喉もとを締めつけられた。

そんなとき、彼女が生きているのか死んでいるのか、病気なのか元気なのか、という結論を占いに求めた。藁布団から引っぱり出したひと握りの藁の数にその答えを求めた。

ほとんどいつも『凶』と出た。そこでぼくは心のなかに、ぼくが彼女の将来になにを望んでいるのかをさぐった。――そしてそれを明かそうとしないぼくの心を、いつかまたぼくが愁いを拭い去り、ふたたび笑うことのできる日がやってくるのだろうかという、一見かけ離れた問いによって出し抜こうとした。

その問いには、神託はいつも『吉』と答えた。そしてぼくは一時間ほど幸福な気分でいることができた。

一本の植物が地中ひそかに育ちそして芽ぶくように、理解しがたいことに、ぼくの心のなかにミルヤムにたいする深い愛が徐々に目を醒ました。あんなにしばしば彼女とともに坐り、話をかわしたのに、そのときすでに彼女への愛に気づかなかったことが不思議に思われた。

そして、彼女もおなじ気持ちでぼくのことを考えているかもしれないという、震えるような期待が、しばしば仄かな確信にまで高まった。そんなとき廊下に足音が聞こえると、ぼくを釈放するために連れ出しにきたのではないかと、ぼくはほとんど恐怖をおぼえた。ぼくの夢が外界の粗暴な現実のなかで溶け失せてしまうのを、ぼくは怖れたのだ。

ぼくの耳は、長い拘禁期間のあいだに、どんなかすかな物音でも聴きとれるほど鋭敏になっていた。日の暮れにいつも遠くに一台の馬車の音が聞こえた。ぼくは、どんな人が乗っているのだろうかと、あれこれ思いをめぐらした。

外界には思いどおりに物事をしたりやめたりできる人々が、――自由に行動でき、どこへでも行くことができ、しかもそのことを筆舌につくせぬ喜びだとは感じていない人々がいるのだと考えるとき、ぼくは奇異なものを感じずにはいられなかった。

いつかまた陽ざしを浴びながら通りをぶらつくことができるだろうとは、そんな幸福な身になりうるだろうとは、――ぼくはもはや想像することができなくなっていた。

アンジェリーナを腕に抱いた日のことも、とっくの昔に錠をおろされた過去に属することのように思われた。――その日のことを振り返ってみても、少年時代に恋人がつけていた花を、本のあいだにその萎れた花を見つけた人に忍び寄るであろうような、かすかな哀愁をおぼえるだけだった。

ツヴァック爺さんはあいかわらずフリースランダーとプローコプと一緒に『ウンゲルト』亭に坐り、干からびたオイラーリアの頭を混乱させているのだろうか?

いや、いまは五月だ、――かれは人形箱と一緒に地方の部落を巡回し、集落の入口のまえの、緑の野原で『騎士・青ひげ』を演じていることだろう。

ぼくは監房にひとり坐っていた。――一週間まえから同房者は放火犯のフォサトゥカだけになっていたが、かれは二、三時間まえから訊問に連れ出されていた。

めずらしく、かれのきょうの訊問は長かった。

そのとき、ドアの鉄の閂の音がした。フォサトゥカが喜びを満面に輝かせてとびこんできて、衣服の束を寝台に投げ、疾風のようなすばやさで着がえはじめた。

かれは囚人用の着衣を一枚一枚悪態をつきながら床に脱ぎ捨てた。

「あいつらなんにも証拠をようつかまなんだ、あのばか野郎たちめ。――放火だって！――これでも拝め」かれは人さし指で下まぶたを引きおろした、「黒いフォサトゥカ様にゃ、やつら歯がたつはずねえさ。――犯人は風さんだろうって言ってやった。とことんそう言い張ってやった。つかまえたきゃいつでもしょっぴけるだろ――風さんをなって言ってやったんだ。――さあやるぞ、今夜は！――どんちゃん騒ぎだ、『ロイジチェク』で」――かれは両腕を広げて、『足踏み踊り』を踊った――「人生に花咲ぁく五月は一度しかねえんだ」――そして青い斑点の入った山がらすの小さな羽根をつけた山高帽を勢いよくかぶった――「ああそうだ、おもしろいことを聞いてきたぜ、旦那。もう知ってるかね？　あんたの知り合いのロイザが脱走したんだ！　いま上であのばか野郎たちから聞いたんだ。先月の——月末のことだって。もうとっくに——ピューイ」——かれは指で手の甲を叩いた——「とっくに山の向こうさ」——

「ああ、やすりなんだ」とぼくは思って頬笑んだ。

「じゃ、旦那」フォサトゥカは仲間どうしがするような身振りでぼくに手をさし出した、「あんたもできるだけ早く出られるように祈ってるからな。——出てきて、もしかねに困ったら、『ロイジチェク』で黒いフォサトゥカはってちょっと聞いてくれよな。——あそこじゃおれを知らねえ女の子はいねえからな。いいな！——じゃ、あばよ、旦那。楽しかったぜ」

かれがまだドアを出ないうちに、もう看守があたらしい未決囚をぼくの房に押しこんできた。

ぼくはひと目で、その男が、いつかぼくがハーンパス通りの、ある建物の入口で雨宿りしていたとき、ぼくのそばに軍帽をかぶって立っていたよた者だとわかった。これは嬉しい偶然だ！ ひょっとしてヒレルやツヴァックやそのほかの人々のことをなにか聞けるのではないか？

ぼくがすぐにたずねはじめようとしたとき、たいへん驚いたことに、かれはわけありげな顔つきで口に指をあて、黙っているように合図した。

ドアに外から閂がかけられ、看守の足音が廊下を遠ざかって消えたとき、そのときはじめてかれは活気づいた。

ぼくは緊張し、動悸が高鳴っていた。

これはどういうことなのか？

かれはぼくを知っているのか、そしてなにをしようとしているのか？　よた者が最初にしたことは、腰をおろし、長靴を脱ぐことだった。

つぎに、その踵から歯でコルクの栓を引き抜き、そこにできた空洞のなかから小さな、まがったブリキ板をとり出し、そしてゆるくうちつけてあるらしい靴底をはずし、その両方を得意そうな顔でぼくにさし出した。――

そのすべてを疾風のように迅速に行ない、ぼくのせきこんだ問いかけにはぜんぜん知らん顔をしていた。――

「へえ、どうぞ！　カルーゼクさんからのすばらしい挨拶だ」

ぼくは唖然としてしまい、言葉が出なかった。――

「ただブリキで靴底をふたつに割るだけでええ、夜にな。それとも、だれも見てねえときにな。――つまりなかは空洞なのさ」よた者は自信たっぷりに説明した――「そしたら、なかからカルーゼクさんの手紙が出てくるしかけなのさ」

ぼくは嬉しさにわれを忘れて、よた者の首に抱きついた。目から涙が溢れ出た。

かれはぼくをそっと突き離して、とがめるように言った。

「しっかりしてくだせえよ、ペルナート旦那！　無駄にするような時間は一分だってありゃあしねえんだから。おれがちがう監房に入ったことはすぐにばれるかもしれねえのでね。フランツと下で、門番のところで、番号をとりかえたんだ」――

ぼくはよほど愚かな顔つきをしていたにちがいない。よた者がこう言った。

「あんたにゃわからんでもかまわんさ。要するに、おれはここに来たんだ、それで十分さ！」

「教えてくれないか」ぼくはかれの言葉をさえぎった、「教えてくれないか、きみ――――きみ――――――」

「ヴェンツェル」――よた者が助けてくれた、「おれは麗しのヴェンツェルって言うんだ」

「教えてくれないか、ヴェンツェル君、文書係のヒレルはどうしてる、その娘は元気だろうか？」

「そんなこと言ってるひまねえや」麗しのヴェンツェルはいらだって言った、「いまにもおれはほっぽり出されるかもしれねえんだぜ。――つまり、おれがここにやってきたのは、余罪の強盗を白状したからなんだが――――」

「なんだって、きみはただぼくのために、ぼくのところに来るために、強盗したのかね、ヴェンツェル君？」とぼくは心をゆすぶられてたずねた。

よた者は軽蔑するように首を振った、「ほんとに強盗をやってたら、おれは白状なんかしようとは思わんさ。おれのことをなんだと思ってるのかね!?」

ぼくはようやくわかってきた。――このけなげな男は、ぼくのためにカルーゼクの手紙を監獄に密輸するのに策略を用いたのだ。

「で、まず最初に」――かれはたいへんもったいぶった顔をした――「あんたに癲癇《てんかん》の講義をせにゃならん」

「なんの？」

「癲癇の！——よう注意して聴いて、なにもかもちゃんとおぼえとくんだぜ！——じゃこれを見な。まず口に唾をためる」——かれは頰をふくらませて、口をゆすぐようにその頰をあちこち動かした——「つぎに口から泡をふく、こういうふうに」——かれは実際に、へどが出そうなほど自然にそうして見せた。——「そのあとで握りこぶしに親指をねじこむ、——それから目の玉をむき出す」——かれはぞっとするようなやぶにらみの目をした——「それから——これはちょっとむつかしいぞ、——声を半分押し殺して叫ぶんだ。よく見ろ。べえ——べえ——べえ——そして同時にぶっ倒れる」——かれは建物が震動するほど、どすんと棒倒しに床に倒れ、そして立ちあがりながら言った。

「これが、亡くなられたフルバート博士が『大隊』でおれたちに教えてくださったほんものそっくりの癲癇なのさ」

「いや、たしかに、ほんものそっくりだ」とぼくは認めた、「だけどこれはなんのためなんだ」

「あんたがまずこの部屋から出なきゃならねえからさ」麗しのヴェンツェルが説明した、「ドクター・ローゼンブラットは糞藪医者だ！　やつは人が頭をなくしたって、やっぱりこう言うぜ。この男、元気ぱりぱりだ！　癲癇にだけは、やつ、大いに敬意を表しやがる。だからこいつをうまくやりゃあ、すぐに病監へ移してくれる。——そうなりゃもう脱走は子供のおもちゃみたいなもんさ」——かれはわけありげな顔をした——「病監の窓の格子はかなのこで切ってあって、泥でちょっとくっつけてあるだけなんだ。——これは『大隊』の秘密だぜ！　あんたはただふた晩か三晩じっと注意

して見てるだけでいいのさ。そうしてたら、先が輪になったロープが屋根から窓のまえまでおりてくるのが見えるから、だれも起こさんようにそっと格子をはずして、輪にからだを脇の下まで突っこむんだ。そしたらおれたちがあんたを屋根まで吊りあげて、反対側の道路におろしてあげる。――一巻のおわりさ」

「なんでぼくが脱獄せんならんのだろう？」ぼくはおずおずとたずねた、「ぼくは潔白なんだよ」

「そんなもん、脱獄せんでええ理由になるかね！」と麗しのヴェンッェルが一蹴し、驚いて目をまるくした。

ぼくは、ぼくの持ちあわせるすべての弁舌を傾けて、『大隊』決議の結論だとかれの言う、この向こう見ずな計画を、中止させるよう説得しなければならなかった。

ぼくがこの「神の贈物」を拒み、むしろ自然に釈放されるのを待ちたいというのが、かれには理解できないことだった。

「いずれにしろ、きみやきみの勇敢な仲間たちには心から感謝してるよ」ぼくは感激して言い、かれの手を握った、「ぼくのこのつらい期間が過ぎたら、ぼくが最初にすることは、きみたちみんなに感謝の気持ちを表わすことだ」

「そんな必要はねえよ」ヴェンッェルはやさしく拒んだ、「『ピルス』（ピルゼン産ビールの略）を二、三杯おごってくれるのなら、おれたちありがたく頂戴するがね。だけどそのほかにはなんにもいらねえよ。カルーゼクさんが、かれがいま『大隊』の会計主任なんだがね、かれがおれたちに教えてくれたんだよ、あんたがどんな隠れた慈善家なのかをね。二、三日しておれが娑婆《しゃば》に出たら、かれになんて報告したらええのかね?」

「ああ、ありがとう」ぼくはすばやく言った、「かれにこう言ってくれたまえ、ヒレルのところへ行って、ぼくがかれの娘ミルヤムの健康をとても心配していると、そして彼女から目を離さないようにと言っていたと、そう伝えてほしいとね。——名前をおぼえてくれただろうね? ヒレルだよ!」

「ヒレール?」

「いや、ヒレル」

「ヒレーア?」

「いや、ヒレ——ル」

ヴェンツェルはチェコ語にはありえぬ名前のために舌を嚙みそうだったが、しまいにひどく顔をゆがめながら、やっと発音できた。

「それからもうひとつ、カルーゼク君に——心から頼んでほしいのだが、——力の及ぶかぎり『貴婦人』のことも——こう言えばきっとだれのことかわかるはずだ——よろしく頼むと言ってたと伝えてくれたまえ」

「ひょっとしてあんたは、あの貴族のはすっぱ女のことを言ってるんじゃねえかね、——ドクター・サポリとかいう悪党と関係してた? あのあまだったら、離婚して、子供とサポリと一緒にどっかへ行っちまったぜ」

「ほんとかね？」

ぼくは、ぼくの声が震えるのを感じた。彼女のためにどんなに喜ぼうとしても——心臓が痙攣し、収縮するのだった。

ぼくは彼女のためにどれだけの尽力をしてきたことだろう。そしていま——　——　——ぼくは忘れられたのだ。

ひょっとしたら彼女はぼくをほんとに強盗殺人犯と思っているのかもしれない。

苦いものが喉にこみあげてきた。

よた者は、ぐれた人間に不思議に特有の、あのあらゆる情愛の機微にたいして働く敏感さで、ぼくの気持ちを見抜いたらしかった。かれは内気に目をそらせ、なにも答えなかった。

「ひょっとして、ヒレルの娘さん、ミルヤムっていうんだが、どうしてるか知らないかね？　きみは彼女を知らないかな？」ぼくは声を押し殺してたずねた。

「ミルヤム？　ミルヤム？」——ヴェンツェルは額に思案のしわを寄せた——「ミルヤム？——その娘、夜に『ロイジチェク』によく行くかね？」

ぼくは思わず頬笑んだ、「いや、絶対に行かない」

「じゃ、知らねえ」ヴェンツェルはそっけなく言った。

ぼくらはしばらく黙っていた。

ひょっとしたら、手紙に彼女のことがなにか書いてあるかもしれない、とぼくは思った。

「ヴァッサートゥルムが」——ヴェンツェルが突然また喋りはじめた、「地獄に落ちたことはもう聞いてるかな?」

ぼくは驚いて跳びあがった。

「こうさ」——ヴェンツェルが自分の喉を指さした——「ひでえ! ひでえ! 言っとくけど、あんただってぞっとしたろうぜ。みんなで店をこじあけて入ったんだ、かれが二、三日姿を見せんもんだから。もちろんおれが一番乗りさ、——そうじゃねえわけがねえだろ! ——そしたら、そこにやつが坐ってたんだ。ヴァッサートゥルムが、胸を血まみれにして、ガラスみたいな目をして、きたない肘掛け椅子に坐ってたんだ。——————いいかね、おれは強い男だぜ、だけど、そこらじゅうがぐるぐるまわりだし、気を失ってぶっ倒れるかと思ったな。おれはずっと自分に言い聞かせてなきゃならなんだ。ヴェンツェル、そうおれは言ってた、ヴェンツェル、昂奮するんじゃねえ、これはひとりのユダヤ人の死体にすぎんじゃねえかってな。やつは喉にやすりを突き刺されてた。店のなかもとことんひっくり返されてた。——もちろん強盗殺人さ」

「やすり! やすり!」ぼくは戦慄のあまり息が凍るのを感じた。——やすり! あのやすりはおれの行くべき道を見いだしたのだ!

「おれには犯人もわかっている」ヴェンツェルがあいまをおいてから声を抑えて言った、「言っとくけど、あばたづらのロイザ以外のだれでもねえさ。——つまりおれは店の床にやつのジャック・ナイフを見つけたんだ。警察が嗅ぎつけると面倒だから、すぐにポケットに突っこんだんだがね。——やつは地下の通路から店に入って――――――――――」かれは突如言葉を切り、二、三秒のあいだ緊張して耳を澄ましていた。そして寝台にからだを投げ出し、すごい高いびきをかきはじめた。その直後、門の音がし、看守が入ってきて、うさん臭そうにぼくをじろじろと眺めた。ぼくは知らん顔をしていた。ヴェンツェルは起こされてもなかなか起きなかった。何度もぴしゃぴしゃ殴られたあとで、かれはようやくあくびをしながら上体を起こし、そして看守にせきたてられて、寝ぼけているかのようによろめきながら出ていった。

ぼくは期待のあまり熱に浮かされながら、こまかく折りたたまれたカルーゼクの手紙を開き、そして読んだ。

「五月十二日

気の毒な、ぼくの親愛なる友人の、そして恩人のペルナートさま

何週間も何週間もあなたが釈放されるのをお待ちしておりました、――だがその日はついに来ませんでした。――あなたの釈放のための証拠材料を集めようとして、可能なかぎりのあらゆる手段を尽くしましたが、なにひとつ見つけることができませんでした。

ぼくは予審判事に訴訟手続きを早めるよう頼みました。しかしかれはいつもこう言いました。わたしにはどうすることもできない、――それは検事の管轄であって、わたしの管轄ではない、と。

役所の複雑怪奇!

だが、たった一時間まえにぼくはあることに成功しました。ぼくはそのことが最良の成果をもたらしうるものと期待しています。すなわち、ヤロミールが、かれの兄弟のロイザが逮捕されたあとで、ロイザのベッドに金の懐中時計を見つけ、それをヴァッサートゥルムに売ったという事実を知ったのです。

もうとうから『ロイジチェク』では、あなたもご存知のようにそこには刑事も出入りしているのですが、あの殺されたと考えられているツォットマンの時計が——死体はいぜんとして発見されていませんが——あなたの家から証拠物件として押収されたという噂が流れていました。そこでぼくは残された線をつなごうとしたのです、つまりヴァッサートゥルムからあなたにつながる線を！

ぼくはさっそくヤロミールを呼び出して、百フロレーンをあたえ——　——」ぼくは手紙をおいた。喜びの涙が目に溢れてきた。アンジェリーナ以外に、これだけのかねをカルーゼクに渡すことができる人はいない。ツヴァックも、プローコプも、フリースランダーも、これだけのかねはもっていない。——彼女はやはりぼくのことを忘れていなかったのだ！——ぼくは読みつづけた。

「——百フロレーンをあたえ、そしてかれがすぐにぼくと一緒に警察に出頭して、押収されている時計が、かれが家でかれの兄弟からくすねて売ったものだと自供するなら、さらに二百フロレーンあたえようと約束しました。

しかしこのことは、この手紙がヴェンツェルの手であなたのもとに運ばれていくころにならないと実現しないかもしれません。もう少し時間が必要かもしれないのです。

だがかれはかならず自供してくれると、ぼくは確信しています。きょうのうちにだってありえないことではないのです。ぼくはあなたに請け合うことができます。

ロイザが犯人であることを、そしてロイザがもっていた時計がツォットマンのものであることを、ぼくは一瞬も疑うことができません。

もし予期に反してその時計がツォットマンのものでなかったとしても——そのときにもヤロミールは自分のなすべきことを知っています、——どちらにしてもかれはその時計とあなたの家で見つかったツォットマンの時計とが同一のものであることを認めるのです。

だから耐え抜いてください、けっして絶望しないでください！　あなたが釈放される日は、たぶんもうそこまで来ているのです。

にもかかわらず、ぼくらが再会できる日が来ますかどうか？

ぼくにはわかりません。

来ないと思っていると、むしろ言いたいのです。末期《まつご》がいまにもやってきそうなのです。ぼくは不意に末期に襲われ、あわてることのないように注意していなければならないのです。

だがよくおぼえおいていただきたいことがひとつあります。ぼくらはきっと再会できます。

この世においてでも、またあの世で死者としてでもないけれども、時間が砕ける日に、——聖書に書かれているように、主がその口から、冷たくもなく暖かくもなく、なまぬるかった人々を吐き捨てたもう日に。——————

ぼくがこのようなことを言うのを不思議に思わないでください！　あなたとこういうことを話したことは一度もありませんでした。あなたが一度『カバラ』という言葉に触れられたときにも、ぼくはそれをそらしましたが――ぼくはたしかにそれを知っているのです。

たぶんぼくの言ってますことをおわかりいただけると思いますが、もしおわかりいただけないなら、ぜひお願いしておきますが、ぼくの言いましたすべてのことを、記憶から抹殺してくださいますように。――いつか、ぼくは譫妄《せんもう》（外界にたいする意識がにごり妄想の現われる病症）の状態で――あなたの胸に、あるしを見ました、――醒めたまま夢を見ていたのかもしれません。

もしほんとにぼくの言うことがおわかりにならなければ、こう考えてください。ぼくはもう子供のころからある認識を――内的に！――もっており、その認識がぼくに不思議な道を歩ませたのだと、――そしてその認識は、医学が教えるようなものとは、そしてありがたいことに医学がいまのところはまだ知らずにいるけれどもいずれは知るようなものとは、それはいつまでも知られずにいることが願わしいのですが、そういうものとは合致しない認識だったのだと考えてください。

ぼくは科学にごまかされたことは一度もなかったのです。科学の目的はせいぜい――『待合室』を艤装することにすぎないのです。とり壊せるものならとり壊すに越したことのない『待合室』を。

だが、この話はこれぐらいにしましょう。

むしろ、あれ以後起こったことをお話ししたいと思います。

四月のおわりごろになって、ヴァッサートゥルムにぼくのあの暗示が効きはじめました。

かれが通りで、たえず身振り手振りし、大声でひとりごとを言うようになったことに、ぼくはそれを知りました。

それらは、ある人間のすべての想念が激怒に結集し、その主《あるじ》に襲いかかっている確実なしるしなのです。

そしてかれは日記帳を買い、メモをつけだしたのです。

かれが書くことをはじめたのです。

かれが書きだしたのです！　笑いごとではないのです！　かれが書きだしたのです！

それからかれは、公証人のところに行きました。ぼくはその建物のまえに立って、かれが上でなにをしているのか知っていました。――かれは遺言状をつくってたのです。

かれがぼくを相続人に定めようとは、ぼくもむろん考えていませんでした。そんなことをもし考えついていたら、喜びのあまりたぶん舞踏病にかかっていたことでしょう。

ぼくが、かれの考えによれば、まだなにかをかれが償いうる、この世の唯一の人間だから、かれはぼくを遺産相続人に指定したのです。良心がかれを出し抜いたのです。

ひょっとしたらそれは同時に、ぼくがかれの死後かれの好意によって突然百万長者になれば、ぼくがかれを祝福し、そしてそのことによって、いつかあなたの部屋でぼくの口からかれに聞かせた呪詛をぼくが清算するだろうという期待でもあったかもしれません。

とすれば、ぼくの暗示は三重に効いたわけです。

かれが彼岸での因果応報をひそかに信じていたということは、驚くべく大きなことです。かれは一生のあいだ、懸命にそれを否定していたのですから。

だけどひどく利口な人間はだれでもそうなのです。かれらが面と向かってそれを言われたときに発する狂気のような激怒に、すでにそれは明らかです。図星をさされたからなのです。

ヴァッサートゥルムが公証人のところに出かけたそのときから、ぼくはいっときもかれから目を離しませんでした。

夜中は、かれの店の板仕切りのうしろに身を寄せていました。いまやいつなんどき大詰めがやってくるかもしれなかったからです。──

かれが毒瓶の栓を抜いたなら、壁越しに、ぼくの待ち望んでいたそのぽんという音が聞こえるはずでした。

たぶん、わずか一時間ほど時間がたらなかったのです、ぼくの生涯の仕事が成就するには。

余計なやつが割りこんできて、かれを殺したのです。やすりで。

くわしいことはヴェンツェルからお聞きください、ここにすべてを書くのはつらいことですから。

迷妄だとおっしゃるかもしれませんが、──しかし、血が流されたのを、──そして店の品物が血でよごされているのを見たとき、──ぼくの心がぼくから抜け出していくのを感じました。

ぼくの内部のなにかが、──精妙な、あやまりのない本能が、──ぼくにこう言うのです、人が他人の手にかかって死ぬのと、自分の手で死ぬのとではたいへんなちがいだ、──ヴァッサートゥルムは自分でその血を大地に返さなければならなかったのだ、そのときはじめてぼくの使命は果たされたはずなのだ、と。――それが果たせなかったいま、ぼくはのけ者にされたような気持ちなのです。死の天使に使いものにならぬと判断され、その手から放擲された道具のような気持ちなのです。

しかし苦情を言おうとは思いません。ぼくの憎悪は墓のかなたまでつづく性質のものです。ぼくはまだ、ぼくの意のままに流すことのできるぼく自身の血をもっています。ぼくの血は、影の国でかれの血をどこまでもつけ狙うでしょう。――――――

ヴァッサートゥルムが埋められたときから、ぼくは毎日墓地でかれのまえに坐り、ぼくがなにをすべきか、ぼくの胸のなかに耳を澄ましているのです。

ぼくがなにをすべきか、ぼくはすでに知ってはいると思います。だが、ぼくにそれを告げる内面の声が、泉のようにこんこんと湧き出てくるまで待っていようと思っているのです。ぼくら人間は不純であり、ぼくらの心のささやきを聴きとるためには、長い断食と不眠とを必要とすることがよくあるのです。――――――

先週ぼくは裁判所から公式に、ヴァッサートゥルムがぼくを包括相続人に指定したという通知をもらいました。ぼくがその遺産に、ぼく自身のためにはびた一文手をつけないということを、ペルナートさん、あなたにはいまさら言う必要もないでしょう。――ぼくは『かれ』に――『来世』での赦《ゆる》しのきっかけをあたえぬよう注意しなければならないのです。

かれの所有していた建物はすべて競売に付し、かれの手の触れたすべての品物は焼却させます。そ

H·ST·P

れによって得られた現金と有価証券との三分の一は、ぼくの死後あなたのものとなります。――ぼくには、あなたが驚いて立ちあがり、拒絶なさるのが目に見えます。だけどぼくはあなたに納得していただくことができます。あなたが受けとられるものは、あなたの正当な財産と、そしてその利息とにすぎないからです。ぼくはずっと前から、ヴァッサートゥルムがあなたの父上とその家族とからすべてを奪い去ったことを知っていました。――ぼくはいまようやくそれを書面でお伝えすべき状況にいたったのです。

つぎの三分の一は、フルバート博士を直接に知っていた『大隊』の十二人のメンバーにあたえることにします。ぼくはかれらひとりひとりが裕福になり、そしてそれをプラハの――『上流社会』への足がかりとすることを望んでいるのです。

最後の三分の一は、こんごわが国において、証拠不充分のために釈放される最初の七人の強盗殺人容疑者に、均等に分けあたえられます。ぼくは公的不法妨害を償いたいのです。

これでたぶん、必要なことはすべてすんだと思います。

ぼくの愛する、親愛なるペルナートさん、それではお元気で、ときどきぼくのことも思い出してください。

あなたの誠実な、そして恩義を感じている友人

イノツェンツ・カルーゼク」

ぼくは深く感動して手紙をおいた。

ぼくの釈放が時間の問題だという知らせを喜ぶ気にはなれなかった。

カルーゼク！　かわいそうな若者！　かれは兄弟のようにぼくの身の上を心配してくれたのだ。ぼくがかれに百フローレンを贈ったというだけのことで。もう一度かれの手を握りしめたい！

だが、かれの言うとおりだろう、とぼくは思った。その日はけっして来ないだろう。

ぼくは、かれのちらちら火の揺れるような目を、肺病のためにやせおとろえた肩を、高く秀でた額を、思い浮かべた。

親切な手がもっと早くかれの枯れはてた人生にさしのべられていたら、たぶんこんなことにはけっしてならなかっただろう。

ぼくはもう一度手紙を読んだ。

カルーゼクは錯乱した文面を、なんと理路整然と語っていることだろう！　これはほんとに錯乱なのか？

ぼくは、一瞬とはいえそう思ったことを心に恥じた。

かれの暗示が十分に語っていないだろうか？　かれは、ヒレルやミルヤムや、ぼく自身とおなじ種類の人間なのだ。自分の魂に制圧されてしまった人間、――人生のけわしい峡を、人跡未踏の万年雪に蔽われた世界へとよじ登っていく人間なのだ。

人を小馬鹿にしながらそこらをうろついて、しかもたんに習いおぼえたものにすぎぬ戒律を、それも未確認の神話的予言者の戒律を、まもっているのを得意顔しているだれかれよりも、一生殺人をたくらみつづけたかれのほうが純粋ではないだろうか？

かれは、現世のにしろ来世のにしろ、いかなる「報酬」をも考えることすらなく、圧倒的な衝動がかれに命ずる命令に従ったのだ。

かれの行なったことは、語のもっとも隠された意味において、もっとも敬虔な義務の履行ではなかっただろうか？

「卑怯、陰険、残忍、偏屈、病的——犯罪者的性格」——ぼくは大衆がかれらの家畜小屋用の鈍い光のカンテラをさげて集まってきて、かれの心を覗こうとするとき、かれらがくだす判定をはっきりと耳にした。——かれら、憤激し口角に泡を飛ばす大衆は、食用のシロウマアサツキよりも有毒なイヌサフランのほうが千倍も美しく気高いことを、いつまでも知ることがないのだ。——————

ふたたびドアのそとで門の音がし、ひとりの男が押しこまれてくる気配がした。

ぼくは振り向きもしなかった。それほど手紙のことで頭がいっぱいだったのだ。

アンジェリーナのことはひとことも、そしてヒレルのこともぜんぜん書かれていなかった。

むろん、カルーゼクは大急ぎでこの手紙を書いたのにちがいない。筆跡がそれを物語っている。

たぶん、かれの手紙がもう一通ひそかにとどけられるのではないか？

あすを待とう。広場を周回する散歩時間を待とう。他の囚人たちと一緒になるその時間が、『大隊』のだれかがぼくになにかをそっと握らせるとすれば、そのもっとも容易な機会なのだ。

小さな声が聞こえ、ぼくは驚いて沈思から醒めた。

「失礼ですが、自己紹介させていただいてよろしいでしょうか？　わたしはラポンダーというものです。アマデーウス・ラポンダーです」

ぼくは振り返った。

小柄な、やせた、かなり若い男が洗練された服を着て、非のうちどころのない態度でぼくにお辞儀した。ただすべての未決囚がそうであるように帽子はかぶっていなかった。

かれは俳優のようにきれいにひげをそっていた。そしてかれの大きな、淡緑色に輝く、アーモンド型の目は、まっすぐにぼくに向けられているにもかかわらず、ぼくを見ているとも思えぬような独特な感じを帯びていた。——いわばその目には——放心の気配があった。

ぼくもぼくの名前を言い、お辞儀をした。そしてもとに向きなおろうと思ったのだが、なぜかその男から長いあいだ視線を離すことができなかった。微妙な弧を描いている唇と、少し吊りあがったその口もとが、かれの顔にたえず偶像のような頰笑みをあたえていて、それが異様にぼくの心に触れてくるのだった。

かれは、しわのない澄明な皮膚をし、女の子のように細い鼻筋ときゃしゃな鼻孔をしていて、紅水晶でできた中国の仏像かと見まがうばかりだった。

「アマデーウス・ラポンダー、アマデーウス・ラポンダー」ぼくはくりかえしつぶやいた。「いったいかれはどんな罪を犯したのだろう？」

「もう訊問はすんだのですか」しばらくしてぼくはたずねた。

「ええ、たったいますんできたところです。——あまり長くここであなたのお邪魔をすることにならねばと願っています」ラポンダーは感じよく返事した。

「かわいそうに」とぼくは思った、「かれは未決囚のまえになにが待ちかまえているかぜんぜん知らないのだ」

ぼくはかれに徐々に予備知識をあたえておこうと思った。

「じっと坐ってることにもだんだん慣れてくるもんですよ、とてもつらい最初の何日かが過ぎてしまえばね——　——」

かれは神妙な顔をしていた。

しばらく沈黙がつづいた。

「訊問は長かったんですか、ラポンダーさん？」

かれは放心したような頬笑みを浮かべていた。

「いいえ、ただ自白したんだなとたずねられ、調書に署名させられただけです」

「自白したと署名したんですか?」ぼくは思わずたずねていた。

「もちろんです」

かれは当然のことのように言った。

少しも昂奮していないところを見ると、たいした罪状ではないのだろう、とぼくは思った。おそらく、決闘を挑んだとか、そんな類のことなのだろう。

「ぼくは残念ながら、もうずいぶんまえからここに入れられてるのです、生まれてからずっとここにいるみたいな気がするぐらいです」――ぼくが思わず溜息をつくと、かれはただちに同情の表情を見せた、「ラポンダーさん、あなたはそういうことにはならないでしょうけどね。ぼくの察しうるかぎりでは、あなたはきっとじきにまた自由の身になれますよ」

「そうかもしれません」とかれは悠然と答えた。しかしその答えには、二重の意味が隠されているように思われた。

「あなたはそう思わないのですか?」とぼくは頬笑みながらたずねた。かれはかぶりを振った。

「どういう意味なのでしょうか?――あなたはいったい、どんな怖ろしい罪を犯されたんでしょうか? 許してください、ラポンダーさん、ぼくがたずねるのは好奇心からじゃなくて――ただ同情からなんです」

かれはしばらく躊躇したあとで、まつげ一本動かさずに言った。

「淫楽殺人です」

ぼくは、かれに棒で頭を殴られたような気がした。

嫌悪と恐怖から、ぼくはどんな口をきく気にもなれなかった。

かれはそれに気づいたらしく、おとなしくよそを向いた。だが、かれのいつもひとりでに微笑をたたえた顔には、ぼくが突然態度を変えたことに気を悪くしたと思われるような表情は、いささかも現われなかった。

ぼくらはそのあとひとことも言葉をかわさず、黙ってたがいに視線を避けていた。——日が暮れはじめ、ぼくが寝台に横になると、かれもただちにぼくにならった。かれは服を脱いで、丁寧に壁の釘に掛け、そして寝台にからだを伸ばした。かれの静かな、深い呼吸から推して、かれはすぐにぐっすり眠りこんだらしかった。

ぼくは一晩中落ち着けなかった。

こんな化け物のような男がすぐそばにいるということが、そしてかれとおなじ空気を呼吸しなければならないということがたえず意識から離れず、ぼくは恐怖と昂奮とをおぼえつづけた。その日のさまざまな印象も、カルーゼクの手紙のことも、すべてのあらたな体験は、どこか遠くに退いていた。

ぼくは、たえずラポンダーから目を離さないようにして、横になっていた。かれを背後に意識しつづけることはとても耐えられないことに思われた。

監房のなかは月光のために仄明るく、ラポンダーが身じろぎもせず、硬直したかのように横たわっているのが見えていた。

いまかれの顔は、なにか死体めいたものを感じさせた。なかば開いた口がその印象を強めていた。数時間のあいだ、かれは一度も姿勢を変えていなかった。

ようやく真夜中を過ぎ、淡い月光がかれの顔を照らしはじめたとき、かれの顔にかすかな不安が現われた。そして寝言のように唇を動かしたが、声は聞こえなかった。おなじ言葉を——たぶん二音節の言葉を言いつづけているようだった、——こんなふうにだった。

「離《ラス》しな《・ミ》さい《ヒ》。離《ラス》しな《・ミ》さい《ヒ》。離《ラス》しな《・ミ》さい《ヒ》」

そのあと二、三日ぼくはかれを無視し、かれも一度も沈黙を破らなかった。

かれの態度は、あいかわらず好感がもてた。ぼくが歩こうとすると、かれはただちにそれに気づき、それが寝台に腰をおろしているときだと、ぼくの邪魔にならないように礼儀正しく足を引っこめた。ぼくは、自分のぶっきらぼうな態度に気がとがめはじめていた。しかしかれにたいする嫌悪の情はいかに努力しても拭えなかった。

かれのそばにいることに早く平気になりたいといくら願っても、——そうはいかないのだった。夜でさえ、ぼくはそのために眠れなかった。十五分も眠るか眠らないかだった。

毎夕、まったくおなじことがくりかえされた。かれはぼくに敬意を表して、ぼくが横になるまで待っていて、それから服を脱ぎ、きちょうめんに折り目を正し、壁にかけ、等々。

ある夜のこと——二時ごろだったと思うが——ぼくはまた壁の棚に立って、疲労のために寝ぼけまなこでじっと満月を見つめていた。塔の時計の銅製の顔が月光を反射して、油のようにぎらぎら輝いていた。ぼくはミルヤムのことを考え、悲しみでいっぱいだった。

そのとき突然ぼくのうしろで彼女の声がした。

その瞬間ぼくは醒め、はっきりと目醒め、——ぱっと振り返り、耳を澄ました。

一分ほどたった。

錯覚だったのだと思ったとき、また聞こえた。その言葉は正確には聴きとれなかったが、こんなふうだった。

「たずねなさい、たずねなさい」

それはまちがいなくミルヤムの声だった。

ぼくは緊張のためにがくがく震えながら、なるべく音をたてないようにして棚をおり、ラポンダーの寝台に歩み寄った。

月光がかれの顔をまともに照らしていた。かれがまぶたを開いていることを、しかし白眼しか出していないことを、ぼくははっきりと見ることができた。

かれが熟睡していることは、かれの頰の筋肉の硬直を見ればわかった。

唇だけが、このあいだのように動いているのだった。

かれの歯のうしろから洩れてくる言葉を、ぼくはしだいに正確に聴きとれるようになった。

「たずねなさい、たずねなさい」

その声は、ミルヤムの声と聞きまちがえるほどそっくりだった。

「ミルヤム？　ミルヤム？」ぼくは思わず叫んでいた。しかしすぐに、かれを眠りから醒まさないように声を抑えた。

かれの顔がふたたび硬直するのを待って、小声でくりかえした。

「ミルヤム？　ミルヤム？」

声はほとんど聞きとれなかったが、かれの口のかたちがはっきりと言っていた。

「はい」

ぼくは耳をかれの唇のすぐそばにもっていった。

しばらくしてミルヤムの声がささやくのが聞こえた、——まぎれもなく彼女がささやき、ぼくの皮膚を冷たい戦慄が走った。

ぼくはその声をむさぼるように飲みこんだので、その意味しかとらえていなかった。彼女は、ぼくへの愛のことを、言葉では言い表わせないその幸福のことを、ぼくらがついにおたがいを見つけあい——そして二度と離れないだろうということをささやいていた。——まるで中断されるのを怖れ、一秒も無駄にしたくないとでもいうように、早口に——間断なく。

その声がやがてつかえ——しばらくまったくとだえていた。

「ミルヤム？」ぼくは不安に震え、息を吸いこみながらたずねた、「ミルヤム、死んでしまったの？」

長いあいだ返事がなかった。

やがてほとんど聞きとれないほどの声がした。

「いいえ、――生きてるわ、――眠ってるのよ」――

それだけだった。

ぼくはじっと耳を澄ましていた。

無駄だった。

もはやなにも聞こえなかった。

ぼくは感動におののいていた。ラポンダーのうえに前のめりに倒れこまないために、寝台のふちに手を突いてからだを支えていなければならなかった。

ぼくはミルヤムの声にまったくわれを忘れていた。そのしばらくのあいだ、ほんとにミルヤムがぼくの目のまえにいるのだと思っていた。そしてラポンダーの唇に接吻しそうになるのを懸命にこらえていた。

「ヘーノホ！　ヘーノホ！」――かれが突然口ごもるように言うのが聞こえた。その声はしだいに明瞭に分節されてきた、「ヘーノホ！　ヘーノホ！」

ぼくはただちにそれがヒレルの声であるのを知った。

「きみなの、ヒレル？」

答えはなかった。

ぼくは、眠っている人を喋らせるには、耳にではなく、みぞおちの神経にたずねかけなければならないということを、なにかで読んだことがあるのを思い出した。

そうしてみた。

「ヒレル？」

「うん、聞こえてるよ！」

「ミルヤムは元気ですか？　きみはなにもかも知ってるのですか？」ぼくは急いでたずねた。

「うん、なにもかも知ってるよ。ずっとまえから知っていた。――心配しなくていいよ、ヘーノホ、こわがることはない！」

「許してくれるのかね、ヒレル？」

「心配しなくていいと言ってるだろ」

「またじきに会えるだろうか？」ぼくはもう答えは聞きとれないかもしれないと思った。かれの最後の言葉がもう息だけになっていたからだ。

「会いたいものだね。ぼくはきみを――待ってるつもりだ――できれば――ぼくは――国へ行か――」

「どこへ？　どこの国へ？」――ぼくはあわやラポンダーのうえに倒れかかるところだった。――「どこの国へ？　どこの国へ？」

「――国――ガド（ガド族。ヤコブの子ガドの子孫。ヨルダン川の東に住んだ）――南――パレスチナ――」

声は死にたえた。

無数の問いがぼくの頭のなかを飛びかい、入り乱れた。かれはなぜぼくをヘーノホと呼ぶのか？ツヴァックは、ヤロミールは、時計は、フリースランダーは、アンジェリーナは、カ、ル、ー、ゼ、ク、は？

「それではお元気で、ときどきぼくのことも思い出してください」突然またラポンダーの口から、大きな、鮮明な声が聞こえた。こんどはカルーゼクの抑揚だったが、ぼく自身がカルーゼクの抑揚で喋っているように聞こえた。

ぼくは思い出した。それはカルーゼクの手紙の、結びの文章そのままだった。――

ラポンダーの顔はすでに暗闇のなかにあり、月光は寝台の頭の先に落ちていた。もう十五分もすれば月光はぼくらの監房から消えてしまうにちがいない。

ぼくはたずねに、たずねた。しかしもはや答えは得られなかった。

ラポンダーは、死体のように身じろぎもせず横たわっていた。まぶたもすでに閉じられていた。

ぼくは、毎日ラポンダーを犯罪人としてのみ考え、けっして人間として考えてこなかった自分を強く反省した。――

いま体験したところによれば、かれはあきらかに夢遊病者――満月に影響される人間なのだ。

おそらくかれは、一種のもうろう状態のなかで淫楽殺人を犯したのだろう。いや、きっとそうだ。

――いま夜がしらみはじめ、かれの顔は、いつのまにか硬直が消え、このうえなくしあわせそうな静穏の表情にかわっていた。

殺人を犯し、良心に呵責を感じている人間は、こんなにやすらかに眠ることはできない、とぼくは考えた。

かれが目醒めるのがとても待ちどおしかった。

いまの出来事をかれはおぼえているだろうか?

ついにかれは目をあけた。そしてぼくの視線に出合うと、目をそらせた。

ぼくはただちにかれに歩み寄って手を握った、「許してください、ラポンダーさん、これまであなたに無愛想だったことを。はじめてのことだったので、その――」

「いいえ、どういたしまして」とかれは快活に口をはさんだ、「淫楽殺人犯と一緒にいることがどんなに身の毛のよだつような気持ちのものか、ぼくはよく知ってます」

「いや、もうそれは言わないでください」とぼくは頼んだ、「ゆうべいろんなことを考えたんですが、どうもこう思えてならないのです。つまりあなたはたぶん――――――――」ぼくは言葉を探した。

「病気だとおっしゃるのでしょう」とかれが助けてくれた。

ぼくはうなずいた、「ぼくはある徴候からそう結論していいと思うんです。じかに――じかに――

たずねてかまいませんか、ラポンダーさん？」

「いいですとも」

「奇妙なことに思われるかもしれないけど――けど――ゆうべ夢に見られたことを話してくれませんか？」

かれは頬笑みながらかぶりを振った、「わたしは夢なんか見ません」

「だけど寝言を言ってましたよ」

かれは驚いて目をあげ、しばらく考えこんでいた。そのあとできっぱりと言った。

「もしあなたがわたしになにかたずねられたのでしたら、そんなことがあったかもしれません」

――ぼくはうなずいた。「つまり、いま言ったように、わたしは夢なんか見ないのです。わたしは――わたしはさまようのです」とかれはひと呼吸おき、声を低くしてつけくわえた。

「さまよう？　どういう意味なんでしょうか？」

かれはあまり説明したくないようすだった。ぼくは、こんなことをしつこくたずねる気になった理由をかれに述べることがしかるべき態度だと思い、その夜起こったことの概略を話した。

「わたしの寝言は」かれはぼくが話しおえたとき、まじめな顔で言った、「真実にもとづいていると信じてくださっていいのです。さっきも言ったように、わたしは夢を見るのではなくて、『さまよう』のです。つまりわたしの夢のいとなみは――なんていうのか、正常な人の夢とはちがった性質のものなんです。こう言ったほうがよければ、からだからの離脱と言ってもらってもかまいません。――

――たとえばゆうべわたしはとても奇妙な部屋にいました、床の揚げ板以外には入口のない」

「部屋のなかはどんなでした?」ぼくはあわててたずねた、「人の住んでいない、がらんとした部屋じゃなかったですか?」

「いいえ、家具がおかれてました。たくさんじゃなかったですが。ベッドにひとりの若い女の子が眠ってました。――それとも仮死状態だったのかもしれません。――そばにひとりの男が立って、女の子の額に手をおいてました」――ラポンダーはそのふたりの顔だちを語った。疑いもなく、ヒレルとミルヤムだった。

ぼくは緊張のあまり、息もできなかった。

「もっと話してください。その部屋にはほかにだれもいませんでしたか?」

「ほかにだれか? ちょっと待ってください――――――いや、その部屋にはほかにだれもいませんでした。テーブルのうえにろうそくを七本立てた燭台が燃えてました。――ぼくは螺旋階段をおりていきました」

「その階段、壊れてました?」ぼくは口をはさんだ。

「壊れてた? いいえ、ぜんぜんどこも壊れてません。その階段のわきに小部屋があって靴に銀の留め金をつけたひとりの男が坐ってましたが、わたしの見たことのないタイプで、黄色い顔をした、目の吊りあがった、わたしらとはちがう人種の人間でした。――その男はまえかがみに坐って、なにかを――おそらくなにかの指示を待っているようすでした」

「一冊の本を――古い大きな本を見なかったですか?」とぼくはたずねた。

かれは額をこすった。

「一冊の本、とおっしゃるのですか?――ええ、おっしゃるとおりです。床に一冊の本がありました。開かれていて、すっかり羊皮紙でできた本で、ちょうど開いている頁は大きな『A』の金文字ではじまってました」

「『J』ではないのですか?」

「いいえ、『A』でした」

「たしかですか? 『J』じゃなかったですか?」

「いいえ、まちがいなく『A』でした」

ぼくは首を振り、疑いをもちはじめた。ラポンダーはあきらかに半睡のなかでぼくの想念を読みとっていたのだが、すべてをまぜこぜにしていたのだ。ヒレルとミルヤムのこと、ゴーレムのこと、『イッブール』の本のこと、そして地下の迷路のことなどを。

「あなたは、あなたの言う『さまよう』能力をずっと昔からもってるのですか?」とぼくはたずねた。

「二十一歳のときからですが――――――」かれは言いよどみ、そのことを話したくないようすだった。そのときふいにかれの顔にかぎりない驚嘆の表情が現われ、そしてかれは、じっとぼくの胸を、まるでそこになにかが見えるかのように見つめた。

ぼくのいぶかりなどまったく意に介さずに、かれはあわただしくぼくの手をとり、そして頼んだ、――懇願したと言ってもよかった。

「後生です、すべてをわたしに話してください。きょうがわたしがあなたと一緒に過ごせる最後の日なんです。たぶん一時間もすれば、わたしは連れ出されて、死刑の判決を言い渡されるでしょう――――」

ぼくは驚いてかれをさえぎった。

「ぼくをぜひ証人として一緒に連れていってくれなければいけません。あなたは病気なのだと、ぼくは宣誓して証言します。――あなたは夢遊病者なんです。精神鑑定をしないであなたを処刑するなんて、許されないことです。ここの道理をよく聞きわけてください！」

かれはじれったそうにぼくの提案を退けた、「そんなことぜんぜんどうでもいいことです。――お願いです、すべてをわたしに話してください！」

「いったいなにを話せと言われるのですか？――そんなことより、あなたのことを考えましょう、そして――――」

「いまわたしにはわかったのです、あなたはある奇妙な体験をなさったことがあるにちがいありません。そしてそれは――あなたがお考えになるよりはるかに直接にわたしに関係のあることなのです。――お願いします、すべてをわたしに話してください！」とかれは懇願した。

ぼくには、かれがかれ自身の、しかもきわめて切迫した事態よりも、ぼくの体験に興味をもつことが、理解できなかった。しかしかれの気持ちを落ち着けるために、ぼくは、ぼくの身に起こった不思議な出来事をすべてかれに話した。

かれは話のひと区切りごとに、事柄をその根底まで見抜いている人のように、満足そうにうなずいた。

あの頭のない妖怪がぼくのまえに立って、黒い斑点のある赤い穀粒をさし出した話になったとき、かれはそれがおわるのを待ちかねるようにして言った。

「つまりあなたは、妖怪の手から穀粒を叩き落とされたわけですが」かれは考えにふけりながらつぶやくように言った、「わたしなら、第三の『道』があるとは考えなかったでしょう」

「ええ、それは第三の道ではなかったんです」とぼくは言った、「それは穀粒を拒絶したこととおなじだったのです」

かれは頰笑んだ。

「そう思いませんか、ラポンダーさん？」

「もしあなたが穀粒を拒絶しておられたら、なるほどあなたはやはり『生の道』を歩んでおられたでしょうけど、しかし、穀粒は、それは魔術的な力を意味するのですが、あとに残らなかったはずです。――ところがあなたがおっしゃるには穀粒は床に転がり落ち、つまりそれは穀粒がそこに残ったことを意味するのです。そしてその穀粒は、芽ぶくときまで、あなたの祖先に見まもられているのです。そしてそれが芽ぶく日がくれば、いまはまだあなたのなかに眠っているさまざまな力が活気づくのです」

ぼくにはなんのことかわからなかった、「穀粒がぼくの祖先に見まもられるとは?」

「あなたは、あなたの体験なさったことを、ある程度象徴的に理解なさらないといけません」とラポンダーは説明した、「あなたをとり囲んで立っていた、青みを帯びて輝く人々の輪は、母親から生まれたものならだれもが引きずっている、遺伝した『自己群』の鎖です。心ははじめから『孤立した単一なもの』ではなく、——のちにようやくそうなるもので、そのとき人々はそれを『不死』と呼ぶのです。あなたの心はまだ多数の『自己群』から成り立っています、——蟻の一国が多くの蟻から成り立っているように。あなたは、何千何万というあなたの祖先の心の残余を——あなたの一族の精神を、あなたのうちにもっておられるのです。すべての生物がそうなのです。何百万年の経験をうちに秘めているのでなければ、卵から人工孵化された一匹のひよこがどうしてただちに正しい餌を探し求めることができるでしょう。——『本能』があるということが、心身のうちに祖先をもっているということを物語っているのです。——だけど、失礼しました、あなたの話の腰を折るつもりはなかったのです」

ぼくは最後まで話した。なにもかも話した。ミルヤムが『ヘルマフロディート』について言っていたことも話した。

話しおえ、目をあげたとき、ぼくはラポンダーが漆喰のように蒼ざめ、頰に涙を伝わせているのに気づいた。

　ぼくはあわてて立ちあがり、それに気づかないふりをして房のなかを歩きまわり、かれの気持ちが落ち着くのを待った。

　やがてぼくは、かれに向かいあって腰をおろし、裁判官にかれの病的な精神状態を告げ知らせることがぜひとも必要だということを、かれに説得するために弁舌を傾けた。

「せめてあなたが殺人を自白していなかったら！」とぼくは最後に言った。

「自白せずにはおれなかったんです！　良心にかけてたずねられたのですから」かれは素朴に言った。

「あなたは嘘のほうが悪いことだと思うのですか――淫楽殺人よりも？」ぼくは唖然としてたずねた。

「一般的にはそうは思いませんが、わたしのばあいはたしかにそうなんです。――いいでしょうか、予審判事に自白するかとたずねられたとき、わたしには真実を言うことが可能でした。つまり嘘を言うか言わないかは、わたしの選択にゆだねられていたのです。――淫楽殺人を犯したときは――――くわしいことは省かせてもらいます、怖ろしいことなので記憶をよみがえらせたくないものですから――　――淫楽殺人を犯したときは、わたしに選択はあたえられていなかったのです。完全に明瞭な意識のもとで行動していたにもかかわらず、わたしに選択はあたえられていなかったのです。わたしの内部にそんなものがひそんでいるとはそれまでまったく予知することのなかったなにものかが目を醒まし、そしてそれはわたしよりも強力だったのです。あなたは、わたしに選択があたえられていても、わたしは殺人を犯した、とお考えでしょうか？——どんな小さな動物でさえ——わたしはそれまで一度も殺したことがなかったのです、——いまでもきっと殺せないでしょう。人を殺すことが人間の掟だと、そして殺さなければ自分が殺されるとしたら、——ちょうど戦争のときのように、——もしそうだとしたら、わたしはたちまち殺されてしまうことでしょう。——そのときもわたしには選択の余地がないはずだからです。わたしにはどうしても人を殺すことができないはずだからです。わたしが淫楽殺人を犯したときは、事態はその逆だったんです」

「だからこそ、つまりあなたがいま、そのときの自分をいわば別人と感じているからこそ、あなたは判決をまぬがれるあらゆる努力を払わなければならないのです！」とぼくは異議を唱えた。

ラポンダーは、それを退けるように手を振って言った、「あなたはまちがってます！　裁判官たちは、かれらの立場からまったく正当なことをしているのです。裁判官たちは、いったいわたしのような人間を自由の身にしてそこらをうろつかすべきでしょうか？　あすかあさってには、また災いが起こるかもしれないのですよ」

「それはそうすべきじゃないでしょうけど、精神病院に収容するという手があるはずです。ぼくの言うのはそれなんです」

「もしわたしが気ちがいであれば、おっしゃるとおりでしょう」かれは平然として答えた、「しかしわたしは気ちがいではありません。まったくべつのもの、——気ちがいにたいへん似てますけど、その正反対のものです。よく聴いてください。すぐに理解していただけます。——　——　——あなたはさっき首のない妖怪のことを話してくださいましたが、まさにそれとおなじことを実はわたしも経験したことがあります。もちろんこの妖怪も象徴で、この妖怪のことをよくお考えになれば、あなたは理解の鍵をかんたんに見つけられるはずなんです。――ただわたしのばあいは穀粒を受けとりました。だからわたしは『死の道』を歩んでいるのです！　わたしにとって考えうるもっとも神聖なことは、わたしの歩みがわたしの内部の霊的なものによって導かれることです。その道がどこにおもむこうと、絞首台であろうと王座であろうと、貧窮であろうと富裕であろうと、盲目的に信頼しきって導かれていくことです。選択がわたしの手にゆだねられたとき、わたしは一度も躊躇したことはありません。

だからわたしは、あの選択がわたしの手にゆだねられていたときも、嘘を言わなかったのです。

予言者ミカの言葉をご存じでしょうか？

『人よ、すでに汝は告げられている、なにが善であり
そして主がなにを汝に求めておられるかを』

わたしが嘘を言っていたら、わたしはそうするための動機を自分でつくったことになります。なぜなら選択はわたしにゆだねられていたのですから。――殺人を犯したとき、わたしは自分でその動機をつくったのではなかったのです。わたしにはどうにもならない、わたしの内部に昔から眠っ

ている動機が作用となって発現しただけだったのです。

だからわたしの手はよごれていません。

わたしの内部の霊的なものが、わたしを殺人犯にすることによって、わたしに死刑を執行するのです。そして人々がわたしを絞首台に吊ることによって、わたしの運命は人々の運命から分かたれるのです。――わたしは自由になるのです」

かれは聖者だ、とぼくは思った。そしてぼく自身の卑小さに戦慄し髪が逆立った。

「あなたは、あなたの意識に催眠療法をくわえられ、長いあいだ青少年時代の記憶を喪失していたとおっしゃいましたね」とかれは話しつづけた、「それは、『霊の国の蛇』に噛まれたあらゆる人間の目印――傷跡《スチグマ》――なのです。野生の木に継ぎ枝がされるように、わたしたちもふたつの生が継ぎ重ねられることなしには、覚醒の奇蹟は起こりえないように思います。ふつうは死によって継ぎ枝され、生から分かたれるのですが、ここではそれが記憶の喪失によって――ときにはたんに突然の内部の転回によって、生ずるわけです。

わたしのばあいは、なんの外的原因もなさそうなのに、二十一歳の年に、ある朝目を醒ますと人が変わっていたのです。そのときまで大切だったものが、急にどうでもよいものになっていたのです。つまり生が、インデアン物語のように愚かしいものに思われ、現実味を失ったのです。そして夢が確実性を、――反論の余地のない、説得力をもった確実性をえたのです。よろしいでしょうか、説得力をもった、実在の確実性をえたのです。そして昼間の生が夢となったのです。

すべての人間は、もし鍵をもつなら、そうなることができるのです。そしてその鍵は、人が自分の『自己の姿』を、いわば自分の皮膚を睡眠中に自覚することに、ただそのことにのみあるのです。——人が睡眠中に狭い亀裂を見いだし、そして意識がそこを通って覚醒と熟睡のあいだに分け入っていくことにのみあるのです。

だからわたしはさっき、わたしは『さまよう』のであり、『夢を見ない』と言ったのです。不死を求める努力は、わたしたちに内在する雑音と妖怪とを慴伏《しょうふく》させる王笏を獲得する戦いなのです。自分自身の『自己』が王となる期待は、救世主《メシア》の期待なのです。

あなたの見られたあの影法師、ハバル・ガルミーンは、つまりリカバラの『骨の息吹き』は、王だったのです。かれに王冠が授けられるなら、——そのとき、外的感官と知能の煙突とによってあなたを世界に結びつけている絆が切れるのです。

わたしが生から分かたれているにもかかわらず、なぜ突如淫楽殺人を犯すようなことがありえたのか、とあなたはおたずねになるでしょうか？　人間は、そのなかを色の着いた玉が走るガラス管のようなもので、ほとんどの人々の生においては玉はひとつです。それが赤ならば、その人間は『悪人』であり、黄色なら『善人』なのです。ふたつの玉が——赤の玉と黄の玉とが追い駆けっこをしているときには、その人は『不安定』な性格なのです。わたしたち『蛇に嚙まれた人間』は、ふつうなら一種族全体にわたって、ひとつの世界の全時代をとおして起こることを、その一生のうちに体験するのです。着色された玉がつぎからつぎへとガラス管を駆け抜けるのです。そしてすべての玉が駆け抜けおわったとき、――そのときわたしたちは予言者に――神の鏡になっているのです」

ラポンダーは沈黙した。

ぼくは長いあいだ口がきけなかった。かれの話がぼくをほとんど麻痺させていた。

「あなたはぼくよりもずっとずっと高いところに立っておられるのに、なぜさっきあんなに不安そうにぼくの体験をたずねられたのですか？」ぼくはようやくまた喋りはじめた。

「それはちがいます」ラポンダーが言った、「わたしはあなたよりはるかに下にいるのです。――わたしがおたずねしたのは、わたしがまだもっていない鍵を、あなたはおもちだと感じたからです」

「わたしが？　鍵を？　まさか！」

「ええ、あなたが！　そしてあなたはその鍵をわたしにもくださいました。――いまのわたし以上に幸福な人間はこの地上にはありえないとわたしは思います」

外で音がした。閂が抜かれた。――ラポンダーはほとんどそれを無視していた。

「ヘルマフロディートのことが鍵だったのです。いまわたしは確信しています。もうそれだけで、わたしは連れていかれるのが嬉しいのです。まもなく目的を達するのですから」

ぼくの目に涙が溢れ、ラポンダーの顔がよく見えなくなった。ぼくはただかれの声にその頰笑みを聴いていた。

「それじゃ、お元気で、ペルナートさん。人々があす絞首台に吊るすものはわたしの衣服にすぎないと考えてください。あなたはわたしにもっとも美しいものを――わたしがまだ知ることができなかった最後のものを、開いて見せてくださいました。いま祝宴がはじまるのです――――――」かれは立ちあがり、そして看守に従った――「それは淫楽殺人と密接な関係があるのです」というのが、ぼくの聞いたかれの最後の言葉だった。ぼくはその言葉を漠然としか理解できなかった。

その夜以来、満月が空にのぼるたびに、ぼくは寝台の灰色のズックのうえにあいかわらずラポンダーの寝顔が見えるような気がしていた。

かれが連れ去られたあと、数日のあいだ、処刑場のほうから槌音などの大工仕事の響きが聞こえていた。明けがたまでつづいていたこともあった。

ぼくはその物音の意味するものを推しはかり、絶望をおぼえながら何時間も耳を傾けていた。

何カ月もたった。広場のみすぼらしい葉むらに病葉《わくらば》が目立ちはじめ、ぼくは夏が溶け去っていくのを知った。塀の乾いた息吹きが匂っていた。

広場の周回散歩のさい、ぼくの視線があの枯死しそうな木に、そしてその樹皮に埋まりこんだガラスの聖母像に触れるたびに、ぼくはそれを、ぼくの心のなかにもラポンダーの顔が深く埋められていることに、知らず知らず思い比べていた。なめらかな皮膚をし、そしてたえず不思議な微笑を浮かべた、あの仏像のような顔を、ぼくはつねに心のなかにもち歩いていた。

あれからぼくはただ一度だけ――九月に――予審判事のまえに連れ出され、ぼくが銀行の窓口で火急に旅立たねばならないと言ったことや、逮捕されるまえの数時間ぼくがひどく落ち着かず、そしてぼくの宝石をすべてポケットに入れていたことの理由などを追及された。

自殺するつもりだったというぼくの答えに、またもや事務机のうしろから山羊の鳴くような嘲笑が起こった。——

そのころまで、ぼくはぼくの監房にひとりで入れられていて、さまざまな想念に、もうとっくに死んでしまったにちがいないと思われるカルーゼクへの哀悼に、ラポンダーのことに、ミルヤムへの思慕などにふけることができた。

その後またあらたな囚人が、放蕩にやつれた顔をした窃盗犯の店員とか太鼓腹の銀行の出納係とか——黒いフォサトゥカなら『浮浪児』と呼ぶであろうような連中が入ってきて、監房の空気とぼくの気分とをひどくけがした。

ある日そういう連中のひとりがたいへん憤激しながら、だいぶまえのことだが街で淫楽殺人が起こり、さいわい犯人はすぐにつかまって、裁判もかんたんに片づいたが、と話しだした。

「ラポンダーってんだ、その陰惨な悪党は」小児虐待のかどで二週間の禁固を受刑中の、猛獣のような鼻づらをした男が叫ぶように口をはさんだ、「そいつは現行犯で逮捕されたんだが、被害者とどたばたやってるうちにランプが倒れて、それで部屋が燃え落ちてしまったんだ。娘っこの死体はまっ黒こげになって、いまだに身元がわからん。わかってるのは髪が黒く、細い顔をしてたってことだけなんだ。ラポンダーのやつ、その娘の名前は絶対に口を割らなんだ。——おれだったら、やつの皮をひんむいて胡椒をふりかけてやったのにな。——ほんまにどいつもこいつも上品な紳士づらしてやがるけど、人殺しの寄り集まりだぜ！――――――――――女を黙らせるのに、まるでほかに方法がないみたいにな」かれは皮肉な微笑を浮かべてつけくわえた。

ぼくは、怒りがたぎりたつのをおぼえ、そのよた者を床に張り倒したかった。

毎晩そのよた者は、ラポンダーが寝ていた寝台でいびきをかいていた。かれがついに釈放されたとき、ぼくはほっと息をついた。

しかしその後もぼくはかれからのがれることができなかった。かれの話が、戻りのついた矢のようにぼくの心に突き刺さっていた。

いまではほとんどつねに、とくに夜には、ラポンダーの犠牲者はミルヤムだったのかもしれないという、身の毛もよだつ疑いがぼくの心をさいなんだ。

その疑いに逆らおうとすれば逆らおうとするほど、ぼくはその思いにますます深くとらえられ、しまいにそれはほとんど固定観念にまでなってぼくを苦しめた。

月光がこうこうと格子窓からさしこむときなど、ときには少し楽になることもあった。ラポンダーと過ごした時間が生き生きとよみがえり、かれへの深い共感がぼくの心から苦悩を追い払ってくれるのだった。――しかしそのあとかならずといっていいほど、身の毛のよだつ瞬間が舞い戻ってきて、ぼくは、殺され黒こげになったミルヤムを心のなかに眺め、恐怖のあまり正気を失うのではないかと思うのだった。

ぼくの疑いの、わずかな手がかりが、そんなとき、ひとつのまとまった全体像にまで、――名状しがたい戦慄をおぼえさせる細密な一枚の絵図にまで、濃密化するのだった。

十一月初旬のある夜、十時まえのこと、房のなかはすでにまっ暗闇だった。ぼくの絶望は極点に達し、大声で叫び出さないために、ぼくは飢《かつ》え死にしそうな動物のように藁布団に嚙みついていた。そのとき突然看守がドアをあけ、ぼくに予審判事のところに一緒に来るように命じた。歩くというよりは、むしろよろめくことしかできぬことに、ぼくは自分の衰弱を知った。

いつかこの怖ろしい建物をあとにしうるという希望は、とうの昔に死にたえていた。

ぼくは、またあの冷ややかな質問を浴びせられ、机のうしろの例の山羊の鳴き声のような嘲笑を聞き、そして監房の暗闇に連れ戻されるのを覚悟していた。

ライゼトゥレーター男爵はすでに帰宅し、書記の、蜘蛛のような指をした猫背の老人だけが部屋のなかに立っていた。

ぼくは、なにをされるのか、ぼんやりと待っていた。

看守が一緒に部屋に入ってきて、人が良さそうにぼくに目くばせしていることには気づいていたが、その意味を理解しようとする気力など、ぼくにはもはやなかった。

「審理の結果」と書記が口を切り、山羊の鳴き声のような声をたてて椅子にのぼり、長いあいだ書類棚をかきまわし、記録をとり出してから、つづけて言った、「つぎのことが判明した。問題のカール・ツォットマンは、殺されるまえに、当時売春婦の未婚女性ロジーナ・メツェレスとの、すなわち、当時『赤毛のロジーナ』なる通称をもち、その後聾啞の、目下警察の保護観察下にある影絵切りヤロミール・クヴァスニチュカによって酒場『カウツキー』から身受けされ、数カ月まえから侯爵フェルリ・アーテンシュテット閣下の情婦として閣下と内縁関係にある女性とのひそかな会合にさいし、策略によってハーンパス通りの、正式表記によればローマ数字Ⅲ、斜線、二一八三七番地、通称七番地の家屋の、現在使用されていない地下室に誘いこまれ、同所に監禁放置され、餓死もしくは凍死によって死にいたらしめられた。──すなわち上述のツォットマンは」とつけくわえながら書記はずり落ちためがねのうえからぼくを一瞥し、そして二、三度頁をめくった。

「審理の結果、またつぎのことが結論された。上述のカール・ツォットマンは──不慮の死亡ののちに──項目符号にP、斜線、Bを付した記号入りの二重蓋の懐中時計を」──書記は鎖のついた時計を高くかかげた──「ふくむ全所持品を奪われたものと推定される。影絵切りヤロミール・クヴァスニチュカ、すなわちすでに死亡せる同名のホスチア焼きの息子、十七歳の孤児の宣誓供述は、すなわちかれがその時計をかれの、その後逃亡せる兄弟ロイザのベッドに発見し、その後死亡せる古物商かつ多種の不動産所有者アーロン・ヴァッサートゥルムに、有価物件の受領と引きかえに譲渡したという供述は、信憑性を欠くがゆえに不採用と決定された。

審理の結果さらにつぎのことが結論された。上述のカール・ツォットマンの死体は、それが発見されたとき、ズボンのうしろポケットに一冊のメモ帳を所持していた。そのメモ帳には、推定するところすでに死亡する数日まえから、犯罪構成事実を明らかにし、関係官庁による犯人逮捕を容易ならしめるメモの記入がはじめられていた。

それゆえに高等検察庁は、以後、ツォットマンの書き残したメモによって有力容疑者となった、目下逃走中のロイザ・クヴァスニチュカに注目し、目下容疑の明らかでない宝石細工師アタナージウス・ペルナートの未決勾留を中止し、同人の訴訟手続を停止するものとする。

プラハ、七月

署名

男爵・ライゼトゥレーター博士」


足もとの床が揺れ、ぼくは一瞬意識を失った。

気がつくと、ぼくは椅子に坐らされ、看守がやさしくぼくの肩を叩いていた。

書記はまったく平然としていた。嗅ぎ煙草を嗅ぎ、鼻をかみ、そしてぼくに言った。

「この決定の言い渡しがきょうまで延引したのは、きみの名前がPではじまり、言うまでもなくアルファベット順のおわりのほうにならんと出てこないからだ」——そしてまた読みはじめた。

「宝石細工師アタナージウス・ペルナートにはさらにつぎのことが通知される。かれは、五月に死亡した医学生イノツェンツ・カルーゼクの遺言状の指定により、同人の全遺産の三分の一を相続し、その書類の署名が求められる」

書記は最後の言葉とともにペンをインクにひたし、なにか書きはじめた。

ぼくは、もうそれが習慣になってしまって、かれが山羊の鳴き声のような声で笑うのを待っていた。しかしかれは笑わなかった。

「イノツェンツ・カルーゼク」とぼくは放心したようにかれにつぶやきかけた。

看守がぼくにかがみこみ、ぼくの耳にささやいた。

「ドクター・カルーゼクは、亡くなられる少しまえにわたしのところにお見えになり、あなたのことをたずねられて、そしてあなたによろしく、よろしく伝えてほしいと言っておられました。もちろん、そのとき伝えるわけにはいきませんでした。きびしく禁じられてることですから。いずれにしろ、悲惨な最期をとげられたんです、ドクター・カルーゼクは。自殺されたんです。アーロン・ヴァッサートゥルムの墓塚にうつ伏せになって死んでおられるのが発見されたんです。——土に深い穴をふたつ掘って、そして橈骨《とうこつ》動脈を切り開いて、両腕をその穴に突っこんでおられたんです。で、出血多量です。たぶん気が狂われたんですね、ドクター・カル——————」

書記が大きな音をたてて椅子をうしろに引き、署名をとるためにぼくにペンを渡した。

やがてかれは尊大に直立し、上司の男爵の口調そのままに言った。

「看守、この男を連れていけ！」

遠い遠い以前とおなじように、ふたたび玄関わきの部屋で、ズボン下姿にサーベルを帯びた男が膝からコーヒーひきを離し、だがこんどはその男はぼくを検査せず、そしてぼくの宝石や、十グルデン入った財布や、オーバーや、その他すべてのものを返してくれた。——————————

ぼくは通りに立った。

「ミルヤム！　ミルヤム！　ようやく、いま、再会のときが来た！」——このうえもなく激しい歓喜の叫びをぼくはこらえていた。

真夜中にちがいなかった。満月が靄のヴェールの向こうに、蒼白い真鍮の皿のように光彩もなく浮かんでいた。

舗道はねばねばした泥の層に蔽われていた。

ぼくは、霧のなかに太古の怪物がうずくまっているかのように見えている一台の辻馬車に、よろよろと近づいていった。ぼくの足はほとんどいうことをきかなかった。——ぼくは歩きかたを忘れていた、——無感覚な足裏を地面におきながら脊髄病患者のようによろよろと歩を運んだ。——「きみ、ハーンパス通り七番地まで、できるだけ急いでやってくれ！——わかったかな？——ハーンパス通り七番地だ！」

自由

数メートルも行かないうちに、馬車は止まった。

「ハーンパス通りだって、旦那？」

「そうだ、急いで頼む」

馬車はまた走りだし、しばらくしてまた止まった。

「おいおい、いったいどうしたんだ？」

「ハーンパス通りですか、旦那？」

「ああ、そうだとも」

「ハーンパス通りにゃ入れねえ！」

「どうしてまた？」

「どこもかも舗道がはがされてんでね。ユダヤ人街は衛生改善《アサニールング》の最中なんで」

「じゃ、行けるとこまでやってくれ、さあ大急ぎで」

馬車はごくしばらく駆けただけで、あとはのんびりとした、つまずくような足どりで進んだ。

がたぴしの窓を引きおろし、飢《かつ》えたような肺に夜の空気を吸いこんだ。

建物も、街並みも、閉じられた店も、なにもかも見おぼえのないものに変わっていた。なにもかもあたらしく、さっぱりわけがわからなかった。

一匹の白い犬が、濡れた歩道を孤独に不機嫌にとっとと駆けていた。ぼくはその犬を目で追った。――なんと奇妙な！　犬じゃないか！　ぼくはこんな動物がいるということをまったく忘れていた。

――ぼくは嬉しくなって、子供のようにその犬に叫びかけた、「おいおい！　なんて不機嫌な顔をしてるんだね」――――――

ヒレルはいったいなんて言うだろうか⁉――そしてミルヤムは？

もうあとわずか数分でかれらに会える。かれらがベッドをとび出してくるまでドアを叩きやめないぞ！

これでなにもかもよくなる――ことしの苦しみもこれでおわりだ！

まもなくクリスマスだ！

ことしは去年のクリスマスのように寝ぼけていてはいけないぞ！

一瞬、あの恐怖がぼくを萎えさせた。猛獣の鼻づらをした囚人の言葉を思い出したのだ。焼けこげた顔――淫楽殺人。――いや、とんでもない！――ぼくは無理やりその思いを振り払った。いや、そんな、そんなことはありえない。――ミルヤムは生きてる！　ラポンダーの口から、ぼくは彼女の声を聞いたのだから。

あと一分——あと三十秒—— ——さて——

馬車は瓦礫の山のまえに止まった。いたるところに舗石のバリケード。

それらのうえに赤いカンテラが燃えている。

たいまつを焚いて、大勢の労務者がシャベルをふるっている。

瓦礫の山や石壁の塊が道を塞いでいる。ぼくはそれらのいくつかをのぼり越え、そして膝まで穴に落ちこんだ。

ここがハーンパス通りにちがいないのだが⁉

ぼくはやっと見当をつけて進んだ。あたりはまったくの廃墟だった。

あそこに立っているのが、ぼくの住んでた建物ではないか？

前面が壊されていた。

ぼくは瓦礫の山によじ登った。足もとのはるか下に、いまは見る影もない通りにそって、壁にはさまれた廊下が黒々と走っている。見あげると、むき出された部屋部屋がなかばたいまつの明りに、なかばよどんだ月光に照らされて、巨大な蜜蜂の巣のように空中にかかっている。

あそこに見えているのがぼくの部屋にちがいない、——壁の彩色からそれとわかった。

壁の彩色といっても、わずか一条のそれが残っているにすぎなかった。

その部屋の隣の——サヴィオリのアトリエ。突然ぼくの心はまったく空虚になっていた。なんとも奇妙な！　アトリエ！——アンジェリーナ！—— ——なにもかも、遠い昔、見はるかせぬ遠い昔の

ことのように思われる。

ぼくは振り返った。ヴァッサートゥルムが住んでいた建物の跡には、もはや瓦礫の山さえなかった。なにもかもが平坦な地面にかえっていた、――古道具屋の穴蔵も、カルーゼクの地下室も――――なにもかも。

「人間は影のように歩み去っていく」――いつかなにかで読んだ言葉が心に浮かんだ。

ぼくはひとりの労務者に、ここを引き払った人々がいまどこに住んでいるか知らないか、ひょっとして市役所の文書係のシェマーヤー・ヒレルを知らないか、とたずねた。

「ダイチュ語、知らない」という答えがかえってきた。

ぼくはその男に一グルデンあたえた。かれはたちまちドイツ語を理解したが、ぼくの問いに答えることはできなかった。

かれの仲間のだれも、なにも知らなかった。

『ロイジチェク』に行けばなにかわかるだろうか？

『ロイジチェク』は閉店してる、改装中だ、ということだった。

とすると、近所のだれかを起こさなければならない！――そういうわけにはいくまいか？

「この辺にゃ猫の子一匹住んでないぜ」とその労務者が言った、「役所から禁止されてるのさ。チフスのせいで」

「『ウンゲルト』は？　あそこはまだやってるだろう」

「『ウンゲルト』も締まってる」

「たしかかね?」

「たしかだとも」

ぼくは思いつくままに、近所に住んでいた露店商人や煙草屋の女の子など、何人かの名前をあげた。そしてツヴァック、フリースランダー、プローコプの名前も——　——

その男は、どの名前にもかぶりを振った。

「ひょっとしてヤロミール・クヴァスニチュカを知らないかね?」

労務者がたずねかえした。

「ヤロミール?　聾唖の?」

ぼくは歓呼して喜んだ。ありがたい。少なくともぼくの知っている人間がひとりはいる。

「そうだ、聾唖の少年だ。どこに住んでる?」

「絵を切ってるやつかね?　黒い紙で?」

「そうだ、その少年だ。どこに行けば会えるかね?」

その男は、市の中心部の、ある深夜営業のカフェを、それ以上くわしく教えられないほどくわしく教えてくれて、ふたたびシャベルをふるいはじめた。

ぼくは一時間以上も、瓦礫の野を横切ったり、ぐらぐらする板のうえをバランスをとりながら渡ったり、通りを塞《ふさ》いでいる梁《はり》をくぐり抜けたりして進まなければならなかった。ユダヤ人街全体が、まるで地震で壊滅したかのように、石の荒野と化していた。緊張のために息を切らし、泥ぼこりにまみれ、靴をぼろぼろにして、やっと瓦礫の迷路を抜け出すことができた。

いくつかの家並みを過ぎ、ぼくは目的のカフェのまえにきた。店のうえに『カフェ・カーオス』と書かれた、きたならしい酒場だった。客のほとんどいない、小さな酒場で、数個のテーブルが壁につけて窮屈におかれていた。まんなかに三本足の玉突き台があり、ボーイがそのうえに寝ていびきをかいていた。隅のテーブルに、市場の物売り女が、野菜かごをまえにおいて坐り、カーユ（葡萄酒の銘柄）のグラスのうえでこくりこくりと居眠っていた。

ボーイがようやく起き出してきて、ぼくに、なににしますかとたずねた。かれがぼくを頭の先から足の先までじろじろ眺める、その無作法な視線に、ぼくははじめて、自分がどんなにひどいようすをしているかに気づいた。

ぼくは鏡を一瞥し、そして驚いた。しわだらけの、パテのように灰色の、ひげぼうぼうの、乱れた伸び放題の髪の毛の、見知らぬ、血の気のない顔がぼくを見つめたのだ。

影絵切りのヤロミールはまだ来てないだろうか、とぼくはたずね、ブラック・コーヒーを注文した。

「まーだ来てませんね、どこで油を売ってるのですかね」かれはあくびをしながら答えた。

そのあと、ボーイはふたたび玉突き台に寝そべり、そしてまた眠った。

ぼくは壁から『プラハ日報』をとってきて、そして――待っていた。

活字が頁のうえを蟻のように群れてうごめき、いくら読んでも、ひとことの意味も頭に入らなかった。

数時間たった。ガラス窓の背後が怪しげな濃紺に染まりはじめ、ガス燈に照らされた酒場に、黎明の訪れを告げていた。

ときどき、緑がかった玉虫色に輝く羽根飾りをつけた二、三人の巡査が、酒場のなかを覗きこんでは、またゆっくりとした重い足どりで遠ざかっていった。

徹夜で疲れたようすの三人の兵隊が入ってきた。

道路清掃夫がひとりでやってきて、焼酎を飲みはじめた。

ついに、ついに、ヤロミールがやってきた。

かれはひどく変わっていて、ぼくははじめかれだとわからなかった。目はどんよりとし、前歯は抜け、髪の毛は薄くなり、そして耳のうしろが深くくぼみ落ちていた。

ほんとに久しぶりに知った顔を見てひじょうに嬉しく、ぼくは跳んで席を立ち、かれのそばに歩み寄って手を握った。

かれはとても臆病そうな態度で、しじゅうドアに目をやっていた。ぼくはあらゆる身振りをして、かれに出会えて喜んでいるのだということをわからせようとした。――かれは長いことそれが信じられないようすだった。

ぼくがどんなに質問をしても、かれはつねに、理解できないという、困惑の、おなじ手振りをくりかえした。

いったいどうしたらわからせることができるのか？

ちょっと待て！　いい考えがある！

ぼくは鉛筆を借り、順番にツヴァック、フリースランダー、プローコプの似顔を描いた。

「どうしてるかね？　みんなもうプラハにはいないのかね？」

かれは活発に大げさに、かねを支払う身振りをし、指をテーブルのうえで行進させ、そして手の甲を叩いた。ぼくは、三人が、おそらくカルーゼクからかねを貰い、設備を拡充して人形芝居の会社をつくり、世界中に巡業に出かけた、と言うのだろうと推測した。

「それじゃ、ヒレルは？　かれはいまどこに住んでいる？」——ぼくはヒレルの顔を描き、家と疑問符とをそえた。

ヤロミールは疑問符がわからなかった、——かれは文字や符号は読めないのだ。しかしぼくの言おうとするところは理解した。——かれはマッチを一本とって、高くほうった。と思ったら、マッチは奇術のように見事に消え失せていた。

なにを意味するのだろう？　ヒレルも旅に出たというのだろうか？

ぼくは、ユダヤ人街の市役所を描いた。

ヤロミールは激しく首を振った。

「つまりヒレルはもうそこにはいないのかね?」

「いない!」(とかぶりを振った)

「じゃあどこにいる?」

かれはもう一度マッチの手品をくりかえした。

「そいつは、ヒレルはどっかへ行っちまったと言ってるのさ。どこへ行ったかはだれも知らん」ずっとぼくらのほうを興味をもって眺めていた道路清掃夫が、口をはさんで教えてくれた。

ぼくは驚き、心臓が縮むのを感じた。ヒレルがいなくなった!——ぼくはいまこの世にまったく寄る辺のない人間になったのだ。——酒場のなかのなにもかもが、ぼくの目にちらちらと輝きはじめた。

「で、ミルヤムは?」

ぼくの手は激しく震え、彼女の顔がなかなか似たように描けなかった。

「ミルヤムも消えてしまったのか?」

「そうだ。彼女も消えてしまった。跡かたもなく」

ぼくは大声で呻き、酒場のなかを歩きまわった。三人の兵隊がいぶかしげに顔を見合わせた。

ヤロミールがぼくを落ち着かせようとし、そしてまだほかにも知っているらしいことをぼくに伝えようと苦心していた。かれは頭を腕にのせて、眠っている人のまねをした。

ぼくはテーブルにからだを支えてたずねた、「えっ、ミルヤムは死んだの？」

かれは首を振り、眠っている身振りをくりかえした。

「ミルヤムは病気だったのか？」ぼくは薬瓶を描いた。

ヤロミールはもう一度首を振って、額を腕においた。——————

薄明が忍びこんできた。ガス燈の焔がつぎつぎに消されていった。そしてぼくはいぜんとしてかれの身振りの意味がわからないのだった。

ぼくはあきらめ、そしてどうすべきかを考えた。

ぼくに残された唯一の方法は、朝、一番にユダヤ人街の市役所に行って、そこでヒレルとミルヤムとがどこに行ったのかをたずね出すことだ。

ぼくはかれのあとを追わねばならない。——————

言葉もなく、ぼくはヤロミールのまえに坐っていた。かれのように唖になり聾になって。

だいぶたって視線をあげると、かれははさみで影絵を切っていた。

ロジーナの横顔だった。かれはそれをテーブル越しにぼくに渡し、そして片手を両目にあて——ひとり静かに泣きはじめた。——

しばらくして、かれはふいに立ちあがり、挨拶もせずに、よろめきながらドアから出ていった。

文書係のヒレルは、ある日無届けで欠勤し、そのままもう来なくなった。娘も連れていったのだろう。娘もそれ以来だれも見ていないのだから。ぼくはユダヤ人街の市役所でそう言われた。それがぼくの知りえたすべてだった。

かれらがどこに向かったのか、なんの手がかりもなかった。

銀行では、あなたの預金はまだ裁判所から差し押さえられたままです。てまえどももお支払いしていいという連絡を毎日待っているのです、と言われた。

とすると、カルーゼクの遺産相続も公式手続中にちがいなかった。ぼくはヒレルとミルヤムの足跡を探すあらゆる努力を払うために、かねの引き出せる日を一日千秋の思いで待った。

ぼくはポケットに入れていた宝石を売って、アルトシュール通りに——その通りだけがユダヤ人街の衛生改善《アサニールング》をまぬがれていた——家具つきのふた間つづきの小さな屋根裏部屋を借りていた。

奇妙なめぐりあわせで、それは、ゴーレムがそこに姿を消すと言い伝えられている、あの有名な建物だった。

ぼくはその建物の住人たちに——そのほとんどが小商人や職人だったが——『入口のない部屋』の噂は真相はどういうことなのだろうかとたずね、そして笑いとばされた。——そんなばかげたことが信じられるもんか！

その部屋にかかわるぼく自身の体験は、拘禁されていたあいだに、とっくに吹き消された夢のように蒼ざめてしまい、いまではぼくはその体験を、血の気も生命もかよわぬたんなる象徴としてしか見ていなかった、――ぼく自身の体験の帳簿から抹殺していた。

ときどきラポンダーの言葉が、まるでかれが、監房にいたときとおなじように、ぼくのまえに坐りぼくに話しかけてくるかのように、はっきりと耳に聞こえてきた。そしてその言葉は、かつてぼくが具体的な現実だと思った体験も、実はまったく内的に見たものにすぎないのだという思いを強固にしてくれた。

ぼくがかつてもっていたすべてのものが、過ぎ去り、消え去ってしまっているではないか。『イッブール』の本も幻想的なタロックの札も、アンジェリーナも、そしてツヴァック爺さんやフリースランダーやプローコプさえも！――――――


クリスマス・イブだった。ぼくは、赤いろうそくが何本もついた、小さな樅の木を買ってきていた。もう一度若返り、ぼくのまわりを燈火で輝かせ、樅の針葉と燃えるろうそくの匂いであたりを香らせたいと思ったのだ。

年が暮れるまでに出かけられるかもしれない。そしたら方々の街や村へ、あるいはまたぼくの心がぼくをどこに引っぱっていこうとしようとも、かならずそこにヒレルとミルヤムとを探しに行こう。

待つことの焦躁も、ミルヤムは殺されたのかもしれないという恐怖も、いつのまにかぼくの心のなかから消えていた。ぼくは、かならずふたりを見つけることができると、心からそう思っていた。

ぼくの心のなかに、たえず幸福の頰笑みがあった。ぼくの手をなにものかのうえにおくと、その病いをなおせるのではないかとさえ思われた。長い彷徨ののちに帰郷してき、故郷の街のかずかずの塔の輝きが遠くに見えてきたかのような、ある霊妙な満足感がぼくを満たしていた。

あれから一度だけ、クリスマス・イブにヤロミールを家に招こうと思って、あの小さなカフェに出かけた。——ヤロミールはあれから一度も姿を見せない、と言われた。暗澹とした気持ちで店を出ようとしたとき、ひとりの年老いた小間物行商人が入ってきて、小さな、無価値な骨董品を広げた。

ぼくは、時計の鎖や、小さなキリストの十字架像や、かんざしや、ブローチなどの入ったかれの箱を掻きまわした。そのとき、褪色したリボンにつけられた赤いサンゴのハートが手に触れた。まったく驚いたことに、それはアンジェリーナが幼い少女だったころ、彼女の館の噴水のそばで思い出のためにぼくにくれたハートだった（一三二頁ではくれなかったことになっている）。

そしてふいにぼくの青少年時代の日々が目のまえに現われた。ぼくは覗きからくりのなかのあどけなく描かれた絵を見つめるように、深くそれに見入っていた。——

ぼくは心をゆすぶられて、長い長いあいだそこに立ちつくし、手のなかの小さな赤いハートに視線をあてていた。————————

ぼくは屋根裏部屋に坐り、ときどき樅の枝先がその下のろうそくの熱にいぶりはじめ、すると葉がはぜるのをじっと耳を澄まして待っていた。

「たぶんちょうどいまこの時間に、ツヴァック爺さんが世界のどこかでかれの『人形たちのクリスマス・イブ』を演じていることだろう」とぼくは思った——「そしてかれの大好きな詩人、オスカル・ヴィーナーの詩節を、神秘的な声で朗詠していることだろう」

「赤いサンゴのハートはどこだ！
絹のリボンに飾られている。
だれにも渡してくださらないで、
わたしが大事にしていたものよ、
七年間も働いて、
やっと買った大事なものよ！」

ぼくは突然、奇妙に荘厳な気分になった。

ろうそくは燃えつきていた。ただ一本のろうそくだけがまだ焔をゆらめかせていた。煙が部屋に濃く漂っていた。

だれかの手に引っぱられたかのように、ぼくはふいに振り返った。

入口にぼくの似姿が立っていた。ぼくの分身が。白いオーバーを着て。頭に王冠を戴いて。

一瞬のことだった。

そのつぎの瞬間、焔がドアの板を突き破り、息もつけぬ熱い煙が雲のように流れこんできた。

大火災だ！　火事だ！　火事だ！

ぼくは窓を引きあけ、屋根のうえによじ登った。

すでに、押し寄せてくる消防のかんだかい半鐘の音があちこちに聞こえていた。

きらめくヘルメットが見えはじめ、きれぎれの号令が飛びかいはじめる。

不気味な、リズミカルな、がたごとと鳴るポンプの音。まるで仇敵の火に跳びかかろうとして身をかがめている、水の悪魔たちの喘ぎのようだ。

ガラスががちゃがちゃと鳴り、どの窓からも赤い火焔が吹き出ている。

布団が投げ落とされ、通りは布団でいっぱいだ。人々がそれをめがけて飛びおり、負傷して運び去られる。

しかしぼくの心のなかでは、なにものかが小躍りし、すさまじい恍惚のなかで歓声をあげる。なぜだかわからない。髪の毛が逆立つ。

ぼくは、襲いかかる焔に追われて煙突に走った。

煙突掃除夫のロープが巻かれていた。

ぼくはそれをほどき、子供のころ体操の時間におそわったとおりに、手首と足首にロープを巻きつけ、建物の正面の壁にそってゆっくりとおりはじめる。――

ある窓を通り過ぎるとき、なかを覗いた。

内部はなにもかもまばゆく照らし出されている。

ぼくは見た――――ぼくは見た――――ぼくの全身が一丸となって歓声を叫びたてる。

「ヒレル！　ミルヤム！　ヒレル！」

ぼくは窓の格子に跳びつこうとする。

つかみそこなう。ロープもうつかめない。

一瞬のうちにぼくはまっさかさまになり、両脚を交差させて、天地のあいだに宙吊りになる。

ロープが、ぐんと衝撃を受けた瞬間、声をたてる。繊維がみしみしときしみながら伸びる。

ぼくは墜落する。

意識が消える。

落ちながら、窓の敷居をつかもうとする。しかし手がすべる。つかみようがない。

石がつるつるなのだ。

つるつるなのだ、一片の脂肪のように。

結び

「――――一片の脂肪のように！」
一片の脂肪のように見えているのはその石だ。

ぼくは、はね起きた。まだその言葉が耳のなかにかんだかく響いていた。自分がどこにいるのか、すぐには思い出せなかった。

ぼくはベッドに寝ている。そうだ、ホテルに泊っているのだ。

ぼくはペルナートという名前ではない。

なにもかも夢だったのか？

いや、夢はこんなふうに見るものではない。

ぼくは時計を見あげた。一時間そこそこ眠っただけだ。二時半だった。

そしてそこに、ぼくがきょうフラチーンの大聖堂で、荘厳ミサのさいに祈禱席に坐っていてとりかえられた他人の帽子がかかっていた。

なかに名前があるのだろうか？

ぼくは帽子をとり、白い絹の裏地に金文字で書かれた、見知らぬ、しかしよく知っている名前を読んだ。

アタナージウス・ペルナート

ぼくは落ち着けなくなり、急いで服を着て、階段を駆けおりた。

「門番！　あけてくれ！　もう一時間散歩してくる」

「どちらへいらっしゃいますか？」

「ユダヤ人街。ハーンパス通りだ。そういう名前の通りがあるかね？」

「もちろん、もちろんございますとも」――門番は意地悪な微笑を浮かべた――「だけど、ご注意申しあげておきますけど、いまじゃユダヤ人街にはあまりご覧になるものはございませんよ。なにもかもあたらしく建てなおされましたので」

「かまわない。ハーンパス通りというのはどこだ？」

門番の太い指が地図をさした、「ここでございます」

「『ロイジチェク』という酒場は？」

「ここでございます」

「大きな紙を一枚くれないか」

「はい、これをどうぞ」

ぼくはその紙にペルナートの帽子を包んだ。不思議なことに、その帽子はほとんどまあたらしく、そして申し分なく手入れされているのに、しかし太古から伝わる帽子のようにもろいのだった。——

道々ぼくは考えた。

このアタナージウス・ペルナートがかつて体験したことのすべてを、ぼくは一、夜、の、う、ち、に夢のなかで追体験したのだろうか。まるでぼくがかれであったかのように、かれの目で見、かれの耳で聞き、かれの心で感じたのだろうか。しかし、かれが「ヒレル、ヒレル！」と叫びロープが切れた瞬間に、かれが格子窓の向こうに見たものがなんであったのか、なぜぼくにはわからないのだろう？

かれが、その瞬間にぼくから離れたのだろう、とぼくは思った。

このアタナージウス・ペルナートをどうしても探し出さねばならない、たとえそのために三日三晩駆けずりまわらねばならないとしても、とぼくは決心した。——————

これがハーンパス通りだろうか？

夢で見たのとは似ても似つかない！——

あたらしい建物ばかりだ。

一分後に、ぼくは『ロイジチェク』に坐っていた。品格はないが、かなりこざっぱりとした酒場だった。

むろん奥に、木の手すりのついた高座があった。夢に見た、古い『ロイジチェク』とかなり似たところがあるのは否定できない。

「なにになさいますか?」赤いビロードの燕尾服を着た、まるまるとふとった、ウェートレスの女の子が、文字どおりぼくの耳のなかに叫びかけた。

「コニャックを頼む——ああ、どうも。——えへん、ウェートレス!」

「なんでしょう?」

「この店はだれのものだね?」

「商業顧問官ロイジチェクさんの店ですわ。——この建物全部がロイジチェクさんのです。とても洗練された、大金持ちの紳士ですわ」

——ああ、時計の鎖に豚の歯をつけた男だ、とぼくは思い出した(八七頁、一〇三頁にはロイジチェクと豚の歯を飾った男とは同一人のように書かれていない)——

まず大ざっぱにさぐりを入れるのに、いいことを思いついた。

「きみ!」

「なんでしょう?」

「石橋が落ちたのはいつのことかね?」

「三十三年まえのことですわ」

「ふん、三十三年まえ!」——だとすると宝石細工師ペルナートはいま九十歳ちかくにちがいない、とぼくは考えた（およそ七十歳代の前半のはず）。

「きみ！」

「なんでしょう？」

「ここのお客さんのなかに、そのころの古いユダヤ人街がどんなだったか、まだ思い出せる人はだれもいないだろうか？　ぼくは作家で、古いユダヤ人街のことを知りたいのだが」

ウェートレスはちょっと考えてから言った、「お客さまのなかに？　おられませんわ――でも、お待ちになって、あそこで学生さんと玉突きをしてるゲームとりなら、――見えますか？　鉤鼻の、あの老人ですわ、――あの人ならずっとここに住んでる人で、あなたにきっとなんでも話してくれますわ。ゲームはまだつづいているようですけど、呼んできましょうか？」

ぼくはウェートレスの視線を追った。

ほっそりとした、白髪の老人が向こう側の鏡にもたれて、キューにチョークを塗っていた。すさんだ、しかし奇妙に高雅な顔をしていた。かれはぼくになにかを思い出させるが？

「きみ、あのゲームとりはなんていう名前？」

ウェートレスは立ったままテーブルに両肘をつき、鉛筆をなめては何度も何度もすばやく自分のファースト・ネームを大理石のテーブル板に書き、そしてそのたびごとに指を濡らしてすばやく消した。そのかん彼女は、書いては消すたびに――灼きつくような熱っぽい視線を、緩急自在にぼくに投げかけた。むろん、同時に眉を引きあげることも忘れなかった。そうすることが視線のお伽話めいた感じを強めたからだ。

「きみ、あのゲームとりはなんていう名前だろう?」ぼくは質問をくりかえした。彼女はむしろ、なぜきみは燕尾服だけしか着てないの、というような質問をしてほしそうな顔をしていた。しかしぼくはそんな質問はしなかった。ぼくの頭のなかは、あまりにも夢のことでいっぱいだった。

「そう、かれの名前ですって?」彼女は仏頂づらをして言った、「フェルリって言うのよ。フェルリ・アーテンシュテット」

ほんとかね? フェルリ・アーテンシュテット!——ふむ——それじゃ、この男も古い知り合いだ。

「ねえ、きみ、かれのこと、できるだけ、できるだけたくさん聞かせてほしいな」ぼくは甘い声で言い、だがすぐにコニャックの勢いを借りなければならなかった、「きみのお喋りはほんとにかわいい!」(ぼくは自分に吐気をもよおした)

彼女はいわくありげにぼくにからだをぴったりもたせかけてきて、彼女の髪でぼくの顔をくすぐり、そしてささやいた。

「あのフェルリはね、いいこと、昔はとってもずるがしこい男だったの。——大昔からの貴族なんだって——もちろんただの噂よ、だってひげもはやしてないんですもの。——そして怖ろしく金持ちだったんだってさ。だけどかれ、赤毛のユダヤ女にね、その女は小娘のころから『すれっからし』だったそうだけど」彼女はまた二、三度すばやく彼女の名前を書いた、「すっかり裸にされたのよ。もちろん、わたしおかねのことを言ってるのよ。それでね、かれにおかねがなくなったときに、彼女、かれを捨てたのよ。そして身分の高い貴族と結婚したの。――その貴族」――彼女はぼくの耳にその名前をささやいたが、聞きとれなかった、「もちろんその貴族、名誉をすっかり捨てなきゃならなくなって、それからあとは、ただ下級貴族フォン・デメリヒって呼ばれるようになったの。そうなの。だけど彼女が昔『すれっからし』だったってことをね、かれはどうしても彼女から洗い落とすことができなかったの。わたし、いつも――」

「フリッツィ！　勘定！」だれかが高座から叫んだ。――

ぼくは酒場全体に視線をさまよわせた。そのときふいに、ぼくの背後に、こおろぎがリーリーと鳴くような、小さな金属的な音が聞こえた。

なんだろう、と思ってぼくは振り向いた。そしてわが目を疑った。

メトゥーザレムのようにひじょうに高齢の老人が、煙草の箱ぐらいの小さなオルゴールを骸骨のような震える手にもって、顔を壁に向け、まったくおのれひとりに沈潜しきって坐っていた――盲目の老人ネフタリ・シャフラーネクが片隅の席で、ごく小さなハンドルを握ってオルゴールのねじを巻いているのだった。

ぼくはかれに歩み寄った。

かれはささやくような調子で、ごたまぜの歌を口ずさみはじめた。

「ピックのおかみさん、
ホックのおかみさん。
赤い、青い、お星さま
いろんなことをお喋りしてる。
真鍮を貼り、煙と煤」

「きみ、この老人の名前を知らないか？」ぼくは急ぎ足で通りかかったボーイにたずねた。

「知りません、旦那さま。どこの人かも、どういう名前かも、だれも知りません。自分でも忘れてるのです。まったく身寄りがないようです。百十歳だそうです！　わたしどもの店で毎晩コーヒーを一杯いわゆるお恵みしてますので」

ぼくは老人のうえにかがみこみ――その耳に叫んだ、「シャフ、ラ、ー、ネ、ク！」

稲妻のようなものがかれの全身を駆け抜けた。かれはなにごとかつぶやき、なにかを思い出そうとするように額をなでた。

「シャフラーネクさん、聞こえますか？」

かれはうなずいた。

「よく聞いてくれ！　ちょっとききたいことがあるんだ、ずっと昔のことで。なにもかもちゃんと答えてくれたら、この一グルデンあげるよ、そら、テーブルのうえにおくよ」

「一グルデン」老人はおうむ返しに言い、そして狂ったように、かれのリーリーと鳴っているオルゴールのねじをまいた。

ぼくはかれの手をしっかりと握った、「ちょっと、よく考えてくれ！　――およそ三十三年まえにペルナートという名前の宝石細工師を知らなかったかね？」

「ハドルボレッツ！　ズボン細工師！」――かれは喘息のような息づかいをしながら、まわらぬ舌で言い、まるでぼくがすばらしい冗談でも言ったかのように、笑いを顔いっぱいに浮かべた。

「いや、ハドルボレッツじゃない、――――ペルナートだ！」

「ペレレス⁉」それは文字どおり歓声だった。

「いや、ペレレスでもない。――ペル――ナート！」

「パシェレス⁉」かれは喜びのあまり金切り声をあげた。――――

ぼくはがっかりして、その試みをあきらめた。

「あの、わたしに話があるとか？」――ゲームとりのフェルリ・アーテンシュテットがぼくのまえに立って、冷ややかにお辞儀をした。

「ああ、そのとおりだ。――話しながら一ゲームやらないか」

「賭けますか？　持ち点はわたしが百であんたが九十。十点のハンディをあげます」

「ああ結構だ、一グルデン賭けよう。きみからやりたまえ」

アーテンシュテットはキューをとり、狙いを定め、そして突き損じて、渋い顔をした。ぼくにはわかっていた。九十九点まではとらせておいて、そのあとでいっきに勝負をつけようというのだ。

徐々に、一刻も早くたずね出したい気持ちがつのってきた。ぼくはずばり興味の核心に切りこんだ。

「きみ、思い出せないだろうか、ずっとまえのことだけど、つまり石橋が落ちたころのことなんだがね、そのころきみは、ユダヤ人街に住んでた――アタナージウス・ペルナートという人を知らなかっただろうか？」

赤と白の縞の亜麻布の上着を着、耳に小さな金のイヤリングをつけた斜視の男が、壁ぎわのベンチに坐って新聞を読んでいたが、その男がはっとして顔をあげ、そしてぼくを見据え、十字を切った。

「ペルナート？　ペルナート？」アーテンシュテットはくりかえしつぶやき、懸命に考えていた、「ペルナート？――背の高い、スマートな男だったかね、その男は？　褐色の髪の毛をして、ごま塩まじりのひげを、短く刈って、先をとがらせてた男かね？」

「そうだ、まったくそのとおりだ」

「そのころ、およそ四十歳で？　その男は見た感じから言うと――　――」アーテンシュテットは急に驚いて、ぼくをじっと見つめた――「あんたはその男の親戚かね？」

斜視の男が十字を切った。

「ぼくが？　親戚だって？　おもしろいことを言うね、――ちがうよ。ただかれに興味があるだけだ。ほかになにか知らないかね？」ぼくは平然とたずねたが、心のなかが凍りつくのを感じていた。

フェルリ・アーテンシュテットはふたたび考えこんだ。

「わたしの思いちがいでなけりゃ、その男は当時気ちがいだと思われていた。——一度その男は、自分の名前を——ちょっと待ってくださいよ、——そう、ラポンダーだと言ってたことがあった。そのあとじゃ、また、ええと——カルーゼクと言っていた」

「みんなでたらめだ！」斜視の男が口をはさんだ、「カルーゼクという人はほんとにいた、おれのおやじはかれの遺産を数千フローレン貰ったんだから」

「この男はだれ？」ぼくはアーテンシュテットにたずねた。

「船頭だよ、チャムルダという。——で、ペルナートだがね、うろおぼえにすぎんが、少なくともわたしはそう思うのだが、——かれはのちには、とってもきれいな、色の浅黒いユダヤ娘と結婚してたはずだな」

「ミルヤム！」とぼくは思った。そして昂奮してきて手が震え、ゲームをつづけることができなくなった。

船頭が十字を切った。

「え、きょうはおまえさんどうしたんだね、チャムルダ？」アーテンシュテットが呆れてたずねた。

「ペルナートという人がいたわけがない」斜視の船頭が叫んだ、「おれにはいたとは思えん」

ぼくはその男に、もっと喋らせるために、コニャックを注いだ。

「ペルナートという人がいまも生きてると言う人たちがいるにはいるけれどもな」ついに船頭が手のうちを話しはじめた、「おれの聞いたとこじゃ、その人は櫛細工師で、フラチーンに住んでるのさ」

「フラチーンのどこに?」

船頭は十字を切った。

「いや、それなんだ! 生きてる人間の住めんところに住んでるのさ、つまり最後の灯の塀のそばにさ」

「きみはかれの家を知ってるのかね、ええと——ええと——チャムルダさん?」

「絶対にいやだぜ、おれは、そんなところに行くのは!」船頭が拒絶した、「あんたはわしをなんだと思っとるのかね? イエスさまかね、マリアさまかね、それともヨゼフかね?」

「だけどその道をのぼっていって、遠くから教えてくれることはできるだろう。チャムルダさん?」

「そりゃあできるけど」船頭は小声でつぶやいてから言った、「朝の六時まで待ってたら、おれはモルダウ河には行くぜ。だけど、よしたほうがいいぜ! ヒルシュグラーベンに墜落して、首や骨を折っちまうぜ! 聖母マリアさま!」

ぼくらは一緒に早暁の街を歩いていった。河のほうから、さわやかな風が吹いてきた。ぼくは期待に胸がわくわくして、足が地につかない感じだった。

ふいに、アルトシュール通りのあの建物がぼくのまえに現われた。

どの窓も見おぼえがあった。湾曲した雨樋も、格子も、脂じみて輝く、窓の敷居の石も——なにもかも!

「この建物はいつ焼けたんだったかな？」ぼくは船頭にたずね、そして緊張のあまり耳鳴りがしてきた。

「焼けたって？　いや、焼けたことなんか一度もない！」

「いや、あるさ！　ぼくはよく知ってるのだ」

「ないよ」

「いや、ぼくはよく知ってるんだから！　賭けるかね？」

「いくら？」

「一グルデン」

「賭けた！」――チャムルダは管理人を連れ出してきた、「この建物はいつか焼けたことがあるかね？」

「とんでもない！」その男は笑った。――

ぼくには、どうしても、どうしても信じられない。

「あっしはここにもう七十年も住んでるんだよ」管理人が断言した、「だからあっしが知らんはずはなかろうて」

――――不思議だ、不思議だ――――――――――

ぼくらは、かんなのかけてない八枚の板からできたかれの小舟に乗って、モルダウ河を渡っていた。船頭はからだをぴくっぴくっと斜めに動かす滑稽な動作で舟を漕ぎ、緑色の水面が櫂《かい》に逆らって泡だった。フラチーンの屋根屋根が朝陽を浴びて赤くきらめいていた。ぼくは名状しがたい荘重な気持ちにとらえられた。いわばある過去の存在を感覚しているかのような情感が仄白んできて、ぼくの周囲の世界がまるで魔法にかけられた世界のように思われた。それは、——ときおりぼくは同時にいくつもの場所にいることがあるとでもいうような、夢のなかにいるかのような知覚だった。

ぼくは舟をおりた。

「いくらですか、チャムルダさん？」

「一クロイツァ。もしあんたが一緒に漕いでくれてたら、二クロイツァだがね」（ふたりで漕いだのだから倍額という妙な理屈）

ぼくは、昨夜眠っているあいだに一度歩いたあの道を、小さな、もの淋しいアルトシュロス坂をふたたびのぼっていった。動悸が高鳴り、そしてぼくは、塀越しに大枝を張っている裸の大木がいま現われてくるのを知っていた。

だが、その大木は白い花で蔽われていた。

あたり一面に甘いにわとこの香りが漂っていた。

足もとに、市街が、約束の地の幻影のように朝陽のなかに広がっていた。

物音はなかった。香りと輝きだけがあった。

ぼくは目を閉じていても、あの小さな、奇妙な錬金術師小路にのぼっていけただろう。突然ぼくの一歩一歩が、それほど信頼しうる足どりになっていた。

だが、昨夜白く仄かに輝く家のまえにあった木の柵のところには、いま、華麗な、腹部をふくらませた、金箔の格子があって、通りを塞いでいた。

二本のいちいの木が、花盛りの、低い植込みから聳え立ち、格子の向こうに格子と平行に走っている塀の、その門の両側を飾っていた。

ぼくは植込み越しに、その向こうを見ようとして背を伸ばした。そしてその豪華さに目がくらんだ。

その庭園の塀は、全面にモザイクをちりばめられていた。トルコ玉のような青色の地に、エジプトの神、オシリスの崇拝を表わした、独特に貝殻をあしらった金色のフレスコ画が描かれていた。

門の扉は神そのものだった。二枚の扉がそれぞれ半身をなし、右が男性、左が女性のヘルマフロディートをかたちづくっていた。そのヘルマフロディートは、豪華な螺鈿の平たい王座に坐り――半浮き彫りなのだ――金色の頭は兎の頭だった。そのふたつの耳はまっすぐに立ち、たがいにぴったりくっつきあって、開かれた本の両方の頁のように見えていた。――

朝露が匂い、塀の向こうからヒヤシンスの芳香がふくいくと香っていた。――――――

長いあいだぼくは石化したかのようにそこに立ちつくし、驚嘆していた。別世界が目のまえに現われたような気持ちだった。銀色の留め金の靴をはき、胸飾りと奇妙な型の上着をつけた、ひとりの年老いた園丁、あるいは召使いが、格子の向こうを左手からぼくのほうにやってきて、格子越しに、ぼ

くになんの用かとたずねた。

ぼくは無言のままかれに、紙に包んだアタナージウス・ペルナートの帽子をさし出した。

かれは帽子を受けとり、門のなかに入っていった。

開かれた扉の向こうに寺院風の、大理石の建物が見え、そしてその階段のところに、

アタナージウス・ペルナート

と、そしてかれにもたれた

ミルヤム

とが立っているのが見えた。ふたりは街を見おろしていた。

一瞬ミルヤムが振り返り、そしてぼくを見て頬笑み、アタナージウス・ペルナートになにごとかをささやいた。

ぼくは彼女の美しさに魅了された。

彼女は、昨夜夢に見たときとおなじように若かった。

アタナージウス・ペルナートがゆっくりとぼくのほうを振り向いた。ぼくは、心臓が止まったかと思った。

鏡のなかにぼくを見ているのではないかと思われた。かれの顔はぼくの顔にそっくりだった。

そのとき門の扉が閉じられた。仄かに輝くヘルマフロディートが見えるばかりだった。

召使いの老人がぼくにぼくの帽子をさし出して言った、――ぼくにはかれの声が地の底から聞こえ

てくるかのように思われた。――

アタナージウス・ペルナートさまは、ねんごろに感謝するようにと、わたくしにお言いつけになりました。そして庭にお通りいただかないことを、どうぞ非礼とおとりくださらないようにとおっしゃっておりました。それが大昔からの家法なのでございます。

お伝えさせていただきますが、ペルナートさまは帽子をおまちがえになったことにすぐ気づかれましたので、あなたさまの帽子を一度もかぶっておられないとのことでございました。

ペルナートさまは、ご自分の帽子があなたさまに頭痛を起こさせたのでなければいいが、とおっしゃっておりました。

解説

本書はグスタフ・マイリンクの代表的長篇小説《ロマーン》『ゴーレム』(Gustav Meyrink: Der Golem, 1915)の全訳である。

マイリンクは一八六八年一月ウィーンに生まれ、一九三二年十二月オーバーバイエルンのシュタルンベルクに死んだ。ミュンヘン、ハンブルク、プラハなどで文科高等中学校《ギムナージウム》、商科大学に学び、十三年間銀行業を営んだのち、主としてプラハで創作に従事した。かれの文学は、総じてE・Th・A・ホフマンやE・A・ポーの流れを汲む恐怖と戦慄の幻想文学であり、その斬新な文体と意表をつく題材とで多くの読者を獲得したが、同時に多くの反撥も招いたらしく、『ゴーレム』の出版はセンセーショナルな事件だったとさえ言われている。

おもな作品には、『ゴーレム』のほかに、『ドイツ俗物の魔笛』(短篇集、一九一三年)、『緑の顔』(長篇、一九一六年)、『白いドミニコ僧』(長篇、一九二一年)、『錬金術師物語』(短篇集、一九二五年)、『西の窓の天使』(長篇、一九二七年)などがある。

マイリンクは、ユダヤ教、キリスト教、東洋の神秘思想を学んだと言われ、一九二七年にプロテスタントから大乗仏教徒に正式に改宗している。そしてまたその作品には、素材的にも世界観的にも、新プラトン派やグノーシス派の哲学、錬金術やカバラの思想、バラモン教や道教などの東洋思想の影響もしくは親近関係が指摘されうるが、これらの思想は、ひとからげにして言うなら、われわれの現実世界を超越的・神的一者の下降的発現・流出としてとらえる形而上学であり、そして人間の魂が肉体を離脱し、神の下降の道を逆上昇することを、つまり人間の魂の浄化を願う宗教的解脱思想であるだろう。そしてまさしく『ゴーレム』は、そのような形而上学と解脱思想とを抱くヒレルを、そしてまたミルヤムを師《メントル》とする、主人公ペルナートの魂の発展小説《エントヴィクルングス・ロマーン》だと言える。ペルナートの体験する幻想的な出来事は、かれらの表白する思想に、作品全体を背後から支える世界観・人間観に浸透されることによって、魂の浄化の階梯を暗示しているだろう。

W・ヴェルツィヒが『二十世紀のドイツ長篇小説』にマイリンクの『ゴーレム』を発展小説としてとりあげ、およそ「神秘学《オクルチスムス》と超心理学《パラプシヒヨロギー》、プラハ・ゲットーのエキゾチックな相貌とカバラの思想とが、『ゴーレム』を異種な諸観念のアマルガムにし、自己発見《ゼルプスト》という根本思想を見とおしにくくしている」と言っているのはけだし名言である。ただぼくには、先におおざっぱに一括しておいたように、それらの諸観念がそれほど異種には思えないのだが、いずれにしろ以下に、それらの諸観念を象徴する幻想的イメージを解説することによって、そのアマルガムを多少とも見すかしておきたいと思う。

ぼくらはいやおうなく意識的・理性的存在でありながら、その底部には広大な無意識の領域を、狭義の魂を引きずっている。自我《イヒ》と自己《ゼルプスト》との分裂である。まずペルナートが記憶喪失者であるのはなによりもその比喩であるだろう。「ぼくの思考や行動の発条《ばね》が、いまひとつの忘れられたぼくのなかに隠されているのをぼくは知った。……ぼくは根もとから切り落とされた一本の植物、見知らぬ根もとから生え出ている一本の接木《つぎき》なのだ」。そのペルナートはもとよりのこと、ヒレルもミルヤムも、ラポンダーもカルーゼクさえも、その思想と行動とが理性の原理ではなく魂の原理によって動かされる「自分の魂に制圧されてしまった人間、人生のけわしい峡を、人跡未踏の万年雪に蔽われた世界へとよじ登っていく人間」なのである。

さてゴーレムだが、いわゆる人造人間のゴーレム伝説はひとまずおくとして、ペルナートが、フリースランダーの彫る木片の人形の顔を眺めながらゴーレムに重なっていく場面をはじめ、さまざまなかたちでゴーレムに同化されねばならないのはなぜだろうか。ゴーレムの語はまず旧約聖書に一度だけ現われ、そこでは「未分化・未発達な土くれ」（詩篇、第一三九篇一六）というぐらいの意味である。ユダヤ教の記された聖典たる旧約聖書にたいし、口伝の聖典の位置にある『タルムード』では少し一般化されて、未完成なもの、発展途上のものがゴーレムであり、まだ妊娠しない女性とか、まだみがかれていない器などがゴーレムなのだ。とすると、自我と自己とに分裂し、まだ真の自己を見いだしえない人間はすべてゴーレムなのであり、主人公ペルナートがゴーレムと同一化されているのはけっして偶然のことではないと思われる。そして明鏡止水（荘子）とでも言おうか、「みがかれていると言いうる人はさいわいだ」と教えるヒレル、「子供を生まなければ人生の意味はわからない」と言うミルヤムは、みずからがゴーレムであることを自覚している人間としてペルナートの師《メントル》となるであろう。

人造人間としてのゴーレム伝説は十二世紀になってカバラ学者の記録に現われる。カバラはおよそ紀元前後に生じたユダヤ教の神秘説だが、その基本はおおざっぱに言って、無限な一者から流出する十の数《セフィロート》があらゆる存在の基礎をつくり、二十二のヘブライ文字がその形態をつくるという教えであり、これに従って文字を組み合わせ吟誦することによって土くれから人工的に人間がつくられるわけである。マイリンクが本書にも用いた、プラハのラビ、レーフ（一五一二?―一六〇九）のゴーレム伝説は数多いゴーレム伝説のなかのもっとも有名なものであり、その伝説自体の成立は十九世紀の初頭だとされている。下男として使うためにつくられたゴーレムが、ある晩ラビが護符をとりはずすのを忘れると急に狂暴になり、ラビに護符をはぎとられて土くれに返る、というのはほぼ伝説のとおりである。三十三年周期説、鬱積した魂の放電説は、むろん伝説にはない。なお三十三年周期説には「永遠のユダヤ人、アハスヴェール」の投影が指摘され、その年数はイエスの享年に符合するが、より大事なことは、輪廻もしくは循環の思想がカバラや錬金術において最重要な思想のひとつであることだろう。ちなみに本書には、円もしくは輪を描くという表現がたびたびくりかえされている。

マイリンクの『ゴーレム』のなかで、ゴーレム伝説があまり重要な役割りを占めていないことがよく指摘される。しかし数多いゴーレム伝説、そしてロマン派以後のあまたのその潤色作品のなかで考えるなら、マイリンクは重要な個所でゴーレム伝説を踏まえている。それは、あの格子窓の部屋でペルナートが、タロックのパガートから現われた分身と対峙し、これを呪縛・克服する場面である。先行の作品や伝説のなかから必要な部分だけをとり出すと、まずある作品に、ひとりの男が善と悪とに分裂して、悪を体現した分身がゴーレムとなり、摑みあいのすえゴーレムが勝って相手を収縮させポケットに収めるというのがある。そのあとそのゴーレムは、額に現われていた「真理」という単語を消されることによって無害なものにされてしまうのだが、もっと古い伝説には、ゴーレムが巨大になり危険な存在になったので、額の真理という単語からその最初の文字アーレフを奪って「死」という単語にすると土くれに返ったと伝えられている。

ペルナートの、パガート（アーレフの文字の図柄）から現われたその分身との対峙・克服は、この両方が踏まえられていると言えるだろう。むろんそれらの踏まえかたは間接的であり、それらが、この作品のなかでは、「出入口のない格子窓の部屋」を共通項とするゴーレムと分身との類比もしくは同化という、魂の発展・浄化の基底をなすまったくべつの文脈のなかに置きなおされていることは言うまでもない。「そいつは地上高く、入口のない、ひとつしか窓のない部屋に住んでい……そいつを呪縛し——浄化することができるものは自分自身とよい友達になれるんだ」。「不死を求める努力は、わたしたちに内在する雑音と妖怪とを慴伏させる王笏を獲得する戦いなのです。……あなたの見られたあの影法師は……王だったのです。かれに王冠が授けられるなら、——そのとき、外的感官と知能の煙突とによってあなたを世界に結びつけている絆が切れるのです」

R・ベルヌーリ著、種村季弘訳・論『錬金術——タロットと愚者の旅』(青土社)という便利な本によれば、タロックの起源は一冊の本であり、その本をユダヤの律法《トーラ》とする説や、エジプトの世界最古の秘伝書『トートの書』とする説などがあるようだ。いずれにしろタロックは流転の過程でカバラとも密接な関係をもち、たとえば二十二枚の切札はヘブライ語のアルファベットに照応し、のちに触れる十二宮象徴を含む二十二の占星術の象徴にも連関をもつと言われる。「パガート」すなわち第一番の切札には、無限からの、数なきものからの、奇蹟による一という数の流出、啓示されざるものの啓示というような意味が、第十二番の「吊るされた男」には、十二という数が世界の円環の数でもあり、その世界の円環の広大なひろがりのなかでの巨大な孤独というような意味があるようだ。

ところで『トートの書』のトートとは、これも先の本によると、古代エジプトの主神のひとりオシリスの顧問役、時間の測定者、数の発明者、知と魔法の神であり、朱鷺《とき》の顔をした月神である。ぼくらはここに、『不安』の章の妖怪のイメージを手に入れたわけだ。トートは、周知のようにのちにギリシア神話のヘルメスと同一視されて、ヘルメス・トリスメギストスと称され、錬金術の始祖とされる。ここでは、ぼくらは、霧の夜の「錬金術師小路」の幻想に赴く脈絡を見いだしたと言えるだろう。錬金術については、時代によってむろん変遷はするが、グノーシス派の哲学にも、これに強い影響を受けたカバラの思想にも密接な関係をもち、金属の神秘的変換が人間の魂の神秘的変換の手引きと考えられていたことを指摘しておこう。

これらの象徴的・幻想的イメージに論理的な意味や筋道を見いだすことはもとより不可能なことで

あり、また小説の読みかたとして正しいことでもないだろう。だがそのようなイメージにはそのようなイメージなりに結末があたえられていると思われるので、そのことにも触れておこう。ペルナートが長い拘禁から釈放されると、ユダヤ人街は衛生改善《アサニールング》のために廃墟と化し、友人たちもすべて消えうせている。この情景は、おそらくカバラ的な意味でこの世の終末を象徴しているだろう。いま澁澤龍彦氏の『カバラ的宇宙』（『澁澤龍彦集成』一、桃源社）によると、カバラの宇宙発展段階説は十二宮の円環で示され、最後の、つまり十二番目の白羊宮時代になると、人間の精神は肉体を失うわけではないがその拘束を離れる。そしてこの時代のおわりに人間は他の星に飛びたち、その星でまたあらたに輪廻がくりかえされる。またこの時代には、人間の顔はたいへん細くなる。細おもてのヒレルとミルヤム。かれらもまた他の星に旅立ったのだろうか。

夢の大詰めにいたって、分身がついに頭に王冠を戴いて現われる。それはペルナートを現世に結びつけていた絆が切れることを意味した。このあとただちにつづく火事・放水・宙吊りのイメージは、魂の浄化過程の最後の階梯を象徴しているだろう。先にも述べたカバラの宇宙創造説をややくわしくすると、無限な一者から最初に流出してくる三つの重要な数《セフィロート》は、順番に言って、空気（もしくは霊）、水、火である。そして魂の浄化解脱は、神的一者からの下降的流出を逆上昇することであった。火事、放水、宙吊り。むろんここには、十二番目の白羊宮時代にタロックの切札の第十二番「吊るされた男」が重ねられている。ペルナートは「ヒレル！　ミルヤム！」と叫んだ瞬間に、ついにかれらを見いだしたのだろうか。宙吊りのペルナートは、魂の浄化を完了し、ヒレルとミルヤムのあとを追って他の星に、あるいは永遠なるものの国に飛びたったのだろうか。それとも「吊るされた男」として無辺の孤独のなかにあるのだろうか。幻想的イメージ、夢の象徴的言語によって運ばれてきた魂の浄化過程にふさわしく、ここに一義的な結論はない。ぼくはただ、イメージの連鎖に、ある結末があたえられていることに満足する。

最後に、終始一貫して現われるヘルマフロディート、両性具有《アンドロギーン》のイメージに触れておけば、両性具有はあらゆる神話に見いだされ、そのいずれにおいても性的一体性が男女の性別に分裂下降するときに人類の歴史がはじまる。言うまでもなく、本書では魂の上昇・回帰の極北を象徴する。なお、ユダヤ思想における両性具有は、古代インドのそれがプラトン哲学を経由して移入されたものと推定されている。プラトンの『饗宴』によれば、男性は太陽の子孫、女性は大地の子孫、そして両性具有は月の子孫であり、本書において、冒頭をはじめ重要な場面にたえず月もしくは月光が随伴しているのは、ひょっとするとこれを踏まえてのことかもしれない。

翻訳の底本にはK・ヴォルフ社の一九一五年版をもちい、ほかにH・エラーマン社の一九六九年版を参看した。両者のあいだには、段落の区切りかた以外に異同はほとんどなかった。訳出にあたって、ドイツ語の難解個所はラウベンダー女史に、ヘブライ語などについては森田雄三郎氏に、プラハの地名などについては山口巖氏に、懇切なご教示をいただいた。ここに記して心から感謝させていただきたい。

本訳書は、最初「モダン・クラシック」叢書の一冊として一九七三年に出版された。ついで一九七八年に「河出海外小説選」の一冊として再版され、そのさい誤植その他を改め、解説文の約三分の一を削除した。今回の新装版においても不用意な語句などを若干訂正しておいた。前二回ご担当いただいた元河出書房新社編集部の塩見鮮一郎氏と今回ご担当いただいた同編集部の川名昭宣氏の両氏に厚くお礼を申し上げておきたい。

一九九〇年三月　訳　者

今回の復刊に際し、フーゴー・シュタイナー＝プラーク（一八八〇―一九四五）の「マイリンク『ゴーレム』によせる石版画」（一九一六）を挿絵として掲載しました。

なお、本書中には今日の人権意識に照らして不適切と思われる語句を含む文章もありますが、作品の時代的背景にかんがみ、そのままとしました。

――編集部

著者紹介

グスタフ・マイリンク　Gustav Meyrink

1868年、バイエルンの宮廷付き女優の母親がウィーン滞在中に生まれる。本名グスタフ・マイヤー。父親はヴュルテンベルク王国の国務大臣で、庶子として育つ。商科大学卒業後の1889年、プラハで銀行の共同設立者となる一方で、神秘主義や東洋思想に傾倒して多くの結社・団体に関係する。1902年、事業経営に関する告訴により銀行閉鎖に至り、文筆生活に入る。1913年に初期短篇を集めた『ドイツ俗物の魔法の角笛』を刊行して好評を博し、ユダヤのゴーレム伝説にもとづく神秘主義的な長篇『ゴーレム』（1915）は第一次世界大戦下の不安な人々の心をとらえ、ベストセラーとなった。長篇『緑の顔』（創土社）、『西の窓の天使』（国書刊行会）、短篇集『ナペルス枢機卿』（国書刊行会）などの邦訳がある。1932年死去。

訳者略歴

今村孝（いまむら・たかし）

1935年生まれ。京都大学文学部卒業、同大学大学院博士課程中退。同志社大学教授。専攻ドイツ文学・思想。訳書に、エルンスト・ユンガー『砂時計の書』（講談社）、ヤコブス・デ・ウォラギネ『黄金伝説1』（平凡社、共訳）、ゲーテ『ヴィルヘルム・マイスターの修業時代』（潮出版社、共訳）、ショーペンハウアー『倫理学の二つの根本問題』（白水社、共訳）などがある。2005年死去。

編集＝藤原編集室

本書は1973年、1978年、1990年に河出書房新社より刊行された。

白水uブックス　190

ゴーレム

著　者　グスタフ・マイリンク
訳者©　今村　孝
発行者　岩堀雅己
発行所　株式会社 白水社
東京都千代田区神田小川町3-24
振替　00190-5-33228　〒101-0052
電話　(03) 3291-7811（営業部）
　　　(03) 3291-7821（編集部）
www.hakusuisha.co.jp
2014年3月25日第1刷発行
2025年6月30日第3刷発行
本文印刷　株式会社三秀舎
表紙印刷　クリエイティブ弥那
製　　本　誠製本株式会社
Printed in Japan

ISBN978-4-560-07190-8